고블린 슬레이어
GOBLIN SLAYER!
He does not let anyone roll the dice.

“저, 당신은……?”

"고블린 슬레이어

"문제없다."

"수고하셨어요!
괜찮으세요?
다치신 곳은 없어요?"

Dwarf Shaman
드워프 도사
보석도 금속도, 연마하기 전에는 모두 돌덩이로다.
사물을 겉모습으로만 판단하는 드워프는 이 세상에 없느니라.
High Elf Archer
엘프 궁수
무지한 자들이야말로 행복한 것이다.
알게 되는 것은 가장 커다란 기쁨이니까. ―엘프의 격
Lizard Priest
리자드맨 승려
"용은 도망치지 않는 법."
Goblin Slayer
He does not let anyone roll the dice.
CHARACTER PROFILE
고블린 슬레이어
인물 소개

Priestess
여신관
"지키고, 치유하고, 구하라."
지모신의 세 마디 성스러운 구절.
Goblin Slayer
고블린 슬레이어
"그러니까 나는, 놈들 입장에서 고블린이다."
Guild Girl
접수원 아가씨
펜과 종이도 없이,
어떻게 모험을 할 수 있을까요?
Cow Girl
소치기 소녀
그녀에게 중요한 것은, 언제나
날씨, 가축, 작물과 그 사람이다.

Contents

GOBLIN SLAYER!

He does not let anyone roll the dice.

고블린 슬레이어

GOBLIN SLAYER!

He does not let anyone roll the dice.

저자 카규 쿠모

일러스트 칸나츠키 노보루

옛날 옛적에, 지금보다 별빛이 훨씬 적었던 무렵.

빛과 질서와 숙명의 신들과, 어둠과 혼돈과 우연의 신들. 그들 중 어느 쪽이 세계를 지배할 것인가?

싸움이 아니라, 주사위로 승부를 내기로 했습니다.

신들은 몇 번이고, 몇 번이고, 몇 번이고, 정신이 아득해질 정도로 주사위를 굴렸습니다.

하지만 이기고 지기를 반복하며, 아무리 시간이 지나도 결판이 나지 않았습니다.

마침내, 신들은 주사위만 가지고는 질리고 말았습니다.

그래서 말과 말을 둘 판을 만들었습니다. 갖가지 생명과 그들이 사는 세계를 만들었습니다.

휴과 엘프와 드워프와 리자드맨, 고블린과 오우거와 트롤과 데몬들.

그들은 모험을 하고, 때로는 이기고, 때로는 지고, 보물을 발견하고, 행복해지고, 죽어 갔습니다.

그러던 어느 날, 모험가 한 사람이 나타났습니다.

그는 세계를 구하지 않을 겁니다.

그는 무언가를 바꾸지 않을 겁니다.

그는 어디에나 있는, 하나의 말에 지나지 않으니까요…….

제1장 『어느 모험가들의 결말』

Goblin Slayer
He does not let anyone roll the dice.

그 남자는 구역질이 나는 싸움을 끝내고 숨통을 끊은 고블린들의 시체를 유린했다.

지저분한 철 투구와 가죽 갑옷, 사슬 갑옷을 입은 그는 온몸에 괴물의 피가 튀어 검붉게 물들어 있었다.

왼팔에는 낡아 빠진 상처투성이 소형 방패를 고정했고, 손에는 붉게 타오르는 횃불을 들었다.

비어 있는 오른손이 단단히 밟아 고정한, 두개골에 꽂혀있던 검을 거침없이 뽑아냈다.

뇌수가 잔뜩 엉겨 붙은 무척 어중간한 길이의 싸구려 장검.

어깨에 화살을 맞은 채 땅에 주저앉은 소녀는 겁을 먹고 가녀린 몸을 떨었다.

황금색의 투명하고 긴 머리칼, 청초하고 가련한 얼굴이 눈물과 땀에 젖은 채 엉망으로 일그러져 있었다.

가녀린 체구, 쭉 뻗은 팔과 다리는 신관임을 나타내는 성의(聖衣)에 가려져 있었다.

석장을 쥔 손이 잘게 떨리고 있었다.

—눈앞에 있는 남자는 정체가 뭘까?

어쩌면 고블린과 마찬가지거나, 그 이상의 정체 모를 괴물 같기도

했다.

그 정도로 남자의 모습, 몸에 두르고 있는 기척, 태도는 몹시 기이했다.

“……윽, 저, 당신은……?”

소녀가, 공포와 고통을 견디면서 물었다.

그리고, 남자가, 대답했다.

소귀를 죽이는 자
“고블린 슬레이어.”

—용이나 흡혈귀가 아닌, 가장 약한 괴물인 소귀(小鬼)를. 고블린을 죽이는 자.

평소에 들었다면 웃어버릴 정도로 우스꽝스런 이름이었지만, 지금 그녀는 도저히 그렇게 생각할 수 없었다.

§

흔한 이야기다.

신전에서 자란 고아에게 15세 생일은 성인이 되어 나아갈 길을 골라야 하는 날을 의미한다.

이대로 신전에서 신을 섬기며 살 것인지, 신전 바깥에 나가 속세에서 살아갈 것인지.

여신관이 고른 길은 후자였다. 그것을 위해 고른 수단은 모험가 길드를 찾아가는 것이었다.

모험가 길드— 과거에 용사를 돕기 위해 술집에 모인 자들이 기원인 조직이었다.

다른 직업 조합과 달리, 모험가 길드는 서로가 서로를 돕는 성격의 조직이라기보다 알선소라고 보는 게 좋다.

계속해서 이어지는 「말을 가진 자」와 괴물들의 싸움에서 모험가는 용병 같은 역할을 맡고 있었다.

제대로 관리되지 않는 한, 무장한 무뢰한들의 존재는 용납되지 않았을 것이다.

여신관은 거리에 들어서서 그리 멀지 않은 곳에 서 있는, 커다란 지부에 눈길을 빼앗겨 일단 멈췄다.

다음으로 로비에 들어가자, 아침인데도 수많은 모험가들이 북적거리고 있다는 것에 다시 놀랐다.

커다란 여관이나 주점 — 대부분 겸업을 하지만 — 그리고 관공서를 조합해 놓은 듯한 시설.

실제로 그 셋을 합쳐 놓은 것이니 당연한 결과였다.

갑옷을 입은 휴(인간), 지팡이를 들고 외투를 입은 엘프(숲 종족) 주문술사.

저 너머에는 도끼를 들고 수염이 잔뜩 난 드워프(난쟁이). 몸집이 작은 초원의 백성, 레아(들판 종족)도 있다.

갖가지 무장, 다양한 종족, 폭넓은 연령의 남녀가 모여서 담소하고 있는 틈새를 빠져나가 접수처에 갔다.

의뢰를 받으러 온 사람, 보고를 하러 온 사람, 혹은 의뢰를 하러 온 사람. 뱀처럼 긴 줄이 있었다.

"그래서, 언덕의 만티코어는 어땠어?"

"그리 신통치 않았어. 역시 돈벌이를 생각하면 유적 같은 곳을 뒤지는 게 좋지."

"그야 그렇지. 하지만 그것만 가지고서는 공헌이 되질 않잖아."

"그러고 보니 요즘 수도 쪽에 마신인지 뭔지가 나타나서 꽤 벌이가 좋다고 하던데?"

"하급(데몬) 악마 정도라면 어떻게든 해보겠지만 말이야."

창을 어깨에 진 모험가와, 중후한 갑옷을 껴입은 모험가가 나누는 이야기.

여신관은 상상도 하기 힘든 내용 때문에 세 번은 놀란 다음, 가슴에 결의를 품고서 석장(錫杖)을 품에 끌어안았다.

"……이제부터 나도……!"

모험가란 직업이 말처럼 편한 일이 아니란 것을 그녀는 잘 알고 있었다.

신전에 치유의 기적을 바라며 찾아오는 상처 입은 모험가들의 모습을 가까운 곳에서 봐왔다.

그러나, 다친 사람들에게 치유를 내리는 것이 바로 지모신의 가르침이다.

그것을 위해서 위험에 몸을 던지는 일을 꺼릴 이유가 어디 있으랴?

고아로서 신전에 구원을 받았으니, 이번에는 그 은혜를 돌려줘야 한다…….

"네, 오늘은 어떤 일로 오셨죠?"

생각하는 동안 줄이 줄어들더니 여신관 차례가 되었다.

응대해준 접수원 아가씨는 표정이 부드러운 연상의 여성이었다.

청결함이 넘치는 제복을 완벽하게 소화하고, 옅은 다갈색 머리칼을 세 갈래로 엮어서 내렸다.

하지만 모험가 길드의 접수원이 격무에 시달리는 건 이 홀을 보면 한눈에 알 수 있었다.

그런데도 능력 있는 여성 특유의 팽팽한 분위기가 없는 것은 자신이 하는 일을 이해하고 있다는 증거일 것이다.

여신관은 아주 약간 긴장이 풀리는 걸 느끼고 침을 꿀꺽 삼켰다.

"저, 그게. 모험가가 되고 싶은, 데요."

"그러, 신가요."

그런데, 접수원 아가씨는 첫인상과 다르게 한순간 뭐라 말하기 힘든 기색으로 말을 머뭇거렸다.

시선이 자신의 얼굴에서 몸으로 향하는 것을 느낀 여신관은 묘하게 창피해져서 고개를 숙이고 말았다.

그러나 접수원 아가씨는 금세 생긋 웃는 표정을 얼굴에 붙여서 어색한 분위기를 흐렸다.

"알겠습니다. 그러면, 읽고 쓰기는 할 수 있나요?"

"저기, 네. 신전에서 배워서…… 조금은……."

"그러면 이걸 작성해 주세요. 모르는 부분이 있으면 물어보세요."

모험 기록 용지. 흐린 갈색의 양피지에 금빛으로 장식된 문자가 쓰여 있었다.

이름, 성별, 연령, 직업, 머리 색, 눈, 체격, 기능, 주문, 기적…….

기입할 사항은 참 간소했다. 이것만 가지고 괜찮은 걸까? 무심코 그렇게 생각할 정도였다.

"아, 기량 점수와 모험 이력은 비워 두세요. 그건 저희 쪽에서 조사하는 거니까요."

"아, 알겠습니다."

여신관은 고개를 끄덕이고, 긴장해서 떨리는 손으로 펜을 들어 잉크병에 넣어 적신 뒤에 또박또박 문자를 써 나갔다.

다 작성한 기록 용지를 내밀자 접수원 아가씨가 고개를 끄덕이며 하나씩 확인하고 뾰족한 은 펜을 들었다.

그걸로 작은 백자판에 부드러운 필치의 문자를 새겼다.

여신관이 받아서 보니 모험 기록 용지와 같은 내용이 가는 문자로 기록돼 있었다.

"신분증도 겸하고 있지만, 이른바 능력 감정(스테이터스)이란 거예요."

그냥 눈으로 본 것 말고는 알 수 없지만요, 라고 접수원이 장난스럽게 덧붙였다.

그리고 눈을 깜빡이는 여신관에게 차분한 목소리로 말했다.

"무슨 일이 있을 때 신분을 조회하는 데도 쓰니까 잊어버리면 안 돼요."

—무슨 일이 있을 때?

속뜻이 있어 보이는 말에 한순간 의문이 떠올랐지만 금세 깨달았다.

신분을 조회해야 할 때란, 다시 말해서 차마 보기 힘들 정도로 무참한 죽음을 맞이했을 때다.

네. 라고 대답하는 목소리가 떨리지 않았으면 좋을 텐데, 라고 여신관은 생각했다.

"하지만, 이렇게 간단히 모험가가 될 수 있군요……."

"그야, 단순히 모험가가 되는 것뿐이라면, 그렇죠."

애매한 표정. 걱정되는 건지, 체념한 것인지. 여신관은 알 수 없었다.

“진급할 때는 쓰러뜨린 괴물, 사회공헌도, 인격 심사도 하니까 상당히 엄격하답니다?”

“인격 심사, 라고요?”

“가끔 그런 사람이 있어요. 나는 강하니까 모두 내가 해결해 버리면 된다! 그러는 사람이요.”

그 밖에도 별난 사람은 있어요. 그때 문득 접수원의 표정이 느슨해졌다.

참으로 부드럽고, 누군가를 그리는 듯한 따스한 미소를 보고 여신관은 생각했다.

—이 사람, 이런 표정도 지을 수 있구나…….

“어흠.”

여신관의 시선을 깨달은 접수원이 황급히 헛기침을 했다.

“의뢰는 저쪽에 붙어 있어요. 등급에 맞는 걸 고르는 것이 기본입니다만…….”

접수원이 가리킨 곳은 벽 하나를 가득 메울 정도로 붙어 있는 커다란 코르크판이었다.

방금 전까지 대량의 모험가들이 그걸 살펴보고 의뢰서를 뜯어 갔기 때문에 상당히 듬성듬성했다…….

저런 커다란 게시판이 필요하다는 것은, 그만큼 의뢰가 많다는 뜻이다.

“다만, 개인적으로는 하수도나 시궁창 청소로 익숙해지시길 권하고 싶어요.”

"네? 모험가는 괴물과 싸우는……."

"자이언트 랫(거대 쥐) 사냥도 어엿한 괴물 퇴치이자 사회공헌이에요."

그것 말고 신입이 갈 만한 건 고블린 퇴치밖에 없으니까요.

이번에도 접수원의 표정은 뭐라 말하기 힘든 분위기였다.

"그럼 등록은 이걸로 마치셨습니다. 앞으로 많은 활약하시길 기원할게요."

"아, 네. 고맙습니다."

여신관은 꾸벅 인사를 한 다음 접수처에서 떠났다. 목에 백자 인식표를 걸고 가볍게 한숨을 쉬었다.

일단 등록이 끝나고 나니 맥이 빠질 정도로 간단하게 모험가가 되었다.

—이제부터, 어떻게 하지?

소지품은 성스러운 표식을 겸하는 석장, 갈아입을 옷이 포함된 짐과 돈 약간뿐이었다.

듣자니 길드 2층은 하급 모험가들의 숙박시설이었다.

그러면 일단 숙소를 확보한 뒤, 오늘은 어떤 의뢰가 있는지를 둘러보고…….

"저기, 우리랑 같이 모험 안 갈래?"

"흐앗?"

갑작스런 목소리. 상처 하나 없는 가슴 보호대와 머리띠를 걸치고, 허리에 검을 찬 젊은이였다.

여신관과 마찬가지로 아직 새것 같은 백자판을 걸고 있었다.

백자— 최상위인 백금 등급에서부터 내려오는 10등급 중에서 최하위. 이제 막 등록한 신입이란 뜻이다.

"너, 신관이지?"

"아, 그게, 네. 그런, 데요."

"마침 잘됐어. 우리 파티에 성직자가 없거든……."

검사의 등 뒤에는 소녀 두 명이 있었다.

머리를 묶고 도복을 입은 드세 보이는 소녀와 지팡이를 들고 차가운 시선을 보내는 안경 쓴 소녀.

짐작하건대 무투가와 마술사, 일 것이다.

"우리 파티야."

여신관의 시선을 깨달았는지 검사가 말하며 고개를 끄덕였다.

"하지만 급한 의뢰가 있어서 한 사람 더 필요해. 부탁할 수 있을까?"

"급한 의뢰, 라는 건 뭐죠……?"

"고블린 퇴치야!"

언제부터인지 마을 근처 동굴에 고블린이 살기 시작했다고 한다.

고블린— 수가 많다는 것 말고는 별것 없는 가장 약한 괴물이었다.

어린애만 한 키. 힘과 지력도 어린애 수준. 굳이 따지자면 밤눈이 밝다는 것 정도가 특징이었다.

그 밖에는 사람을 위협하고 마을을 습격하며, 여자를 납치한다. 괴물다운 행동을 하는 것은 변함이 없다.

아무리 약해도 먼저 건드리지 않으면 해가 없겠지.

처음에는 마을 사람들도 그렇게 생각하고 무시했지만…… 얼마 지나지 않아 사정이 바뀌었다.

처음에는 겨울나기를 대비해 비축한 곡물을 훔쳐갔다.

볍씨마저 훔쳐 간 것을 깨달은 마을 사람들은 길길이 화를 내면서 울타리를 고치고, 횃불을 든 채 순찰을 시작했다…….

그리고 가볍게 당하고 말았다.

고블린들은 양을 훔치고, 덤으로 양치기 소녀와 소란을 듣고 밖으로 나온 마을 아가씨를 끌고 갔다.

일이 이렇게 되면 더 이상 수단을 가릴 여유가 없었다.

마을 사람들은 얼마 안 되는 재산을 모아서 길드— 모험가가 모이는 모험가 길드를 찾았다.

모험가들에게 의뢰를 하면 틀림없이 퇴치해줄 것이라 믿고서…….

—으음, 그러니까…….

검사가 빠르게 설명하는 것을 듣고서 여신관은 입술에 손가락을 대고 생각에 잠겼다.

첫 모험에서 고블린을 퇴치한다. 상당히 흔한 이야기다.

그 모험에 같이 가자고 불러주었다. 이건 무슨 인연이 아닐까?

애당초 그녀도 혼자서 뭐든지 다 할 수 있다고 생각하진 않았다.

성직자의 단독활동은 자살행위다. 언젠가 파티를 짜야 한다.

낯선 사람들과 함께 행동하는 것은 역시 불안했다.

그렇다면 먼저 불러주는 사람들과 함께 가는 편이 안심할 수 있을 것이다.

남성이 이렇게 불러주는 건 처음이지만, 그녀 말고도 여성이 둘이나 있으니까…….

—그럼 아마 괜찮겠네요.

"알겠습니다. ……저 같은 사람이라도 괜찮으시다면."

잠시 지나 여신관이 순순히 고개를 끄덕이자, 검사가 쾌재를 부르며 기뻐했다.

"정말이지! 얘들아, 됐어! 이제 모험을 떠날 수 있어!"

"저기……. 네 명이서, 말인가요?"

보다 못한 접수원 아가씨가 끼어들었지만, 검사는 의문을 품지 않았다.

"조금 있으면, 아마, 다른 모험가분이 오실 거라고 생각하는데요……."

"고블린 따위는 넷이면 충분하잖아? 안 그래?"

검사는 듬직한 시선으로 동료들을 보면서 쾌활하게 웃었다.

"납치된 여자애가 도움을 기다리고 있어요. 더 이상 시간을 끌 수는 없어요!"

다만, 그 말을 들은 접수원 아가씨는 역시 뭐라 말하기 힘든 표정을 지었다.

"……."

그것을 보고, 여신관의 가슴에 정체 모를 불안이 피어올랐다.

§

비릿한 바람이 지나가자 횃불이 정처 없이 흔들렸다.

대낮의 태양은 동굴 입구부터 가득 찬 어둠에 가로막혀 안쪽까지 들어오지 못했다.

흔들리는 불의 움직임에 맞춰, 암벽의 울퉁불퉁한 바위 그림자가 벽화의 괴물처럼 꿈틀대며 춤추었다.

각각 변변찮은 장비를 갖춘 남녀 네 명.

그들은 살짝 주저하면서도 대열을 짜고 깊은 어둠 속을 나아갔다.

선두에는 횃불을 든 검사가, 그 뒤에는 여무투가, 맨 뒤에는 여마술사가 섰다.

그리고 대열의 세 번째에 신관복 차림으로 석장을 손에 들고 조심조심 쭈뼛거리며 나아가는 소녀가 있었다.

대열을 제안한 것은 여마술사였다.

중간에 갈림길이 없다면 등 뒤에서 기습을 받을 걱정은 안 해도 된다.

전위(前衛)가 돌파되지 않는 한 후위(後衛)인 두 사람은 안전하며, 뒤에서 지원을 해주면 된다.

"……괜, 찮을까요?"

그러나 여신관의 목소리에는 아직도 불안한 기색이 짙었다.

동굴에 들어온 뒤부터 더욱 확연해졌을 정도였다.

"상대를 잘 알지도 못하는데, 갑자기 뛰어들었잖아요……."

"정말이지 걱정도 많아. 신관답다면 신관답기는 하지만 말이야."

동굴의 공허함과 어울리지 않는 쾌활한 검사의 목소리가 메아리치며 사라졌다.

"고블린 정도는 어린애들도 알잖아? 나는 마을에 온 녀석을 쫓아낸 적도 있어."

"고블린을 쓰러뜨려도 자랑거리는 못 되니까 잘난 체하지 마, 창

피하게. 애당초 쓰러뜨리지도 못했잖아."

여무투가가 얄밉다는 듯 말하자, 검사가 입을 삐죽거렸다.

"딱히 틀린 말은 아니잖아?"

그 반응에 여무투가는 못 말리겠다는 듯, 그러나 어쩐지 즐거운 듯한 한숨을 내쉬었다.

"이 바보가 처리 못해도 내가 때려잡을 테니까 그리 걱정하지 마."

"야, 바보는 좀 심하지 않냐……."

검사가 풀 죽은 표정을 지었다. 하지만 횃불에 비친 표정이 금세 변하더니 여유롭게 검을 치켜들었다.

"뭐 우리들이라면 설령 드래곤이 나와도 어떻게든 될 거야!"

"……성급하기도 해라."

여마술사가 조용히 말하자, 여무투가가 키득거리며 웃었다. 동굴 속에 목소리가 겹치며 울렸다.

여신관은 그것마저도 어둠 속의 무언가를 불러들일 것 같아서 말하는 것조차 망설이고 있었다.

"하지만, 언젠가는 용 사냥도 도전해 봐야지. 안 그래?"

고개를 끄덕이는 검사와 여마술사에 이어 여신관은 조용히 미소 지었다.

접수원 아가씨와 같은 애매한 표정을 그림자 속에 감추며 말이다.

—과연, 정말로 그럴까?

여신관은 그 의문을 결코 입 밖에 내지 않았다. 가슴 속에 불안이 휘몰아치고 있어도…….

그는『우리들이라면』이라고 말했다.

그러나 어제 오늘에야 만난 참인데 어떻게 그렇게 믿을 수 있을까?

나쁜 사람이 아니란 것은 알 수 있었다. 그건, 알 수 있었지만…….

"하지만 역시 조금 더 준비를 하는 편이 좋지 않았을까요……? 약도 없잖아요."

"그건 그렇지만, 살 돈도 시간도 없잖아."

여신관의 목소리가 떨리고 있었지만, 검사는 개의치 않고 용감하게 말했다.

"납치된 여자애들이 걱정도 되고……. 게다가 만약 다치면 네가 고쳐줄 거잖아?"

"분명 치유와, 빛의 기적을 받기는 했습니다, 만……."

"그럼 괜찮아!"

고작 세 번뿐이에요……. 여신관이 흐린 말은 결코 누구에게도 닿지 않았다.

"그렇게 자신만만한 건 좋지만 말이야. 설마 길을 잃어버린 건 아니겠지?"

"이보세요. 여기까지 외길이었잖아? 어떻게 해야 길을 잃는데?"

"어떨는지 몰라. 넌 금세 까불거리잖아. 눈을 뗄 수가 없다니까."

"그건, 너도 그렇잖아……."

검사와 무투가는 같은 고향출신이었다. 지금까지 오면서 그랬던 것처럼 화기애애하게 말다툼을 시작했다.

여신관은 두 사람을 쫓아가며 양손으로 매달리듯 석장을 쥐고서 입 속으로 몇 번이고 지모신의 이름을 읊었다.

—부디, 무사히 끝날 수 있기를.

그 기도는 메아리치지 않고, 어둠 속으로 떨어져 사라졌다.

그것이 지모신 곁에 닿았는지, 아니면 그녀가 기도에 귀를 기울이고 있어서였는지—.

“뒤처졌어. 대열을 유지해.”

“아, 네. 죄송해요…….”

그것을 처음 알아차린 것은 여신관이었다.

기도하는 동안 앞서나간 여마술사가 재촉하자, 여신관은 종종걸음으로 그녀 앞으로 나섰다. 그때—.

와르르. 무언가가, 바위가 굴러가는 듯한 희미한 소리.

“……윽!”

움찔 몸을 떨며 멈춰 선 여신관에게 마지막에 따라오던 여마술사가 짜증을 내면서 물었다.

“또야? 이번엔 뭔데?”

수도의 학원을 우수한 성적으로 졸업하고 주문을 받은 그녀는 여신관이 거북했다.

흠칫거리고, 쭈뼛거린다. 첫인상부터 최악이었지만 동굴에 들어온 다음부터는 더욱 심해졌다.

“지금, 뭔가 무너지는 소리가……?”

“어디서? 앞?”

“뒤에서, 인데요.”

—좀 작작 해라.

이건 신중하다기보다 겁쟁이다. 모험가가 되기에는 치명적으로 적성이 안 맞는 것 아닐까?

여신관이 멈춰 선 탓에 이미 앞서가는 두 사람과 거리가 크게 벌어져 버렸다.

사이좋게 말다툼을 하는 그들은 이쪽을 눈치챈 기색이 없었다.

광원도 멀어진 탓에 농도가 짙어진 어둠 속, 여마술사의 입에서 한숨이 흘러나왔다.

"있잖아. 우리는 입구에서 똑바로 왔거든? 뒤에 뭐가 있을 리—."

그리고 기가 막힌 듯 돌아보던 여마술사의 냉정한 목소리가—.

"고블린?!"

—비명으로 바뀌었다.

분명히 바위가 무너져 있었다. 아니, 고블린이 벽을 파냈다.

구멍에서 추악한 괴물들이 뛰쳐나와, 불행히도 맨 뒤에 있던 그녀에게 무리 지어 덤벼들었다.

손마다 조잡한 무기를 쥐고서 역겨운 표정을 지은, 어린애만 한—동굴에 숨어 있는 소귀(小鬼).

고블린.

"히, 이익?!"

쥐어 짜낸 비명을 지른 여마술사가 졸업의 증표인 석류석 지팡이를 휘둘렀다.

꼬인 혀가 주문을 자아낸 것은 기적 같은 일이었다.

"《사지타(화살)…… 인프라마라에(점화)…… 라디우스(사출)》!"

뇌리에 새겨진 주문을 덧칠하여 세상을 개변한다. 진정으로 힘 있는 말이 치솟았다.

주먹만 한 석류석에서 붉디붉은 《파이어 볼트(불화살)》가 날아가 고블린의 얼굴을 쏘았다.

고기가 타오르는 역겨운 소리와 냄새.

—한 마리 처리했다!

분명한 승리, 대범한 웃음과 함께 생긴 고양감.

자신이 두 번**이나** 술법을 쓸 수 있다는 것이 절대적인 자신감을 주었다.

"사지타…… 인프라마라에…… 라디— 꺄악?!"

그러나, 적은 그녀보다 훨씬 많았다.

다음 주문이 완성되는 것보다 빠르게, 고블린이 여마술사의 가는 팔을 붙잡았다.

저항하고자 힘을 넣을 틈도 없이 돌바닥에 넘어뜨렸다.

"아, 윽?!"

안경이 날아가 깨졌다.

곧장 시야가 흐릿해진 그녀의 손에서 순식간에 지팡이를 빼앗아 갔다.

"아, 아……악! 내, 내놔! 그건, 너희 같은 것들이 만져도 되는 게……!"

지팡이와 반지, 마술의 발동체는 주문술사의 생명줄이다. 그리고 그 이상으로 그녀의 긍지 자체였다.

그러나 반광란 상태로 외치는 그녀의 눈앞에서, 고블린은 보란 듯이 소리를 내며 그것을 부러뜨렸다.

그 순간, 여마술사의 얼굴이 확 일그러졌다. 냉정함이란 가면은 이제 완전히 떨어져 나갔다.

“이…… 이, 것들이!”

풍만한 가슴을 흔들며, 제대로 단련도 되지 않은 다리를 휘둘러 버둥거리며 날뛰고, 발악하고, 발버둥 쳤다.

그러나, 그것이 문제였다. 짜증이 난 소귀가 녹슨 단검을 가차 없이 그녀의 배에 찔러 넣었다.

“으아아아아아……악?!”

내장이 상한 여자의 비통한 절규.

물론, 다른 동료들— 아니, 여신관도 가만 보고만 있지는 않았다.

“너, 너희들! 거기서 떨어져! 그만둬……!”

여신관이 가녀린 팔로 열심히 석장을 휘둘러 고블린을 쫓아내려고 했다.

물론 성직자 중에는 무술이 뛰어난 자도 있다.

오랫동안 모험을 계속한 결과 그에 걸맞은 역량에 달한 사람도 있었다.

그러나 여신관의 공격은 참으로 약해빠진 일격이었다.

애당초 공포에 질려 마구잡이로 휘두른 무기가 제대로 맞을 리도 없었다.

석장 끝이 바위와 땅에 부딪쳐 가벼운 소리가 울렸다.

그러나 다행인지 불행인지 고블린들이 망설이듯 한 걸음 물러섰다.

그녀가 무승(武僧)일지 모른다고 경계했을지도 모르고, 우연히 눈먼 공격이라도 맞는 것을 경계했을지도 모른다.

여신관은 한순간의 틈을 찔러 여마술사를 고블린 무리에서 끌어냈다.

“정신…… 정신 차려요! ……윽?!”

대답이 없다. 몸을 흔들며 부르던 여신관의 손은 검붉게 물들었다.

웅크리고 있는 여마술사의 배를 녹슨 칼날이 무참하게 휘저어 놓았다.

지독한 참상에 여신관의 목에서 가늘게 숨을 삼키는 소리가 났다.

“아, …………아…….”

그러나 그녀는 살아 있었다. 움찔거리며 경련은 하고 있지만 죽지는 않았다.

아직 안 늦었다. 늦어서는 안 된다. 여신관은 입술을 굳게 다물었다.

“《자비 깊은 지모신이여, 부디 이자의 상처를 그 손으로 어루만지소서》……!”

석장을 가슴에 끌어당기고, 흘러나온 내장을 밀어 넣듯 손을 대고 기적을 탄원했다.

마술이 세계의 섭리를 개변한다면, 《힐(소회복)》은 틀림없이 신들의 위업이다.

혼을 깎아 내는 기도가 받아들여지자, 여신관의 손바닥에 희미한 빛이 생기더니 여마술사에게 옮겨 갔다.

그 빛이 거품처럼 사라지는 것과 함께 찢어진 배가 서서히 아물기 시작했다.

물론 고블린들이 그걸 느긋하게 보고만 있을 리가 없었다.

“이놈, 고블린 놈들! 잘도 동료들을!!”

하지만 드디어 후방에서 이상이 생긴 것을 깨달은 검사가 동료를 감싸듯 뛰어들자 고블린들도 어찌할 수 없었다.

횃불을 내던지고 장검을 두 손으로 단단히 잡은 뒤 찌르기. 고블린의 목이 꿰뚫렸다.

“Guia?!”

“다음……!!”

억지로 검을 당기고 돌아서면서 또 한 마리. 고블린의 상반신에 사선으로 참격을 날린다.

역겨운 괴물의 피가 확 튀는 가운데 검사가 사납게 외쳤다.

“자, 왜 그러냐! 덤벼!”

피에 취한다는 말이 있다.

그는— 검사는 농가의 차남이었다. 그리고 어렸을 때부터 기사가 된다는 꿈이 있었다.

어떻게 해야 기사가 될 수 있는지는 몰랐지만…… 적어도 약해서는 기사가 될 수 없다.

잠들 때 들은 이야기에서 기사는 괴물을 쓰러뜨리고 악을 토벌하며 세상을 구했다.

이렇게 소귀들을 해치우며, 연약한 여성, 동료를 구하는 모습은 그야말로 기사였다.

그래서 검사의 얼굴에 웃음이 떠올랐다.

휘두르는 손에도 힘이 들어가고, 피가 끓어올라 귀가 울린다. 모든 것이 눈앞의 적 한 마리에게 집중된다.

“기다려! 혼자서는 무리야!”

그러나 그는 아직 기사가 아니었다.

여무투가의 목소리가 닿기도 전에 녹슨 단검이 검사의 허벅지에

박혔다.
"크, 아?! 이, 게에!!"
가슴에 깊은 상처가 난 고블린. 지방이 들러붙어 무뎌진 칼날로는 완전히 죽일 수가 없었다.
검사는 자세가 크게 무너지면서도 두 번째 공격을 가했다. 이번에야말로 고블린은 소리도 못 내고 숨이 끊어졌다.
그러나 그 직후, 검사의 등을 향해 새로운 고블린이 뛰어올랐다…….
"걸리적, 거려엇!!"
베어 버리고자 휘두른 장검이, 둔탁한 소리를 내면서 동굴의 돌벽에 걸려 버렸다.
그것이 마지막이었다.
땅에 떨어진 횃불이 꺼지고 밀려오는 어둠 속에서, 탁한 비명이 놀랄 정도로 잘 울렸다.
검사는 폼이 안 나고 돈이 없다는 이유로 방패와 투구도 착용하지 않았다. 몸을 지키는 것은 얄팍한 가슴 보호대뿐이었다.
바닥에 쓰러지고 난도질당해 맥없이 죽는 것을 피할 수 없었다.
"……윽! 말도 안……!"
손대지 못하고 있던 여무투가가, 밉지 않게 생각하던 남자의 죽음에 창백해져서 멈춰 섰다.
떨리는 주먹을 움켜쥐고 자세를 잡은 것만 해도 합격점이라고 봐야 할 것이다.
"……너희들, 도망쳐."

"그, 그렇지만……!"

조용한 말에 여신관이 반박했지만, 어떻게 할 수 없다는 것은 그녀도 알고 있었다.

그녀의 품에 있는 여마술사는 《힐》의 기적을 받았는데도 호흡이 얕고 가빴다. 반응도 거의 없었다.

고블린 무리는 남은 먹잇감을 향해 조금씩 다가오고 있었다.

지금은 아직 여무투가를 경계하고 있지만 이제 곧 밀려들어 올 것이 자명했다.

여신관은 여마술사와 여무투가, 이미 쓰러진 검사를 아직도 찔러대는 고블린들을 번갈아 보았다.

두 사람이 움직이지 않는 것을 본 여무투가는 미약하게 혀를 한 번 찼다.

"이, 야아……압!"

각오를 굳힌 그녀는 늠름한 기합을 지르며 스스로 고블린 무리에게 뛰어들었다.

유연하게 단련된 사지에서, 죽은 아버지에게 전수받은 격투기의 진수가 펼쳐졌다.

여기서 죽을 수는 없다. 아버지의 무술이 이런 소귀들에게 질 리 없었다.

—무엇보다, 그 녀석을 죽였으니 절대로 용서 못해!

심신이 모두 단련된 정권지르기는 훌륭하게 고블린 한 마리의 명치를 꿰뚫었다.

토사물을 흩뿌리며 뒤로 쓰러지는 적을 떨쳐내고 돌아서면서 휘두른 수도일섬(手刀一閃).

크리티컬 히트.

목줄기에 강렬한 대미지를 받은 고블린이 불가능한 자세를 보이며 무너졌다.

동시에 공격을 통해 벌어진 간격에 파고든 기세를 살려 오른발로 허공을 쓸었다.

수도 없이 연습한 돌려차기. 두 마리의 고블린을 한꺼번에 돌벽에 날려서 숨통을 끊어놓고…….

"앗……?!"

그러나 세 마리째 고블린이 너무나 쉽사리 받아내더니 발목을 잡아버렸다.

근골이 삐걱거릴 정도의 악력에 여무투가의 얼굴이 창백해졌다.

고블린은 어린애만 한 크기밖에 없다, 고 한다. 하지만, 그러나—.

"HURGGGGGGG……!"

목을 울리면서 썩은 내 나는 숨결을 내쉬며 으르렁대는 고블린은 거대했다.

결코 작은 체구가 아닌 여무투가도 올려다봐야 할 체격 차이였다.

붙잡힌 다리가 삐걱거릴 정도로 아파서 비명이 흘렀다.

"으, 아, 아, 아파……악! 이거, 놔——아악?!"

순간 거대한 고블린이 한쪽 다리를 붙잡은 채 여무투가를 아무렇게나 동굴 벽으로 휘둘렀다.

메마른 것이 부서지는 둔탁한 소리.

소리도 못 내고 몸부림치는 여무투가를 이어서 반대쪽 벽으로 휘둘러버렸다.

"히, 키약?!"

사람이 내는 것 같지 않은 비명. 여무투가는 피 섞인 토사물을 뿌리면서 땅바닥에 내동댕이쳐졌다.

그러자 나머지 고블린들이 무리 지어 덤벼들었다.

"으칵?! 이긱?! 악?! 커흑?! 엑?! 으, 아아악?!"

여무투가가 울부짖었지만, 고블린들은 가차 없이 곤봉으로 두들기며 옷을 찢어서 벗겨냈다.

고블린들에게 자신들을 죽이러 온 모험가에 대한 자비 따위는 없었다.

역겨운 짓을 당하는 소녀가 새된 비명을 질렀다.

그 소리에 섞인 말을, 여신관은 분명히 들었다.

—어서, 도망쳐.

"……읏! 죄송해요……!"

여신관은 동굴에 메아리치는 소리에 귀를 막고서 여마술사를 부축하며 넘어질 듯 달리기 시작했다.

달린다. 달린다. 달린다. 넘어질 뻔했지만 필사적으로 버티고 더욱 달린다.

어둠 속, 돌들이 굴러다녀 바닥이 불안정했지만, 그래도 여신관은 열심히 달렸다.

"……송해요……죄, 송해요……죄송해요, 죄송해요……읏!"

숨이 차올라 신음하듯 입을 열었다.

이제는 불빛도 없고, 자신들이 점점 더 안쪽으로 내몰리고 있다는 것을 알면서도…….

"크, 으, 아……!"

메아리치는 비명을 남기고, 서서히, 서서히 쫓아오는 고블린들의 발소리가 무엇보다도 두려웠다.

발길을 멈추긴커녕 돌아보지도 못하겠다.

돌아보더라도 어둠을 꿰뚫어 볼 수조차 없다.

지금이라면 접수원 아가씨가 애매한 표정을 지은 이유를 이해할 수 있다.

그렇다. 분명히 고블린은 약했다.

새내기 모험가인 검사가, 여무투가가, 여마술사가 각각 해치운 것처럼.

체격도, 지력도, 힘도, 거의 모든 것이 어린애 수준이었다. 이야기로 들었던 것처럼 말이다.

그러나 어린애가 살의와 흉기를 가지고 꾀를 부리며, 10마리 이상이 공격하면 어떻게 될까?

파티원들은 그런 것을 생각도 못했다.

일행은 약했고, 미숙했고, 낯설었고, 돈과 운이 없었고, 그리고 고블린의 수는 훨씬 많았다.

이것은 단지 그것뿐…… 아주 흔한 이야기, 인 것이다.

"앗……!"

기어이 신관복의 자락이 다리에 휘감겨서 여신관은 꼴사납게 넘어졌다.

얼굴과 손바닥이 자갈에 긁힌 아픔보다도, 여마술사를 놓쳐 버린 것이 중요했다.

여신관이 황급히 다가가 갓 만난 동료의 몸을 일으켰다.

"죄, 죄송해요! 괜찮으세요?!"

"오, 에……."

꿀럭. 여마술사는 대답 대신 입에서 피거품을 토했다.

필사적으로 달리느라 몰랐는데, 여마술사는 부들거리며 경련까지 일으키고 있었다.

온몸에서는 지독한 열이 오르고 있었고 땀은 두꺼운 마술사의 로브를 푹 적실 정도였다.

"어, 어째서……?!"

의문은 가장 먼저 자신에게 향했다. 혹시 그녀의 기도가 신에게 바르게 전달되지 않은 걸까?

여신관은 그런 생각이 들어 귀중한 시간을 써서 여마술사의 옷을 헤집고 상처를 더듬어 확인했다.

그러나 기적은 바르게 작용했다.

피로 지저분했지만 배는 매끈하고 상처 하나 없었다.

"……그, 그러니까, 이, 이럴 때, 이럴 때는, 어떻게 해야……."

무엇을 어떻게 해야 할지 전혀 알 수 없었다.

어느 정도의 응급 처치 지식은 있다. 기적도 아직 쓸 수 있었다.

그러나 다시 한 번 치유의 기적을 행하면 그녀가 나을까? 다른 방법을 시험해야 하지 않을까?

아니, 애당초 이렇게 흐트러진 마음으로 신의 곁에 탄원을 보낼 수 있을까……?

"으, 아아……악?!"

그 한순간의 틈은 치명적이었다. 갑작스런 격통을 느낀 여신관은 몸부림치며 쓰러졌다.

어둠 속에서 뭔가 지나갔나 싶더니, 타는 듯한 아픔이 왼쪽 어깨를 꿰뚫고 지나갔다.

돌아보니 화살이 깊숙이 박혀 있었다. 신관복 위까지 빨간 피가 흘러나왔다.

여신관은 갑옷을 입지 않았다. 옷을 꿰뚫은 화살은 가녀린 어깨를 가차 없이 찢어버렸다.

계율로 과도한 무장이 금지되기도 했고, 무엇보다 돈이 없었다.

미약하게 몸을 비틀기만 해도 고통이 수백 배로 부풀어 올라 상처에 부지깽이를 찔러 넣은 것처럼 뜨겁고 아팠다.

"으으, 으으으으……윽!"

여신관은 이를 악물고 눈에 눈물이 고인 채 고블린들을 노려보는 수밖에 없었다.

무기를 손에 들고 다가오는 고블린은 고작 두 마리였다.

싱글거리며 웃는 찢어진 입에서는 침을 흘리고 있었다.

혀를 깨물고 죽을 수 있다면 그나마 나을지도 모른다.

그러나 그녀의 신은 자살을 용납하지 않으니, 동료들이 맞이한 미래를 피할 수 없을 것 같았다.

난도질당하거나, 역겨운 일을 당하거나, 둘 다 당하거나.

"히, 으, 으……으……."

이가 딱딱 부딪히고, 떨림이 멈추질 않았다.

여신관은 여마술사를 감싸듯 끌어안았지만 문득 자신의 하반신이 따뜻해진 것을 느꼈다.

고블린들이 그 냄새를 맡았는지 징그럽게 얼굴을 일그러뜨렸다.

그 모습에 눈길을 돌리려는 듯, 여신관은 열심히 지모신의 이름을 읊었다.

구원은 없었다.

그러나…….

"……아……?"

어둠 속에, 빛이 있었다.

밀려드는 황혼으로 덧칠된 하늘 속에서, 긍지 높게 빛나는 밤의 샛별처럼.

한 점. 미약한, 그러나 선명한 빛이 서서히 이쪽으로 다가오고 있었다.

동시에 울려퍼지는 거침없고 과감하며 망설임 없는 발소리.

고블린들이 당황한 듯 돌아보았다. 동료가 먹잇감을 놓친 것일까?

그리고 여신관은 괴물들 어깨 너머로 그를 보았다.

그 사람은 너무나도 볼품없는 남자였다.

지저분한 가죽 갑옷과 철 투구. 작은 방패를 팔에 고정한 왼손에는 횃불. 오른손에는 어중간한 길이의 검.

새내기인 여신관 일행의 장비가 차라리 나을 정도다. 여신관은 그렇게 생각했다.

—안 돼요……! 오면, 안 돼요……!

그렇게 외쳤다면 좋았겠지만, 공포가 혀를 마비시켜 목소리가 안 나왔다.

여무투가 같은 용기가 없다는 것이 너무나도 창피했다.

눈 앞의 무력한 먹잇감 따위는 나중에라도 어떻게든 된다고 생각했을 것이다.

여신관을 무시하고 남자를 돌아본 고블린들 중 하나가 화살을 활시위에 메겨 당기고, 쏘았다.

돌촉의 조잡한 화살. 궁술도 실제로는 보잘것없는 것이었다.

하지만 사람이 볼 수 없는 어둠 속에서 쏜 화살은 도저히 피할 수가…….

"흥."

그러나 남자는 코웃음을 치는 것과 거의 동시에 날카롭게 검을 휘둘러 별 어려움 없이 화살을 쳐 냈다.

어찌 된 일인지 상황을 이해하지도 못한 채 또 한 마리 고블린이 덤벼들었다.

역시나 녹슨 단검으로 어깨 부분, 갑옷의 틈을 깊숙하게 찔렀다.

"아아……앗!"

여신관이 비명을 질렀다. 그러나 울려 퍼진 소리는 그뿐이었다. 그 직후, 미약한 금속음이 들려왔다.

단검은 가죽 갑옷 아래 사슬 갑옷에 막혔다.

고블린은 당황하면서 관통시키려고 힘을 주었다.

"GYAOU?!"

그 한순간의 틈은 치명적이었다.

남자는 방패로 고블린을 밀쳐서 돌벽에 밀어붙여 고정시켰다.

"일단 하나."

그는 담담하게 말했다. 그 말의 의미는 금방 이해할 수 있었다.

남자는 고블린의 얼굴에 거침없는 동작으로 횃불을 들이댔다.

듣기 싫은 탁한 비명. 고기가 타는 역겨운 냄새가 풍겨 동굴에 가득 찼다.

고블린은 반쯤 미쳐 발광하듯 몸부림쳤지만 방패에 막혀서 얼굴을 할퀼 수조차 없었다.

이윽고 움직임이 멈추고 사지가 힘없이 축 늘어진 것을 확인한 다음, 남자는 천천히 방패를 떼었다.

풀썩. 묵직한 소리가 나면서 얼굴이 타오른 고블린이 떨어졌다.

남자는 그것을 아무렇게나 걷어차 굴리더니 앞으로 나섰다.

"다음."

기이한 광경이었다. 여신관만 겁을 먹은 것이 아니었다.

활을 든 고블린이 무심코 뒤로 물러나 동료를 버리고 도망치고자 한 것도 무리는 아니었다.

용감함이란 고블린과 가장 동떨어진 말 중 하나니까.

그러나 그 고블린의 등 뒤에는 지금 여신관이 있었다.

"……윽!"

여신관은 이번에야말로 행동했다.

화살에 맞고, 실금하고, 다리에 힘이 풀렸고, 빈사의 동료에게 매달린 꼴사나운 모습이라도.

그녀는 움직이는 한 팔로 고블린에게 석장을 내밀었다.

별로 의미는 없는 사소한 저항이었다. 그마저도 생각이 있었던 게 아니라 그저 반사적으로 움직인 것이었다.

그러나 고블린이 한순간 주저하기에는 충분하고도 남았다.

녀석은 그 한순간에 어떻게 해야 할지, 지금까지 살면서 가장 열심히 머리를 굴렸을 것이다.

그리고 결론을 내리기도 전에 갑옷 전사가 던진 검을 맞아, 생애 마지막으로 짜낸 결론이 돌벽에 흩어져버렸다.

짧은 시간이 지난 뒤, 두개골이 부서진 고블린이 쓰러졌다.

"이걸로 둘."

그 남자는 구역질이 나는 싸움을 끝내고 숨통을 끊은 고블린들의 시체를 유린했다.

지저분한 철 투구와 가죽 갑옷, 사슬 갑옷을 입은 그는 온몸에 괴물의 피가 튀어 검붉게 물들어 있었다.

왼팔에는 낡아 빠진 상처투성이 소형 방패를 고정했고, 손에는 붉게 타오르는 횃불을 들었다.

비어 있는 오른손이 단단히 밟아 고정한, 두개골에 꽂혀있던 검을 거침없이 뽑아냈다.

뇌수가 잔뜩 엉겨 붙은, 무척 어중간한 길이의 싸구려 장검.

어깨에 화살을 맞은 채 땅에 주저앉은 소녀는 겁을 먹고 가녀린 몸을 떨었다.

황금색의 투명하고 긴 머리칼, 청초하고 가련한 얼굴이 눈물과 땀에 젖은 채 엉망으로 일그러져 있었다.

가녀린 체구, 쭉 뻗은 팔과 다리는 신관임을 나타내는 성의(聖衣)에 가려져 있었다.

석장을 쥔 손이 잘게 떨리고 있었다.

—눈앞에 있는 남자는 정체가 뭘까?

어쩌면 고블린과 마찬가지거나, 그 이상의 정체 모를 괴물 같기도 했다.

그 정도로 남자의 모습, 몸에 두르고 있는 기척, 태도는 몹시 기이했다.

"……윽, 저, 당신은……?"

소녀가, 공포와 고통을 견디면서 물었다.

그리고, 남자가, 대답했다.

소귀를 죽이는 자

"고블린 슬레이어."

—용이나 흡혈귀가 아닌, 가장 약한 괴물인 소귀(小鬼)를. 고블린을 죽이는 자.

평소에 들었다면 웃어버릴 정도로 우스꽝스런 이름이었지만, 지금 그녀는 도저히 그렇게 생각할 수 없었다.

§

어깨의 아픔도 잊고서 멍하니 바라보는 모습이 눈앞의 남자— 고블린 슬레이어에게 어떻게 보였을까?

그가 성큼성큼 눈앞까지 다가와 몸을 숙이자, 여신관은 깜짝 놀라 몸을 떨었다.

횃불 빛에 비치는 가까운 거리에서도 면갑에 가려진 철 투구 안쪽, 남자의 눈은 보이지 않았다.

혹여나 갑옷 속에도 어둠이 가득 찬 것은 아닐까?

"신입인가."

고블린 슬레이어는 여신관 목에 걸린 인식표를 보고 조용히 말했다.

횃불을 바닥에 두는 그의 가슴에서 인식표가 흔들렸다.

어둠 속에서 탁하게 반짝이는 색은, 틀림없이 은빛이었다.

"아……."

작게 목소리를 낸 여신관은 그것이 어떤 의미인지 알고 있었다.

모험가 길드에 소속된 10단계 등급 중에서 제3위.

역사상 몇 명밖에 없는 예외인 백금 등급과 국가 규모의 어려운 일에 활동하는 금 등급.

그들의 바로 다음가는, 사실상 재야에서 가장 뛰어난 모험가다.

"……은 등급, 모험가."

최하위인 백자 등급의 여신관하고는 동떨어진 틀림없는 베테랑이었다.

—조금 있으면, 아마, 다른 모험가분이 오실 거라고 생각하는데요…….

접수원 아가씨의 말이 여신관의 뇌리를 스쳤다. 어쩌면, 이 사람을 말한 게 아닐까……?

"말할 수 있나 보군."

"네?"

"운이 좋은 거다."

고블린 슬레이어의 손놀림은 잔혹할 정도로 거침없어서 여신관은 무슨 말을 할 틈도 없었다.

"으, 아……악?!"

화살촉의 미늘이 근육을 찢자 너무나 큰 격통에 신음이 흘러나왔다.

화살을 억지로 뽑아낸 상처에서 넘치는 피와 함께, 눈가에는 방울진 눈물이 뚝뚝 떨어졌다.

고블린 슬레이어는 이번에도 거침없는 손놀림으로 허리의 벨트 파우치에서 작은 병을 꺼냈다.

"마셔라."

유리 속에서 희미하게 빛을 뿜어내는 녹색 약— 힐 포션(치유의 물약).

여신관의 파티가 가지고 싶었지만 돈과 시간이 없어 구입을 포기했던 물건.

내민 것을 받기는 했지만, 여신관의 시선이 약병과 상처 입은 여마술사 사이를 번갈아 보았다.

"저, 저기……!"

신기하게도 한번 목소리를 내자 뒷말이 술술 이어졌다.

"그, 그녀에게, 써도, 괜찮을까요! 제 기적으로는……."

"어디를, 뭘로 당했지?"

"그, 그게, 단검으로, 배를 찔린 것, 같아요."

"……단검."

고블린 슬레이어는 이번에도 거침없는 손놀림으로 여마술사의 배를 더듬었다.

손가락으로 꾹 누르자 그녀는 다시 피를 토했다.

걱정스레 지켜보는 여신관에게는 눈길도 안 주고 재빠르게 진찰을 끝낸 그는 담담하게 말했다.

"포기해라."

"……윽!"

여신관은 창백해져서 숨을 삼키더니 여마술사를 안은 팔에 힘을 주었다.

"봐라."

고블린 슬레이어는 자신의 어깨 부근, 사슬 갑옷에 끼어 있던 단검을 뽑아 보여줬다.

칼날에 정체 모를 거뭇한 점액이 끈적하게 얽히듯 묻어 있었다.

"독이다."

"도, 독이요……?"

"야산에서 모은 풀, 놈들의 분뇨, 타액, 그것을 적당히 뒤섞어서 만든다."

—운이 좋은 거다.

고블린 슬레이어가 앞서 한 말의 의미를 이해한 여신관은 다시 숨을 삼켰다.

화살촉에는 그 독이 묻어있지 않았다. 그래서 그녀는 이렇게 무사한 것이다.

만약 고블린 두 마리 중에서 단검을 가진 쪽이 먼저 그녀를 공격했다면…….

"당하면 숨이 막히고 혀가 떨리며, 온몸이 경련하고 열이 나다가, 의식이 혼탁해져서 죽는다."

이가 빠진 단검을 고블린의 누더기로 닦아 벨트에 끼운 그는 투구 속에서 말했다.

"놈들은 불결하다."

"그, 그럼, 해독만 할 수 있으면, 그녀는……!"

"해독제는 있지만 독이 온몸에 돌았다. 이미 늦었다."

"아……."

그때 여마술사의 공허한 눈동자에 미약하게 초점이 돌아왔다.

목이 피거품으로 꿀럭거리고, 입술을 떨면서, 소리인지 말인지도 알 수 없는 희미한 말을 뱉었다.

"…………우, 여, ………줘."

"알았다."

다음 순간, 고블린 슬레이어는 주저 없이 검을 움직였다.

한순간 신음한 여마술사가 움찔 몸을 떨더니, 이윽고 피거품을 뿜어내며 숨을 거두었다.

뽑아낸 칼날을 살펴보고 지방으로 무뎌진 것을 확인한 고블린 슬레이어는 혀를 차면서 말했다.

"고통 받게 하지 마라."

"그럴 수가?! 아직, 살 수 있었을지도, 모르는데……!"

여신관은 축 늘어져 힘이 빠진 그녀의 주검을 안은 채 창백해져서 외쳤다.

—그러나.

그 이상, 말을 할 수 없었다. 이미 늦었다, 라니……. 정말 그랬을까?

그렇다 해도, 여기서 죽이는 것이 그녀를 위한 것이었을까?

여신관은 알 수 없었다.

어쨌든 《큐어(해독)》의 기적은 아직 받지 못했다.

해독제를 먹이고 싶어도 그건 눈앞의 남자 것이다. 여신관의 것이 아니었다.

여신관은 물약을 마시지도, 일어서지도 못한 채 그저 떨고만 있었다.

"잘 들어라. 놈들은 바보지만 멍청하지는 않다."

고블린 슬레이어가 내뱉듯이 말했다.

"적어도, 주문술사를 먼저 노릴 정도의 머리는 있다. ……봐라."

그가 벽에 걸린 쥐 해골과 까마귀 깃털을 가리켰다.

"고블린 놈들의 토템이다. 즉, 샤먼이 있다는 거다."

"샤먼……?"

"모르나 보군."

여신관은 불안한 기색이었지만 고개를 끄덕였다.

"주문술사다. 이 소녀보다는 솜씨가 뛰어나지."

여신관은 주문을 쓸 수 있는 고블린에 대해서는 들어본 적도 없었다.

만약 알고 있었다면 그녀의 파티는 전멸하지 않았을까?

—아니.

여신관은 내심 포기하듯 부정했다.

만약 알고 있었다고 해도, 그것을 위협이라고 생각지 않았으리라.

고블린은 첫 모험에서도 해치울 수 있는 실력 테스트용 괴물이다.

적어도, 아까까지는— 그렇게 생각했으니까.

"커다란 놈을 봤나?"

고블린 슬레이어가 주저앉은 여신관을 들여다보았다.

이번에는— 희미하게 눈동자가 보였다.

지저분한 투구 안쪽에 있는 기계처럼 차가운 눈빛.

투구 안쪽의 눈동자가 그녀를 가만히 바라보자, 여신관은 어색함에 몸을 비틀다가 흠칫 몸이 굳었다.

하반신의 미지근함과 습기를 갑자기 떠올리고 말았다.

고블린에게 공격받아, 순식간에 동료들이 죽고, 파티가 괴멸하고, 자신만 살아남았다는 사실.

너무나도 현실감이 없었다.

그보다도 둔탁하게 욱신거리는 어깨와 실금한 감촉과 수치심이 훨씬 선명했다.

그래서 애매모호한 기억을 열심히 더듬은 여신관은 힘없이 고개를 저었다.

"있었, 던 것 같아요. 하지만……. 도망치느라 정신이 없어서……."

"홉(Hob)이군. 『뜨내기』를 호위로 삼기라도 했나."

"시골뜨기[#1]…… 말인가요?"

"비슷한 거다."

무구를 점검하고, 장비 상태를 확인한 고블린 슬레이어가 일어섰다.

"나는 녀석들이 나온 땅굴로 간다. 지금 토벌해야 해."

여신관은 그 모습을 올려다보았다. 고블린 슬레이어는 이미 그녀를 보지 않았다. 똑바로, 앞에 펼쳐진 어둠을 노려보았다.

"너는 어쩔 거지? 돌아갈 건가, 여기서 기다릴 건가."

여신관은 힘이 안 들어가는 손으로 석장을 움켜쥐었다.

#1 시골뜨기 「Hob」이라는 단어에는 홉고블린(Hobgoblin)이라는 의미 외에 시골뜨기라는 의미도 있다.

떨리는 무릎에 힘을 주고 눈물을 뚝뚝 흘리며 일어섰다.

"가겠……어요……!"

혼자서 돌아가는 것도, 혼자 방치되는 것도 견딜 수 없었다. 그녀는 그럴 수밖에 없었다.

고블린 슬레이어가 고개를 끄덕였다.

"그럼 포션을 마셔라."

여신관이 작은 병에 든 쓴 약을 구역질을 해 가며 들이켜자 어깨의 열이 내려갔다.

열 종류가 넘는 약초를 이용해 만든 그것은 상처를 극적으로 치유하진 못해도 고통은 멎게 했다.

후우, 안도의 숨이 흘러나온 것도 무리는 아니었다. 그녀는 포션을 처음 마셔보았다.

"좋아."

고블린 슬레이어가 그것을 보고 어둠 속으로 나아갔다.

그의 발걸음은 망설임이 없었고, 여신관을 돌아보지도 않았다.

여신관은 황급히 쫓아가서 뒤처지지 않도록 그의 뒤를 따랐다.

떠날 때 등 뒤를 한 번 돌아보았다. 숨을 거둔 여마술사를…….

"……."

여신관은 입술을 꾹 깨물고 고개를 깊게 숙였다.

나중에 반드시, 데리러 올게요.

§

땅굴까지는 별로 멀지 않았다. 어째선지 고블린들도 보이지 않았다.
대신 이미 사람이었는지도 알 수 없는 고깃덩어리가 무참하게 방치돼 있었다.
구역질이 날 정도의 피와 내장 냄새가 동굴의 공기에 뒤섞여 맴돌고 있었다.
"윽, 욱, 으, 에에에에……."
여신관은 검사의 주검을 보고 견디지 못해 무릎을 꿇고 토했다.
신전에서 마지막 식사로 빵과 포도주를 먹은 것이 몇 년 전의 일처럼 느껴졌다.
아니, 따지고 보면 검사가 모험에 불러준 것도 머나먼 옛날 일 같았다.
"아홉이군."
고블린 슬레이어는 여신관을 무시하고 고블린의 시체를 세더니 고개를 끄덕였다.
"이 규모의 굴이라면 남은 건 반도 안 될 거다."
그는 검사의 시체에서 검과 단검을 줍더니 벨트에 끼웠다.
고블린의 무기도 검토했지만, 만족스럽지 못한 모양이었다.
여신관이 입가를 닦으며 책망하는 눈으로 보았으나 그는 신경 쓰지 않았다.
"몇 명이지?"
"네?"
"접수원에게서 신입이 고블린을 퇴치하러 왔다고만 들었다."
"어, 아, 네 명……."

그제야 여신관은 「앗!」 하고 무심코 외칠 뻔했다가 황급히 양손으로 입가를 막았다.

“저, 저기, 동료가, 그게, 또 한 사람……!”

어째서 지금까지 잊고 있었을까?

그녀 대신 필설로 형용키 어려운 행위를 당한 무투가의 모습은 어디에도 보이지 않았다.

“여자인가.”

“네…….”

고블린 슬레이어가 횃불을 가까이 대고 동굴 바닥을 꼼꼼하게 살폈다.

새로운 발자국 몇 개와 피, 오물, 그리고 무언가를 끌고 간 흔적.

“안쪽으로 끌고 간 모양이다. 살아 있는지는 알 수 없다만.”

고블린 슬레이어는 머리가죽의 피부까지 붙어 있는 긴 머리칼 몇 가닥을 손가락에 들고 결론지었다.

“그럼, 구해야죠……!”

여신관은 필사적으로 자신을 고무시키며 말했다.

그러나 고블린 슬레이어는 대답 없이 새로운 횃불에 불을 붙이고 낡은 것은 샛길로 던져 버렸다.

“놈들은 어둠 속에서도 잘 본다. 무슨 일이 있어도 불을 피워라. 어둠은 적이다. 소리를 들어라.”

여신관은 고블린 슬레이어의 말에 따라서 가만히 귀를 기울였다.

횃불 빛도 닿지 않는 땅굴 안에서 타박타박 발소리가 들려왔다.

—고블린!

아마도 횃불 빛을 보고서 살피러 왔을 것이다.

고블린 슬레이어는 벨트에 끼워 둔 단검을 뽑아 어둠 속으로 던졌다.

무언가에 박히는 날카로운 소리. 횃불의 흐릿한 빛에 뒤로 쓰러지는 고블린의 모습이 보였다.

고블린 슬레이어는 재빨리 뛰쳐나가서 심장을 찔러 마무리를 지었다.

목에 단검이 박힌 고블린은 소리도 못 내고 숨통이 끊어졌다. 눈으로 쫓기도 힘든 재빠른 솜씨였다.

"열."

고블린 슬레이어가 담담하게 수를 세었다. 땅굴을 들여다본 여신관이 조심조심 물었다.

"……당신도, 어둠 속을 볼 수 있나요?"

"그럴 리가."

고블린 슬레이어는 피로 무뎌진 검을 고블린에게 박아 놓은 채 뽑지 않았다.

대신 검사가 가지고 있던 것과 교환하더니, 좁은 곳에서 쓰기에는 너무 긴 길이에 혀를 찼다.

이어서 그는 지금 막 죽인 고블린에게서 창을 빼앗았다.

짐승의 뼈로 만들어진 조잡한 장창이었지만 인간에게는 적당한 길이였다.

"연습을 했다. 놈들의 목 높이를 노려서."

"연습을, 얼마나……?"

"수없이."

"수없이……."

"질문뿐이로군."

"……."

여신관이 부끄러운 듯 고개를 숙였다.

"뭘 쓸 수 있지?"

"……네?"

질문의 뜻을 이해 못했지만 황급히 고개를 들었다.

고블린 슬레이어는 방심하지 않고 굴속을 감시하면서 말을 이었다.

"기적 말이다."

"……《힐》과 《홀리 라이트(성스러운 빛)》를, 받았어요."

"횟수는?"

"3번까지. ……지금 남은 건, 2번……이에요."

결코 자랑은 아니지만, 새내기 신관치고 그녀는 우수한 편이었다.

우선 신에게 기도를 바치고 탄원하여 기적을 받을 수 있는 것만 해도 하나의 재능이었다.

그리고 몇 번이나 신과 혼을 잇는 것에 견딜 수 있는 자도 많지 않았다. 경험이 필요했다.

"예상보다 훨씬 낫군."

그렇지만 고블린 슬레이어의 말을 「칭찬」으로 받아들일 수는 없었다.

그의 어조는 하염없이 사무적이고 담담하여 감정이란 것을 엿볼 수가 없었다.

"그렇다면 《홀리 라이트》만 써라. 어차피 《힐》은 도움이 안 된다. 쓸데없이 낭비하지 마라."

"아, 알겠습니다……."

"아까 그놈은 척후(스카우트)다. 역시 이 구멍이 정답이었군."

창끝으로 고블린이 온 구멍 안쪽을 가리켰다.

"그러나 척후가 돌아가지 않았다. 그리고 네 동료를 죽인 놈도. 내가 죽였기 때문이다."

"……."

"어떻게 하겠나."

"네?"

"네가 고블린이라면 어떻게 하겠나."

갑작스런 질문이었다. 여신관은 가는 손가락을 턱에 대고서 필사적으로 생각했다. 고블린이라면 어떻게 할까?

신전에서 봉사 작업을 했던 그녀의 손은 모험가라고 생각하기 어려울 정도로 하얬다.

"……잠복, 하겠죠."

"그렇고말고."

고블린 슬레이어는 담담하게 말했다.

"그곳으로 들어간다. 각오를 해둬라."

여신관은 얼굴이 새파래져서 고개를 끄덕였다.

고블린 슬레이어는 로프 한 뭉치와 나무 말뚝을 꺼내 발치에 로프를 쳤다.

"주문 같은 것이다."

고블린 슬레이어는 작업에서 눈을 떼지 않고 말했다.

"기억해 둬라. 샛길 입구다. 잊지 마라. 죽는다."

"네, 넵."

여신관이 두 손으로 석장을 움켜쥐었다.

샛길의 입구, 샛길의 입구. 필사적으로 입 속에서 반복했다.

지금 의지할 수 있는 건 고블린 슬레이어라는 정체 모를 남자뿐이었다.

이 남자에게 버려지면, 그녀와 여무투가, 잡혀간 마을 처녀들도 끝장이다.

그동안 고블린 슬레이어가 로프의 설치를 끝냈다.

"간다."

여신관은 열심히 그의 뒤를 쫓아서 로프를 넘어 굴에 발을 들였다.

땅굴은 도저히 기습용으로 팠다고 생각하기 어려울 정도로 뜻밖에 만듦새가 좋았다.

걸을 때마다 나무뿌리가 돋아난 천장에서 흙이 떨어지는 걸 제외하면 무너질 염려는 없어보였다.

그러나 서서히 아래쪽으로 내려가는 완만한 내리막이 여신관을 불안하게 만들었다.

이미 여기는, 사람의— 흄의 영역이 아니었다.

처음부터 알고 있어야 했다. 이제야 깨달아도 이미 늦었지만.

—고블린은 지하에 사는 것들이니까…….

드워프들과 비교할 수는 없더라도 가만 생각해 보면 그랬다.

어째서, 그저 신체적으로 약하다는 이유만으로 그렇게 얕보고 있었을까?

—이미, 후회해도 늦었지만…….

여신관은 횃불의 미약한 빛에 의지해 발치를 확인하면서 살며시 남자의 등을 살폈다.

그의 움직임에는 망설임도, 두려움도 일절 보이지 않았다.

이 앞에 뭐가 있는지 그는 알고 있는 걸까……?

"거의 다 왔다."

고블린 슬레이어가 문득 멈춰 서자, 여신관은 하마터면 넘어질 뻔했다.

그가 무기질적인 움직임으로 빙글 돌아보기 전에 여신관은 황급히 자세를 바로잡았다.

"《홀리 라이트》다."

"아, 네. 언제든지, 기도, 할 수 있어요."

커다랗게 숨을 들이쉬고, 내쉬었다. 그리고 석장을 똑바로 잡았다.

고블린 슬레이어도 횃불과 창을 양손에 쥐었다.

"써라."

"《자비 깊은 지모신이여, 어둠 속 길 잃은 우리들에게 성스러운 빛을 베푸소서》……!"

고블린 슬레이어가 땅을 박차고 달려 나가자, 여신관이 석장을 어둠 속에 내밀었다.

들어 올린 석장 끝에 빛이 생기더니 태양처럼 찬란하게 빛났다. 지모신의 기적이었다.

고블린 슬레이어는 그 빛을 등지고 소귀들이 있는 방으로 과감하게 뛰어들었다.

그 방은 동굴 속에서 가장 커다란 공간을 그대로 이용하고 있는 듯했다.

조잡한 구조의 방에서 기다리고 있던 소귀들의 추악한 모습이 드러났다.

“GAUI?!”

“GORRR?”

고블린이 여섯 마리. 그 밖에 커다란 덩치가 한 마리에, 해골을 쓰고 의자에 앉아있는 한 마리.

맑고 깨끗한 빛에 갑자기 노출된 소귀들은 눈이 부셔 실눈을 뜨고 당황하며 소리를 질렀다.

그리고 꼼짝도 하지 않는 여자들 몇 명이 널브러져 있었다.

음란한 행위를 당하고 있었음은 말할 것도 없었다.

“여섯, 홉 하나, 샤먼 하나. 남은 놈은 여덟.”

고블린 슬레이어는 떨리지도 않는 목소리로 담담하게 남은 적의 수를 확인했다.

물론 고블린도 비명을 지르면서 눈을 감고만 있지는 않았다.

“OGAGO…… GAROA…….”

옥좌에 군림하는 샤먼이 손에 든 지팡이를 들어 정체 모를 주문을 읊었다.

그러나 그때 고블린 슬레이어가 창을 던졌다.

“GUAI?!”

몸통을 꿰뚫린 샤먼이 고통스러운 비명을 지르고는 몸부림치며 의자에서 굴러 떨어졌다.

우두머리의 참상에 고블린들도 미처 반응하지 못했다. 고블린 슬레이어는 그 틈을 놓치지 않았다.

허리에 끼워 둔 검사의 검을 스르릉 울리면서 뽑았다.

"좋아, 물러난다."

"네?! 아, 네에!"

고블린 슬레이어는 말하자마자 몸을 돌리고 달리기 시작했다.

그의 재빠른 태세 전환에 놀라서 여신관도 영문을 모른 채 뒤따라갔다.

그 다음에는 빛이 사라지자 혼란에서 회복된 고블린들만이 남았다.

고블린 슬레이어는 오르막을 필사적으로 달려가는 여신관을 두고 단숨에 달려 올라갔다.

전위직과 후위직, 혹은 경험이나 단련의 차이일까?

그러나 가죽 갑옷과 사슬 갑옷을 입고, 투구로 시야가 가려지기까지 했는데도 저렇게 민첩하게 움직일 수 있다니.

그가 땅굴의 출구에서 훌쩍 도약하는 것을 보고 여신관은 그런 생각을 했다.

"흐, 야앗……!"

간신히 로프를 뛰어넘자 고블린 슬레이어는 이미 벽에 몸을 기대고 있었다.

여신관도 그걸 보고 황급히 반대쪽 벽에 등을 붙였다.

"GUIII!!"

"GYAA!!"

욕설, 발소리, 다가오는 그 소리는 고블린들이 오르막을 올라오는 증거였다.

여신관이 슬쩍 엿보자, 선두에서 달려오는 거대한 개체가 눈에 들어온다.

홉고블린이다

"한 번 더다. ……써라!"

고블린 슬레이어가 지시했다.

여신관은 고개를 끄덕이고 성인(聖印)이 달린 석장을 땅굴에 내밀었다. 주저하지 않고 기도의 말을 입에 담았다.

"《자비 깊은 지모신이여, 어둠 속 길 잃은 우리들에게 성스러운 빛을 베푸소서》……!"

자비 깊은 지모신이 또다시 내린 빛은 무자비하게 홉고블린의 눈을 태웠다.

"GAAU?!"

시각을 빼앗긴 홉고블린은 필연적으로 발치의 로프를 못 보고 꼴사납게 넘어졌다…….

그때 고블린 슬레이어가 뛰어들어 가차 없이 연수에 검을 꽂아 헤집었다.

"열하나."

홉고블린은 의미를 알 수 없는 말을 외치면서 경련하더니 죽었다.

"다, 다음이 올라와요……!"

이미 기적은 끝났다. 혼을 깎는 기도의 연속에 여신관의 얼굴은 핏기가 가셔 새파랬다.

"알고 있다."

고블린 슬레이어는 재빨리 파우치에서 병을 꺼내 홉고블린의 시체에 내던졌다.

도자기가 깨지며 안에 든 검은 진흙 같은 걸쭉한 액체가 튀었다.

코를 찌르는 냄새도 그렇지만, 여신관에게는 본 적도 없는 정체 모를 독처럼 보였다.

"잘 가라."

고블린 슬레이어는 검게 더럽혀진 거구를 구멍 속으로 차 버렸다.

뒤따라오던 고블린은 갑자기 떨어진 고깃덩어리에 기세 좋게 무기를 찔렀다.

반사적인 일이었다. 그래서 그것이 호위꾼이란 걸 깨달은 고블린들은 당연히 당황했다.

녀석들은 깊게 박힌 무기를 간신히 뽑아내고, 들러붙은 것을 닦아내려고 했지만…….

"열둘, 열셋."

이미, 늦었다.

고블린 슬레이어가 무자비하게 횃불을 던졌다.

펑! 소리가 나며 홉고블린의 시체와 함께 두 마리 고블린이 불꽃에 휩싸였다.

"GYUIAAAAAAAA?!?!?!?!"

찢어지는 비명. 타오르는 고블린들이 몸부림치며 땅굴로 굴러 떨어졌다.

고기가 타는 냄새와 연기가 피어오르자, 여신관이 콜록콜록 기침을 했다.

“지, 지금 그건…….”

“메디아의 기름이나, 페트로레움이라고도 하는, 불타는(가솔린) 물이다.”

연금술사에게 샀다. 고블린 슬레이어가 아무렇지도 않게 말했다.

“비싼 것치고는 효과가 약하군.”

“아, 아, 안쪽! 자, 잡혀간 여자들이……!”

“시체 두셋 정도로는 불이 번지지도 않는다. 살아 있다면 이 정도에 죽지는 않아.”

고블린들도 전멸하진 않았다. 그 말을 덧붙이자 여신관이 입술을 깨물었다.

“……그럼, 또, 들어가는 건가요?”

“아니, 숨을 못 쉴까봐 스스로 나올 거다.”

고블린 슬레이어의 검은 홉고블린에게 써서 없었다.

그러나 애당초 뇌수가 묻은 칼날로 싸울 생각은 없었다.

고블린 슬레이어는 홉고블린의 손에서 떨어진 돌도끼를 주워서 쥐었다.

돌을 나뭇가지에 묶어 놓았을 뿐이다. 갖가지 의미로 거친 무기지만 그 때문에 어떻게 쓰든 상관없었다.

붕 휘둘러 돌도끼의 상태를 확인했다. 한 손으로도 문제없어 보였다.

고블린 슬레이어는 파우치를 뒤져 새로운 횃불을 꺼냈다.

“아…….”

여신관이 부싯돌을 꺼냈지만 그는 그쪽을 돌아보지도 않았다.

"놈들은 우리가 잠복하고 있을 거란 생각은 하지도 못하는 모양이군."

"……."

"안심해라."

고블린 슬레이어는 도끼를 든 손으로 재주 좋게 부싯돌을 때리면서 말했다.

"금세 끝난다."

그 말이 맞았다.

그는 불꽃과 연기 속에서 뛰쳐나온 고블린을 담담하게 처리했다.

한 마리는 로프에 넘어졌을 때 두개골을 부쉈다.

두 마리째는 로프를 뛰어넘다가 돌도끼에 맞았다. 세 마리째도 마찬가지.

네 마리째는 이마에 도끼가 박힌 채 쓰러졌기 때문에 고블린 슬레이어는 놈의 곤봉을 빼앗았다.

"열일곱이다. 안에 들어간다."

"네, 네에."

연기가 맴도는 가운데 나아가는 고블린 슬레이어를 여신관이 필사적으로 좇아갔다.

안은 처참한 모습이었다.

알아보지도 못할 정도로 검게 타들어 간 홉고블린과 고블린의 시체.

창에 꿰뚫려 쓰러진 고블린 샤먼.

그리고 오물 범벅이 되어 땅에 쓰러진 여자들.

고블린 슬레이어의 생각처럼 연기는 그녀들보다 높은 곳에 있었다.

그러나 죽지 않았다고 다행이랄 수는 없었다.

여신관은 여무투가를 발견하고서 그걸 통감했다.

"으, 우욱, 으에엑……."

여신관은 구역질을 하며 텅 빈 위에서 위액을 토해 냈다.

목 안쪽이 시고, 쓰고, 타는 듯 아프고, 눈가에 다시 눈물이 고였다.

"그럼."

고블린 슬레이어는 개의치 않고, 기름으로 타오르는 바닥의 불을 밟아 껐다.

그는 창에 꿰뚫려 죽은 샤먼의 시체로 성큼성큼 다가갔다.

샤먼은 자신의 죽음이 믿기지 않는다는 듯 놀란 표정으로 쓰러져 있었다.

그 유리알 같은 눈동자에, 내려다보는 고블린 슬레이어의 모습이 비쳤다.

"역시."

고블린 슬레이어가 곧바로 곤봉을 휘둘렀다.

"GUI??!"

확 튀어 오르려던 샤먼은 다음 순간에 머리가 깨져 이번에야말로 죽었다.

고블린 슬레이어는 곤봉에 묻은 뇌수를 휘둘러 떨치고 중얼거렸다.

"열여덟. 상위종은 쓸데없이 명이 질기다."

그리고 명실공히 비어 버린 옥좌를 난폭하게 차서 쓰러뜨렸다.

요란스레 무너진 그것은 인간의 뼈로 조립한 것이라는 사실을 깨닫고 여신관이 또 구토했다.

“상투적이군. ……봐라.”

“……으, 에?”

여신관은 눈가를 비비며 입가를 닦고서 고개를 들었다.

옥좌 뒤에는 썩어 가는 나무 판이 붙어 있었다.

숨겨진 창고— 아니, 그뿐일까?

안쪽에서 덜커덩거리는 소리가 들리자 여신관이 석장을 움켜쥐었다.

“너는, 운이 좋은 거다.”

고블린 슬레이어가 나무 판을 뜯어내자 안에서 새된 비명이 들렸다.

창고에는 약탈품 말고도 겁먹은 표정의 새끼 고블린들이 4마리나 숨어 있었다.

“놈들은 금세 늘어난다. 조금 더 늦었다면 50마리 정도로 늘어나서 덤볐을 거다.”

여신관은 그 광경을 생각해보고 자신이 맞이했을 미래를 상상하자 오싹해졌다.

수십 마리 고블린 무리에게 끌려가 고블린의 어미가 되는 자신.

몸을 웅크리며 떨고 있는 소귀들 앞에서 고블린 슬레이어가 곤봉을 고쳐 쥐었다.

“……아이도, 죽이는 건가요?”

—물어볼 필요조차, 없을지 몰라.

여신관은 자기 목소리가, 놀랄 정도로 차갑단 사실을 깨닫고 몸을 떨었다.

마음이, 기분이, 현실에 직면하여— 마비된 것일까?

그랬으면 좋겠다고 생각했다. ……지금 이 순간만은.

"당연히."

고블린 슬레이어가 담담하게 고개를 끄덕였다.

아마도, 이런 광경을 몇 번이고, 몇 번이고 반복했을 남자.

여신관은 그가 어째서 「고블린 슬레이어」라고 한 건지— 알 것 같았다.

"놈들은 원한을 평생 안 잊는다. 그리고 소굴에서 살아남으면 학습하여 지혜를 가지지."

고블린 슬레이어는 거침없이 곤봉을 휘둘렀다. 샤먼의 뇌수가 뚝뚝 떨어졌다.

"살려 둘 이유 따윈 하나도 없다."

"……좋은 고블린이, 있다고 해도……?"

"좋은 고블린?"

진심으로 신기하다는 듯 중얼거린 그는 흠, 하고서 말을 이었다.

"찾아보면, 있을지도 모르지. 하지만……."

"……."

"좋은 고블린은, 사람 앞에 나타나지 않는 고블린뿐이다."

고블린 슬레이어가 말했다.

"이걸로, 스물둘."

§

흔한 이야기, 라고 한다.

고블린들이 마을을 공격하여 아가씨가 잡혀가는 것도.
신입 모험가들이 첫 모험으로 고블린 퇴치를 가는 것도.
그랬다가 고블린들에게 당해 전멸해버리는 것도.
고블린의 소굴에서 모험가들이 아가씨들을 구출하는 것도.
구출된 아가씨들이 고블린의 노리개가 된 것을 비관하여 신전에 들어가는 것도.
동료를 잃은 모험가가 망연자실한 채 고향에 틀어박히는 것도.
모든 것이, 이 세계에서는 일상다반사. 흔한 이야기였다.
여신관은, 잘 알 수 없었다.
저렇게 사람의 일생을 파괴해버리는 사건이 정말로 흔한 일일까?
그렇다면 그녀는…… 그 현실에 직면하고서도 지모신을 계속 믿을 수 있을까?
결국 그녀가 아는 것은 고작 둘뿐이었다.
그녀가 아직 모험가를 계속하고 있다는 것.
그리고 또 하나.
고블린 슬레이어는 틀림없이 고블린을 몰살시켰다는 것.
그러나, 그것조차도 흔한 이야기 중 하나에 지나지 않았다…….

막간 「신」

여기가 아닌 어딘가. 훨씬 멀고, 굉장히 가까운 장소에서…….

데굴데굴, 데굴데굴. 어느 신이 주사위를 굴렸습니다.

사랑스런 소녀의 모습을 한 그 신은 《환상》이라고 불립니다.

반복하고, 반복해서. 제법 좋은 눈이 이어지자 《환상》도 생글생글 웃었습니다.

그렇지만 주사위는 신의 생각대로만 움직이지는 않습니다.

아앗. 《환상》은 귀여운 비명을 지르며 손으로 얼굴을 가렸습니다.

나온 눈이 너무 낮습니다. 눈 뜨고 봐줄 수가 없어요.

아무리 아름답고 상냥한 《환상》이라도 주사위 눈은 바꿀 수가 없습니다.

장비를 갖추거나, 제대로 된 전술을 생각해도 어쩔 수가 없습니다.

우연이나 숙명이란 것은 이럴 때에 종종 일어나는 법입니다.

《환상》은 고개를 푹 늘어뜨리고 풀이 죽었습니다. 그걸 가리키며 깔깔 웃는 신도 있었습니다.

그 신은 《진실》이었습니다.

그러게 내가 뭐랬어? 손뼉을 치면서 기뻐합니다.

하긴 《진실》이란 무자비합니다. 잔혹합니다.

온갖 난관을 준비해 놓고는 「의뢰를 받은 게 실수였다」라고 지껄입니다. 《환상》은 분해서 이를 갈았지만 그것도 어쩔 수 없는 일입니다.

그녀도 숙명에 이끌린 모험가들과 싸울 때는 봐주지 않습니다.

그래서 자기 모험가들이 우연히 죽어 버려도 불평할 수 없습니다.

그런 법이니까요.

이렇게 말하면, 신들이 사람을 장난감으로 삼는다고 화내는 사람도 있습니다.

그렇지만 숙명이나 우연에 좌우되지 않는 길이란 어떤 걸까요?

어쨌든 모험가가 전멸해버렸으니 어쩔 수 없습니다. 유감이지만 모험은 여기서 끝입니다.

새로운 모험가를 준비해서 다시 한 번 해봐야죠.

괜찮습니다. 이번 모험가는, 분명 성공적으로…….

그때, 두 신은 놀이판에 새로운 모험가가 나타난 것을 깨달았습니다.

으엑, 《진실》이 질색합니다. 우와, 《환상》도 소리를 냈습니다.

『그』가, 찾아온 겁니다.

제2장 『소치기 소녀의 하루』

그리운 꿈을 꾸었다.

아직 상당히 어렸을 무렵, 여름날의 꿈. 나이는 8살쯤이었다.

그날, 그녀는 소의 출산을 돕기 위해 삼촌의 목장에 혼자 묵으러 갈 참이었다.

아직 어렸던 그녀는 부모님이 그걸 구실삼아 놀게 해주는 것을 깨닫지 못했다.

소의 출산을 돕는 거다. 어엿한 일이었다.

그리고 무엇보다 마을을 벗어나 혼자서 도시에 가는 것이다!

그녀는 당연히 그것을 자랑했고, 그는 토라진 표정을 지었다.

그는 그녀보다 2살 연상이었지만 자신이 사는 마을이 아닌 곳에 대해서는 몰랐다.

마을 바깥……. 수도는커녕 도시란 곳이 어떤 장소인지 상상도 못 했다.

그건 당연히 그녀도 마찬가지였지만…….

결국 계기가 뭐였는지는 기억도 안 난다.

결국 그가 화를 내고, 싸우고, 그리고 둘 다 울어 버렸다.

지금 생각해 보면, 상대가 남자애라서 말이 너무 지나쳤을지도 모른다.

말이 지나쳐서 진심으로 화가 날 정도로 상처를 준 걸지도 모른다.

그때는 그런 생각을 하지도 못했다. 역시 어렸던 것이다.

그러는 동안 그의 누나가 그를 데리러 와서, 손을 잡고 돌아가 버렸다.

사실은 그에게 「같이 가자」고 하고 싶었는데…….

옆 도시로 가는 마차에 탔을 때 그녀는 천막 안에서 마을을 돌아보았다.

아빠와 엄마가 배웅을 나왔다. 그가 안 보여서, 그녀는 부모님에게만 손을 흔들어 작별 인사를 했다.

덜컹덜컹 흔들리는 마차 안에서 이윽고 꾸벅꾸벅 졸기 시작하며, 그녀는 약간 후회했다.

결국 그에게 미안하단 말을 하지 못했다.

돌아오면 화해해야지, 그렇게 생각하며…….

§

소치기 소녀의 아침은 이르다.

항상 날이 밝기 전, 수탉이 울기도 전에 그가 일어나기 때문이다.

그는 일어난 다음, 일단 목장 주변을 한 바퀴 돌아본다. 그가 빠뜨리지 않는 일과다.

전에 소치기 소녀가 물어보자 발자국을 조사하는 거라고 했다.

"고블린은 밤에 움직인다. 아침이 되면 소굴로 돌아가지만, 공격하기 전에는 반드시 정찰을 하지."

그래서 고블린의 징후를 놓치지 않으려고 발자국을 조사하는 것이라고 한다.

발자국을 확인한 다음, 만약을 위해 다시 한 바퀴.

이번에는 목장의 울타리가 허술해진 곳이나 파손이 없는지 꼼꼼하게 점검한다.

그리고 망가진 부분이 있으면 보수용 나무 말뚝과 목재를 꺼내 멋대로 수리해버린다.

소치기 소녀가 눈을 뜨는 건 창가를 지나는 그의 발소리가 들리기 때문이다.

그 뒤에야, 드디어 수탉이 운다.

저벅저벅 거침없는 발소리를 듣고서 그녀는 지푸라기 침대에서 기어 나와 나체를 드러냈다.

크게 기지개를 켜고 하품 한 번. 건강하게 살집이 붙은 몸에 속옷을 걸치고 창문을 열었다.

이른 아침의 바람은 차갑고 상쾌했다.

소치기 소녀는 풍만한 가슴을 창틀에 올리고 창밖으로 몸을 내밀어 울타리를 조사하는 그의 등에 외쳤다.

"안녕! 여전히 일찍 일어나네."

그가 돌아섰다.

"그래."

지저분한 장갑에 가죽 갑옷과 철 투구를 쓰고, 왼팔에 방패를 고정하고 허리에는 검을 찼다.

평소와 다를 바 없는 모습. 눈을 가늘게 뜨고 태양을 살핀 소치기

소녀가 말했다.

"오늘은 날씨 좋다. 해님이 눈부셔."

"그렇군."

"삼촌은 벌써 깼어?"

"모르겠다."

"그렇구나. 하지만 이제 곧 일어나겠지."

"그런가."

"배고프지? 금방 준비할 테니까 아침 먹자."

"알았다."

그가 천천히 고개를 끄덕였다. 여전히 말수가 적다. 소치기 소녀는 살포시 웃었다.

어렸을 때는 그렇지도 않았는데…….

날에 따라 날씨에 따라 조금씩 바뀌지만, 평소와 다름없는 대화.

그러나 그는 모험가였다. 모험을 하는 것이 일인 위험한 직업이었다.

이렇게 아침에 그와 무사히 대화할 수만 있어도 불평할 수 없었다.

소치기 소녀는 웃으면서 작업복을 입고 경쾌하게 부엌을 향했다.

일단 매일 식사 준비는 당번제……였다.

그러나 요리는 소치기 소녀의 일이었다.

함께 살기 시작한 이후로 몇 년 동안 그가 요리를 만든 적은 거의 없었다.

—두세 번 정도이려나? 분명히 감기에 걸렸을 때였어.

맛은 싱겁고 덜 졸인 스튜였다. 그렇게 말하면 화를 낼 것 같아서 말은 안 했다.

그가 일찍 일어나니까 좀 만들어주면 좋겠다는 생각은 종종 한다.

그러나 모험가의 생활은 불규칙하다. 어쩔 수 없는 일이니 탓하지 않았다.

"안녕, 삼촌! 이제 곧 다 돼!"

"어어, 그래 안녕. 오늘도 냄새가 좋구나. 배고픈걸."

마침내 목장 주인인 삼촌이 깨면, 그 무렵 점검을 끝낸 그가 돌아온다.

"안녕하십니까."

"그래……. 안녕."

고지식하거나 의무적이라고 할 수 있는 그의 인사에, 삼촌이 뭐라 말하기 어려운 어색한 태도로 응했다.

식탁 위에는 치즈나 빵, 우유를 사용한 수프가 올라왔다. 모두 목장에서 만든 것들이었다.

그는 투구 틈으로 주섬주섬 요리를 집어넣어서 식사를 해결한다. 소치기 소녀는 생글생글 웃으며 그 모습을 보았다.

그가 문득 떠오른 듯 말했다.

"이번 달 치입니다."

허리에 매단 파우치에서 가죽 주머니를 꺼내 탁자에 놓았다.

제법 묵직한 소리를 내면서 주둥이가 벌어졌다. 안에는 금화가 담겨 있었다.

"……."

삼촌은 그것을 받는 걸 좀 망설였다.

무리도 아니다.

이런 목장의 마구간에 세 들어 살지 않아도 훌륭한 고급 여관에 묵을 수도 있다.

간신히 결심이 섰는지, 삼촌이 한숨을 쉬면서 주머니를 끌어당겼다.

"모험가는 벌이가 좋은가 보군."

"요즘에는 일이 많았습니다."

"……그렇군. 이봐, 자네, 너……."

역시 삼촌의 말투는 좀 어색했다.

삼촌은 좋은 사람이지만, 그와 대화할 때는 언제나 이랬다.

소치기 소녀는 그것을 좀처럼 이해할 수 없었다…….

잠시 후 삼촌이 겁을 먹은 것처럼, 포기한 것처럼 그에게 말했다.

"……오늘도 가나?"

"네."

그는 평소처럼 천천히 고개를 끄덕이며 담담하게 대답했다.

"길드에 갑니다. 일이 많습니다."

"그렇군. ……적당히 해."

"네."

그가 평탄한 목소리로 대답하자, 삼촌이 씁쓸한 표정으로 데운 우유를 마셨다.

그 뒤로 대화가 끊어지는 것도 매일 아침마다 있는 일이었다.

그래서 소치기 소녀는 그 분위기를 떨쳐내듯 일부러 밝은 목소리로 말했다.

"그럼 나도 배달할 거 있으니까 같이 갈까!"

"상관없다."

그가 고개를 끄덕이자, 삼촌이 굳은 표정을 더욱 찌푸렸다.

"……아니, 글쎄 내가 짐마차로 갈 테니—."

"괜찮아~. 삼촌은 너무 과보호한다니까. 나 이래 봬도 힘이 장사거든?"

소치기 소녀가 소매를 걷어붙이며 알통을 만들었다.

또래의 도시 처녀들보다야 팔이 굵긴 하다만. 딱히 근육이 그렇게 많은 건 아니었다.

"알았다."

그는 그 말만 하고서 금세 아침 식사를 해치워버렸다. 잘 먹었다는 말도 없이 자리에서 일어났다. 그러나 그것도 늘 있는 일이었다.

"아, 잠깐만. 너무 급하잖아. 나도 준비해야 되니까 기다려어."

소치기 소녀는 자기 아침 식사를 허겁지겁 먹어 치웠다.

할 일이 많다면서, 넉넉히 준비한 식사를 우유로 흘려 넘기고 식기를 모아 설거지통에 넣었다.

"그럼 삼촌, 다녀올게요!"

"……그래, 다녀와라. 여러모로 조심하고."

"같이 가니까 괜찮다니까."

삼촌은 의자에 앉은 채 얼굴을 찌푸렸다. 「그게 문제다」라고 말하는 것 같았다.

삼촌이 친절하고 선량하며, 마음씨 좋은 목장 주인이란 건 소치기 소녀도 잘 알고 있었다.

그러나 삼촌은 그가 거북한 기색이었다. 두려워하는 것에 가까울

지도 모른다.

—딱히 무서워할 것 없는 것 같은데.

다 먹고 밖에 나가자 그는 이미 목장 울타리를 넘어 길을 걷고 있었다.

가만있을 수 없지. 서두르지도, 소란을 피우지도 않는 종종걸음으로 뒤쪽의 짐수레가 있는 곳으로 달려갔다.

영차. 짐은 이미 전날에 다 실어 놨으니 손잡이를 잡고서 발을 디디기만 하면 된다.

바퀴가 굴러가자, 짐수레 위의 식자재와 술이 소리를 냈다.

그는 도시까지 이어지는 가로수 길을 저벅저벅 걸었다. 소치기 소녀는 짐수레를 끌면서 그 뒤를 따랐다.

짐수레가 자갈 위에서 흔들릴 때마다 소치기 소녀의 풍만한 가슴도 흔들렸다.

딱히 이 정도로 지치진 않지만, 그래도 이마에 땀이 맺히고 숨이 차올랐다.

"……."

그런데 문득 그의 발걸음이 느려졌다. 하지만 느려지기만 했을 뿐 결코 기다려주진 않는다.

소치기 소녀는 조급한 마음에 살짝 페이스를 올려서 그 옆에 나란히 섰다.

"고마워."

"……아니다."

그는 고개를 좌우로 저었다. 투구를 쓰고 있어서 그런지 묘하게 거창하게 보였다.

"교대할까."

"아아니, 괜찮아아!"

"그런가."

모험가 길드는 여관과 주점도 겸하고 있었다. 거기에 식자재를 전하는 것이 소치기 소녀의 일이었다.

그리고 그도 의뢰를 받으러 모험가 길드에 간다. 그것이 그의 일이었다.

소치기 소녀는 그의 일을 도울 수 없으니, 도움을 받으면 괜히 미안하다고 생각했다.

"요즘, 일은 어때?"

소리 나는 짐수레를 끌면서, 소치기 소녀는 저벅저벅 걸어가는 그의 옆모습을 살폈다.

그래 봤자 그는 깨어 있는 동안 계속 철 투구를 쓰고 있었다.

어떤 표정을 짓고 있는지 알 수 없었다.

"고블린이 늘었다."

역시 그의 대답은 짧았다. 짧지만, 그걸로 충분할 때도 있었다. 소치기 소녀는 밝게 고개를 끄덕였다.

"그렇구나."

"평소보다 많지."

"바빠?"

"그래."

"요즘 자주 나갔었지?"

"그래."
"일이 늘어나는 건 좋은 거라구."
"아니."
그는 조용히 고개를 가로저었다.
"좋지 않아."
"그래?"
소치기 소녀가 묻자 그가 대답했다.
"고블린은 없는 편이 좋다."
"……그러게."
—정말, 그 말이 맞아.
소치기 소녀는 고개를 끄덕였다.

§

길이 서서히 포장되고 소음이 귀에 들어올 무렵이 되자 문 너머에서 있는 건물이 보였다.

모험가 길드는 대부분 도시 입구에 있으며 이 도시도 예외가 아니었다.

게다가 도시에서 가장 커다란 건물로서 높이도 높고, 요양원이 병설된 지모신 신전보다 넓었다.

다른 데서 의뢰를 하러 온 사람도 꽤 많으니까 눈에 띄기 쉽도록 만들었다고 한다.

소치기 소녀는 알아보기 쉬운 건 좋은 거라고 생각했다.

그 밖에도 모험가라는 무뢰한을 빠르게 흡수하기 위해서라는 이유도 있었다.

—하긴, 겉모습만 보면 거칠어 보이는 사람들이 많으니까.

흉흉한 무장을 하고 지나다니는 사람들과, 길거리에서도 투구와 갑옷을 입고 있는 그를 보며 쓴웃음을 지었다.

“아, 잠깐만 기다려. 짐 두고 올게.”

“그래.”

소치기 소녀가 얼른 짐수레를 뒤쪽 반입구에 두고서 후우 한숨을 쉬며 이마의 땀을 닦았다.

벨을 울리며 나온 주방의 요리장이 주문서를 꺼내 맞춰보고 납품 확인증을 주었다.

이제는 이걸 접수처에 가지고 가서 또 하나의 확인증을 받으면 배달이 끝난다.

“기다렸지.”

“아니.”

총총히 달려갔더니, 그는 역시 기다리고 있었다.

둘이 함께 문을 열고 홀에 들어가자 그늘의 시원함을 날려버릴 정도로 사람들이 붐볐다.

오늘도 모험가 길드는 북적거렸다.

“그럼 나는 확인증 받아 올게.”

“알았다.”

기다리고는 있었지만 결국 여기서 헤어진다.

그는 성큼성큼 걸어가 벽에 놓인 의자로 가더니 지정석처럼 털썩 앉았다.

소치기 소녀는 그에게 가볍게 손을 흔들고, 사람들이 늘어선 접수처 쪽으로 갔다.

모험가들이 있는가 하면, 의뢰인이나 다른 관계자들도 있었다.

대장장이나 중고품 상인, 약사 등등 출입하는 업자도 많았다. 모험가들도 이것저것 필요하기 때문이다.

“그래서. 내가 덮쳐 오는 트롤의 일격을 이렇게 피하고, 간발의 차이로 파고들어서 이얍!”

“그렇군요. 수고하셨습니다. 괜찮으시면 스태미나 포션(강장의 물약)을 드세요.”

소치기 소녀가 돌아보니, 창을 쓰는 모험가가 접수원 아가씨에게 열심히 말을 걸고 있었다.

한계에 가까울 정도로 단련된 육체는 그만큼 그 남자의 강함을 이야기하고 있었다.

목에 은색 판을 걸고 있는 걸 보니 은 등급인 모양이다.

소치기 소녀는 그것이 10등급에서 제3위의 증거란 걸 알고 있었다. 바로 그의 등급이기도 하니까.

“아니 아니. 나는 창 한 자루로 트롤에게 맞섰단 말이야. 어때, 굉장하지?”

“네. 트롤이 강적이란 건 알고 있답니다…….”

그때였다.

문득 난처한 듯 시선을 돌리던 접수원의 눈이 벽 쪽에 있는 그를 발견했다.

“앗!”

그 순간 접수원의 표정이 확 밝아졌다.

창잡이도 접수원의 시선을 따라가더니 그의 모습을 보고는 노골적으로 혀를 차며 질색하는 소리를 냈다.

"……으엑, 고블린 슬레이어!"

그의 목소리가 쓸데없이 컸기 때문이었을까?

길드 내부가 웅성거렸다.

모험가들의 시선이, 혹은 의뢰인의 시선이 차례차례 그에게 꽂혔다.

"저게 우리들과 똑같은 은 등급이라니……."

아리따운 여기사가 질색하며 고개를 옆으로 저었다.

그러나 백은의 기사 갑주에는 역전의 전사임을 떠올리게 하는 흠집이 많아서 어엿한 품격을 풍기고 있었다.

"거물과 싸울 수 있을지조차 의문인 잔챙이 전문인데, 은 등급 심사도 격이 떨어졌군."

"내버려 둬. 우리랑 얽힐 일 없는 놈이야."

대형 갑옷을 입은 중장 전사가 「아무래도 좋다」는 듯 여기사에게 손을 흔들었다.

멋인지 허세인지, 겉보기에만 강해 보일 수도 있는 장비지만 태연하게 움직이고 있었다.

둘 다 목에 은 인식표를 걸고 있으니 그에 걸맞은 실력일 것이다.

"야, 저거 봐. 저렇게 지저분한 장비는 처음 본다."

"우리도 저것보단 나은 장비를 쓰는데……."

한쪽에서 얄팍한 가죽 갑옷과 단검, 로브에 짧은 지팡이를 든 소녀들이 나눈 대화였다.

같은 싸구려라도 상처 하나 없는 새것이라, 확실히 「좋은」 장비였다.
"그만해. 분명 우리랑 같은 신입일 거야. 들리면 미안하잖아."
두 사람과 비슷한 나이의 소녀, 신관 전사가 함부로 말하는 그들을 탓하듯 말했다.
새내기 소년 소녀들의 어조에서는, 자기보다 낮은 사람을 봤을 때 느끼는 조소와 안도가 느껴졌다.
백자 인식표를 건 세 사람은 그의 목에 걸린 은 인식표를 깨닫지 못했다.
"후, 후후……."
선정적인 로브를 느슨하게 입은 삼각 모자의 주문술사가 어쩐지 즐거운 기색으로 그 모습을 지켜보았다.
마녀라고 불리는 은 등급의 마술사는 뇌쇄적으로 지팡이를 끌어안은 채 자긴 모르는 일이라는 태도로 벽에 기대고 있었다.
그를 아는 숙련된 모험가도, 그를 모르는 신입 모험가도 목소리를 죽이며 수군거렸다.
그런 가운데, 그는 신경 쓰는 기색도 없이 묵묵히 의자에 앉아 있었다.
흥미가 없다. 오기를 부리는 것이 아니라 정말로 흥미가 없었다.
—그러니까, 내가 화를 내도 어쩔 수 없는 일이긴 한데…….
뭐라고 말할 수는 없지만, 마음에 안 들었다.
저도 모르게 눈썹을 찌푸린 소치기 소녀는 문득 접수원과 눈이 마주쳤다.
언제나 생글생글 웃고 있는 그녀의 눈동자에도 소치기 소녀와 같은 감정이 떠올랐다.

체념. 짜증. 기막힘. 그리고— 어쩔 수 없지, 라는 납득.

—그 기분, 이해해요.

접수원이 한순간 눈을 감고서 한숨을 쉬었다.

"저기, 죄송하지만 잠시 실례할게요."

"에, 아, 어, 어어. 부탁해. 아직 내 무용담, 이 아니라 보고가 안 끝났거든!"

"네, 알고 있어요."

안쪽 사무소에 들어간 접수원이 잠시 지나 훌쩍 홀에 나타났다.

보기에도 무거워 보이는 종이 다발을 양팔에 가득 들고 있었다.

영차, 영차. 그녀는 그것을 게시판 앞까지 가져갔다.

"자, 모험가 여러분! 아침 의뢰를 붙일 시간입니다!"

홀의 웅성거림을 지우면서, 낭랑한 목소리가 길드 안에 울렸다.

접수원이 양손을 커다랗게 휘둘러 어필하자, 엮은 머리가 활기차게 튀어 올랐다.

"기다렸습니다!"

문자 그대로 눈빛이 변한 모험가들이 쾌재를 부르며 차례차례 자리를 박차고 접수처로 쇄도했다.

일거리가 없으면 오늘 식사조차도 어려운 것이 모험가란 직업이었다.

더욱이 의뢰 내용과 획득한 보수에서 산출되는 모험가로서의 평가.

속칭 「경험점」이라고 불리는 사회공헌도를 높여서 높은 등급을 목표로 삼는 것은 모두 마찬가지다.

모험가의 등급은 그들의 사회적 신용도와 똑같다고 보면 된다.

아무리 실력이 있어도 백자나 흑요 등급 모험가들에게는 중요한 의뢰를 맡기지 않는다.

"백자 등급에 맞는 의뢰는…… 싸네에. 시궁창 청소 같은 건 하기 싫은데……."

"배부른 소리 할 상황이 아냐. 아, 이건 어때?"

"고블린 퇴치네. 좋지 않아? 딱 신입용 같은데."

"아, 그거 좋네. 우리도 고블린……."

"안 돼, 접수원이 그랬잖아. 우리는 일단 하수도부터!"

"드래곤이다, 드래곤 퇴치는 없나! 이쯤에서 무훈 하나를 세워야……!"

"그만두라니까. 장비도 부족하잖아. 산적 토벌이나 해 둬. 보수도 괜찮잖아."

"이 자식, 그 의뢰는 내가 먼저 봤어!"

"먼저 집은 건 나잖아. 다른 걸 찾아보라고."

의뢰를 게시판에서 뜯어낸 모험가들이 접수원 앞에서 고함과 욕설을 주고받는다.

출발이 늦은 창잡이가 밀려서 엉덩방아를 찧더니, 함성을 지르며 다시 달려들었다.

접수원이 그 모습을 지켜보면서 생글생글 웃는 표정으로 의뢰서를 하나씩 붙였다.

"자. 여러분, 싸우면 안 돼요."

소치기 소녀는 약간 먹먹해지는 것을 느끼면서 접수처에서 벗어났다.

"……후응."

말려들기도 싫었고, 이래서는 당분간 확인증도 못 받는다.

한가해진 소치기 소녀는 접수처에서 떨어진 벽 쪽으로 시선을 옮겼다.

"……."

그는 여전히 그곳에 앉아 있었다.

전에 한번 「얼른 안 가면 일이 없어지지 않아?」라고 물어봤다.

그는 「고블린 퇴치는 인기가 없다」라며 가르쳐 주었다.

농촌의 의뢰라 보수가 싸고, 신입용이라 숙련자는 고르지 않는다.

그래서 그는 접수처가 비기를 기다리고 있었다. 서두를 필요가 없으니까.

그리고……. 말은 안 했지만, 소치기 소녀는 생각했다.

—신입들이 먼저 의뢰를 고르도록 배려하고 있는 걸 거야.

그걸 직접 물어봐도, 그는 평소처럼 「그런가?」라고 중얼거리기만 할 것이다.

"응……."

기왕이면 옆에 가서 같이 기다릴까? 소치기 소녀는 조금 망설였다.

그 망설임은 치명적이었다.

"아……."

그녀보다 빠르게 그의 곁으로 다가가는 사람이 있었다.

젊은 여자 모험가. 가녀린 몸에 신관복을 입고, 지모신의 성인이 달린 석장을 들고 있었다.

"……안녕하세요."

그의 옆에 선 여신관이 무뚝뚝하게 말했다. 불만스런 표정으로 고개를 꾸벅 숙이고 인사했다.

"그래."

그는 그 말만 하고 입을 닫아 버렸다. 투구 탓에 무슨 생각을 하는지도 알 수 없었다.

보아하니 여신관은 인사를 못 받아서 더욱 토라졌는데 눈치를 못 채고 있었다.

"요전에, 배운 대로, 방어구를, 샀어요."

한 소절마다 끊어서 말하는 투가 토라진 어린애의 태도 그 자체였다.

여신관은 그렇게 말하며 신관복 자락을 걷어 올렸다.

새로 산 사슬 갑옷이 가녀린 몸을 감싸며 탁하게 빛나고 있었다.

"나쁘지 않군."

상황과 말꼬리만 보면 여성에게 모독적이었지만, 목소리에는 그런 기색이 전혀 없었다.

그는 그제야 여신관을 돌아보더니, 가녀린 몸을 위에서 아래까지 훑어보고 고개를 끄덕였다.

"다소 사슬이 조잡해도 그거면 놈들의 칼날을 막을 수 있다."

"신관장님이 굉장히 싫은 소리를 했어요. 지모신을 섬기는 자가 갑옷을 입다니 말도 안 된다고."

"고블린을 모르는 거겠지."

"그런 문제가 아니라, 계율 문제예요……!"

“기적을 일으킬 수 없다면 개종하는 건 어떤가.”

“지모신에 대한 기도는 닿고 있어요!”

“그럼, 뭐가 문제지?”

그 말을 듣고, 여신관은 기분이 틀어진 듯 볼을 부풀리고 입을 다물었다.

“…….”

“…….”

“안 앉을 건가?”

“앗, 아뇨, 아, 앉을게요! 앉고말고요!”

여신관은 얼굴을 붉히고 황급히 그의 옆에 앉았다. 살집이 적은 엉덩이가 의자에 착 닿았다.

여신관은 석장을 무릎 위에 올리고, 양손을 쥔 채 몸을 웅크리고 있었다. 긴장한 기색이 역력했다.

“……으음.”

무심코 신음해 버렸지만, 소치기 소녀도 그녀에 대해서는 들어 알고 있었다.

1개월쯤 전부터 그와 파티를 짰다는 신입 모험가다.

그녀의 첫 일에서 알게 되어 보살펴주고 있다. ―라고 그가 말하지는 않았지만.

띄엄띄엄 끊어지는 말을 정리하니 아무래도 그런 이야기 같았다.

그가 언제나 단독으로 행동하는 것이 걱정이어서 그 말을 듣고 안심했었는데…….

―설마…… 여자애였다니.

그와 함께 길드에 오는 건 소치기 소녀의 일과였지만 여신관의 얼굴을 보는 건 이번이 처음이었다.

당장이라도 꺾일 듯한 가녀린 그녀의 라인. 그리고 살집이 붙은 자신의 몸.

비교해보고 작게 한숨을 내쉬었다.

"지, 지난번, 일, 말인데요!"

소치기 소녀의 마음도 모르고, 여신관이 뭔가 결심한 듯 새빨간 얼굴로 입을 열었다.

목소리가 약간 높고 말이 빠른 건 긴장했기 때문……일 것이다. ……아마도.

"역시 불의 비약으로 동굴을 무너뜨리는, 건, 지나치다고 생각해요!"

"그게 어떻다는 건가."

그는 무슨 당연한 소리를 하냐는 듯 전혀 변함이 없었다.

"고블린을 방치하는 것보다는 훨씬 낫다."

"좀 더, 그, 뒷일을 생각해야 하지 않을까요? 산까지 무너질 수도, 있으니까……."

"고블린이 더 문제다."

"그러니까! 전 그런 생각이 좋지 않다고, 하는 거예요."

"……그런가."

"그리고, 그리고! 그 냄새 지우는 법은, 좀 더 그게, 어떻게……!"

몸을 내밀며 몰아세우는 여신관에게, 그는 귀찮다는 듯 말했다.

"그래서, 습격 시간은 기억했나."

으, 여신관의 말문이 막혔다.

노골적으로 화제를 바꾸었다. 듣고 있던 소치기 소녀는 어쩐지 모르게 키득 웃었다.

—정말이지, 어렸을 때부터 변한 게 없어.

아직 납득 못했어요. 표정으로 필사적으로 전하면서, 여신관이 마지못해 대답했다.

"……이른 아침이나, 저녁 무렵이요."

"이유는."

"고, 고블린에게『저녁』이거나『이른 아침』, 이니까요."

"그래. 대낮, 다시 말해서『한밤중』에는 오히려 경계가 강하다. 다음, 돌입할 때 순서는."

"그러니까. 가능하다면 불을 피워서 연기를 내거나 해서 쫓아, 내요. 소굴 안은, 위험하니까요."

"그래. 돌입하는 건 달리 수가 없거나, 시간이 없거나, 확실하게 몰살시킬 때뿐이다."

생각해가며 대답하는 여신관에게, 그가 차례차례 질문을 반복했다.

"도구."

"포션과 횃불을 중심으로 갖춰, 요."

"그것뿐인가?"

"그, 그리고, 로프. 로프는, 어떤 때라도 도움이 될…… 테니까."

"잊지 마라. 주문, 기적."

"주, 주문과 기적은, 도구로 대용할 수 있으니까 절약했다가, 필요할 때는, 망설이지 않는다, 예요."

"무기."

"그러니까, 무기는……."

"놈들에게서 빼앗아라. 검도 창도 도끼도 곤봉도 활도 있다. 주문의 발동체 같은 건 모른다. 나는 전사다."

"……네."

여신관이 고개를 끄덕였다. 교사에게 혼난 어린애 같았다.

"수법을 바꾸고, 무기를 바꾸어라. 같은 전술을 연속으로 쓰지 마라. 죽는다."

"그, 그러니까, 메모해도…… 될까요?"

"안 돼. 놈들이 훔치면 놈들도 배운다. 머릿속에 넣어라."

그는 담담하게 말했고, 여신관은 열심히 대답하며 기억하려고 애썼다.

그것은 정말로 교사와 가르침을 청하는 학생 같은 대화였다.

—그가 이렇게 말이 많았나?

문득 그런 의문이 뇌리에 떠올랐다. 소치기 소녀는 어쩐지 불편해져서 몸을 비틀었다.

어째선지 굉장히 초조해졌다. 얼른, 얼른 확인증을 받아서 돌아가고 싶었다.

"좋아."

문득 그가 자리에서 일어섰다.

마침 접수처에 몰려 있던 모험가들이 흩어져서 우르르 나가는 참이었다.

장비의 조달, 식료품이나 소모품 구매, 사전 정보 수집. 할 일은 산더미처럼 많았다.

모험가들을 지나쳐서 성큼성큼 접수처로 가는 그를, 여신관이 황급히 뒤따랐다.

"아……."

또 늦어버린 소치기 소녀의 목소리가, 내민 손과 함께 공중을 떠돌았다.

"앗! 고블린 슬레이어 씨, 안녕하세요! 오늘도 오셨네요!"

대조적으로 접수원 아가씨가 확 밝은 표정으로 그를 맞이했다.

"고블린이다."

"네! 오늘은 조금 적지만 3건 의뢰가 있어요."

담담하게 말하는 그에게 접수원 아가씨가 익숙한 모습으로 서류를 집었다. 이미 준비해 둔 모양이다.

"서쪽 산자락 마을에 중규모의 소굴, 북쪽 강변 마을에 소규모 소굴, 남쪽 숲에 소규모 소굴."

"마을인가."

"네. 여전히 농촌뿐이에요. 고블린들도 그걸 노리는 걸까요?"

접수원이 농담처럼 말하자, 그는 아주 진지하게 고개를 끄덕였다.

"다른 사람이 받은 장소는 있나?"

"네. 남쪽 숲은 신입이 받았어요. 가까운 마을에서 의뢰를 냈거든요."

"신입."

그가 중얼거렸다.

"규모는?"

"그러니까……."

엄지손가락을 가볍게 핥은 접수원이 서류를 팔락팔락 넘겼다.
“전사 한 사람에 마술사 한 사람, 신관 전사가 한 사람. 모두 백자 등급이에요.”
“흠. 밸런스는 나쁘지 않군.”
“아까 로비에 있던…… 셋이서는 무리예요!”
태연하게 말하는 그에게, 여신관이 필사적으로 끼어들었다.
“우리들도, 넷이서…….”
그녀의 얼굴이 새파래지고 몸이 미약하게 떨렸다. 두 손으로 석장을 꼭 쥐었다.
소치기 소녀는 가슴 속에서 무언가가 술렁거리는 기분을 느끼고 시선을 피했다.
—어째서, 깨닫지 못했을까?
신입 모험가가, 혼자서, 첫 일에서 그와 만났다.
그것이 어떻게 된 일인지, 생각해보면 알 수 있는 일이었는데…….
“제대로 설명은 했는데…… 말이죠. 괜찮다고 말을 하면, 그게…….”
역시 여신관의 사정을 알고 있는 기색의 접수원도 난처한 표정으로 설명했다.
모험가는 모든 것이 자기 책임이다.
여신관은 그에게 매달리듯 올려다보았다.
“내버려 둘 수 없어요! 어서 구하러 가야 해요……!”
그의 대답은 전혀 망설임이 없었다.
“좋을 대로 해라.”
“네……?”

“나는 산의 소굴을 없앤다. 최소한 홉이나 샤먼이 있을 거다.”

여신관은 멍한 표정으로 그의 얼굴을 보았다. 철 투구에 가려진 표정은 알 수가 없었다.

“언젠가, 더욱 규모가 커질 거다. 그렇게 되면 귀찮아지지. 지금 쳐야 한다.”

“버, 버리려는 건가요……?!”

“뭘 착각하고 있는지 모르겠지만…… 이쪽을 방치할 수는 없다.”

그는 담담하게 말한 뒤 고개를 옆으로 저었다.

“그러니, 너는 너 좋을 대로 해도 된다.”

“그럼, 당신 혼자서 고블린 무리한테 가는 거잖아요!”

“몇 번이나 해온 일이다.”

“……아아, 정말!”

여신관이 입술을 꾹 깨물었다.

소치기 소녀가 보기에도 그녀는 떨고 있었다. 그러나 표정에는 겁먹은 기색이 없었다.

“정말로 당신은, 어쩔 수가 없는 사람이에요……!”

“올 건가.”

“갈게요!”

“……라는군.”

“정말로, 정말로 언제나, 언제나 덕분에 감사해요……!”

접수원이 두 사람을 우러르듯 고개를 숙였다.

“고블린 퇴치를 제대로 받아주는 베테랑 모험가는 당신밖에 없어요.”

"……저는 백자 등급인데요."

여신관이 불만스레 말했다. 입술이 삐죽 튀어나온 것이 토라진 어린애 같았다.

"아하하하, 아니, 그게, 저기……. 그러면, 두 분이서 가시는 거죠?"

"네, 본의는 아니지만요……!"

여신관이 어쩔 수 없다는 듯 고개를 끄덕였다.

그는 언제나 만반의 준비를 하고 있었다. 사무 처리를 끝내자 금세 출발해 버렸다.

성큼성큼 출입구로 가는 두 사람이 소치기 소녀 쪽으로 다가왔다.

밖으로 나가려면 옆을 지나야 한다. 뭐라고 말을 걸까? 걸지 말까?

망설이다가 뭐라고 말할까 생각하며, 몇 번 입을 열었다.

결국 소치기 소녀는 아무 말도 못했다.

"나는 간다."

그러나 그가 그녀의 눈앞에서 딱 멈춰 섰다. 평소와 똑같이…….

"어? 앗…… 응."

그녀는 고개를 끄덕였다.

"……조심해서 다녀와."

드디어, 짜내듯이, 그 말을 전했다.

"조심해서 돌아가라."

지나치면서 여신관이 꾸벅 고개를 숙이자, 소치기 소녀는 애매한 웃음으로 배웅했다.

그는 마지막까지 돌아보지 않았다.

§

소치기 소녀는 빈 수레를 끌고 혼자 목장으로 돌아와 묵묵히 가축을 돌보았다.

게으른 태양이 꼭대기까지 올라오자 풀밭에서 점심으로 샌드위치를 먹었다.

그리고 해가 거의 질 무렵에 삼촌과 둘이서 식탁에 앉아 저녁을 먹었다.

맛을 잘 못 느끼며 요리를 다 먹은 뒤, 소치기 소녀는 밖으로 나갔다.

밤공기를 품은 차가운 바람이 불어 볼을 쓰다듬고, 올려다보니 밤하늘의 별과 2개의 달이 보였다.

그녀는 모험가나 고블린 같은 그런 건 잘 모른다.

10년 전, 마을이 고블린에게 공격받았을 때 그녀는 그곳에 없었다.

그날, 그녀는 소의 출산을 돕기 위해 삼촌의 목장에 혼자 묵으러 갈 참이었다.

아직 어렸던 그녀는 부모님이 그걸 구실삼아 놀게 해주는 것을 깨닫지 못했다.

운 좋게 재난을 피했다. 그런 것이다.

부모님이 어떻게 됐는지, 그녀는 몰랐다.

빈 관 2개가 나란히 묻힌 것은 기억이 났다.

신관이 뭔가 그럴듯한 말을 한 것도…….

아빠와, 엄마는, 없어져 버렸다. 그것이 전부였다.

처음에는 쓸쓸했던 것 같지만 아무런 실감이 없었다.

그리고 만약……. 만약, 그날 그와 싸우지 않았다면…….

—뭔가, 변했을까?

"……너무 늦게 자면 내일 힘들 거다."

등 뒤에서 들려오는 잔디를 밟는 소리와 낮은 목소리.

소치기 소녀가 돌아보자 삼촌이 아침과 마찬가지로 얼굴을 찌푸리고 있었다.

"응. 조금만 더 기다리다 곧 잘래."

그녀는 그렇게 대답했지만 삼촌은 찌푸린 표정 그대로 고개를 옆으로 저었다.

"녀석도 녀석이지만, 너도 너야. 돈을 내니까 재워주고는 있다만, 너무 얽히지 말아라."

"……."

"소꿉친구라는 건 알겠다만, 옛날엔 어쨌든 간에……."

삼촌이 말했다.

"지금 그 녀석은 **정신**이 나가 버렸어."

너도, 알고 있잖니.

"……그래도."

그 말을 듣고 소치기 소녀는 웃었다.

그리고 별을 보았다. 2개의 달과 그 아래 이어지는 길 끝을 보았다.

그의 모습은, 아직 보이지 않았다.

"조금 더, 기다릴래."

그날 밤, 그는 돌아오지 않았다.

다음 날 낮 무렵이 되자 그가 돌아왔다. 그리고 동틀 녘까지 침대에 잠들어있었다.

이른 아침이 되자 그는 전혀 지친 기색을 보이지 않고 여신관과 함께 남쪽 숲의 소굴로 갔다.

고블린을 퇴치하러 간 신입 모험가는 기어이 돌아오지 못했다고, 나중에 들었다.

그날 밤도, 소치기 소녀는 그리운 꿈을 꾸었다.

결국 그녀는 아직 미안하다고 말하지 못했다.

제3장 『접수원 아가씨의 사색』

Goblin Slayer
He does not let anyone roll the dice.

“도와주시우! 도와주시우! 우리 마을에 소귀가 나왔수다!”

“네, 의뢰이시군요. 그러면 이 서류에 필요한 사항을 부탁드립니다.”

농부는 그녀가 내민 서류를 받더니 감격하여 움켜쥐었다. 접수원은 새로운 서류를 꺼냈다.

이 정도는 모험가 길드에서 매일 있는 일이다. 접수원에게는 일상다반사였다.

모험가는 하루 꼬박 걸리는 일이 많아서 아침저녁에 가장 많이 길드에 찾아온다.

그러나 의뢰인은 그렇지 않았다.

신들의 싸움이 길게 이어지는 현재, 괴물은 오래전부터 세상에 넘치고 있었다.

마을이 공격당하는 것도 늘 있는 일이고, 바로 근처에 괴물이 사는 낡은 유적이 발견될 때도 있었다.

오후 늦게 길드를 찾아온 그도 절박한 사람들 중 한 명이었다.

“이대로는 우리 소도 당해버리겠수. 밭도 다 망치겠수다……!”

농부는 떨리는 손으로 펜을 움직이면서 몇 번이고 잘못 썼다. 접수원은 그때마다 새로운 서류를 꺼냈다.

그렇다. 그때마다— 괴물이 나타나 어느 마을이 공격을 받을 때마다 모험가들이 나서게 된다.

드래곤, 데몬, 모독적인 이름의 커다란 눈알, 그리고 때로는 무정한 산적들…….

말을 가진 자들에게는 불구대천의 적. 기도하지 않는 자들(Non-prayer).

거기에 사신을 섬기는 신관 따위도 포함되니까 이렇게 부르는 게 옳은 것일까 하는 생각도 들지만 말이다.

개중에서 수가 많은 것은…… 말할 것도 없이 고블린이다.

"그리고 우리 마을에서 젊은 아가씨는 우리 딸밖에 없수……!"

접수원이 눈을 가늘게 뜨고, 지렁이가 기어 다닌 것처럼 서투른 글자를 보았다. 읽을 수 없지는 않은 모양새였다.

읽기 쓰기가 가능한 농촌의 유지들도 간신히 이 정도였다.

어찌 된 건지 고블린들은 꼭 이런 변경의 마을들만 노린다.

일부러 이러는 건지 아닌지는 모른다. 마을이 많은 탓일지도 모르고, 고블린이 많은 탓일지도 모른다.

접수원은 알 수 없는 일이었다.

"서류의 내용은 문제없어요. 보수는 가지고 오셨나요?"

"그, 그렇수. 소귀는 여자를 잡아가서 노리개 삼고 잡아먹는다는 게 정말이우……?"

"그런 경우가 있는 건, 사실이에요."

농부는 눈에 띄게 핏기가 가시더니 창백해져서 누더기 주머니를 꺼냈다.

알맹이는 대부분 동화고 은화가 몇 닢 있었다. 금화는 한 닢도 없다.

접수원은 카운터 아래에서 천칭을 꺼냈다. 규정된 추를 써서 액수를 쟀다.

“……네, 확인했습니다. 문제없어요.”

금화로 환산하면 10닢이 될까 말까 한 양이었다.

백자 등급 모험가를 몇 명 고용할 수 있는, 길드 규정으로는 아슬아슬한 금액이다.

의뢰를 중개할 때 빼는 수수료를 생각하면 적자일지도 모른다.

그렇지만, 흙투성이에다, 녹슬고, 새것과 헌것이 뒤섞인 화폐의 산이 의미하는 것.

그것을 이해 못하는 자는 길드의 접수처에 설 수 없었다.

“안심하세요. 며칠 안에 반드시 모험가가 토벌하러 갈 테니까요.”

접수원은 온갖 속마음 위에 미소를 덮어씌웠다. 농부는 안심한 듯 고개를 끄덕였다.

분명히 번뜩이는 장비의 모험가가 나타나서 가뿐하게 해결해줄 거라고 생각하고 있겠지.

접수원은 알고 있었다. 그렇지 않다. 보내는 것은 백자 등급의, 신입 모험가다.

그리고 그들 대부분이 다치고, 잘못하면 죽는다. 마을이 망한다는 최악의 사태도 일어날 수 있다.

그렇기 때문에— 그저 위안거리지만, 모든 보수는 후불이었다.

소귀— 고블린은 끊이지 않는다. 누군가가 실수할 때마다 소귀 한 마리가 나타난다는 말도 있다.

수만 많고, 마을을 공격하는 괴물들 중에서는 가장 약하다. 트롤 따위하고는 비교도 안 된다.

고블린은 어린애 수준의 지혜, 힘, 체격밖에 없다.

반대로 말하면 어린애와 비슷한 수준의 꾀가 있고, 힘이 있고, 재빠르다는 뜻이다.

그리고 고블린 퇴치의 보수는 싸다. 숙련자는 귀찮다며 의뢰를 받지 않는다.

결국, 신입을 보내는 수밖에 없다.

그들은 죽거나 다치면서 고블린을 퇴치한다.

첫 모험가가 전멸하더라도, 두 번째나 세 번째에는 반드시 고블린이 퇴치된다.

그렇다. 퇴치가 되고 만다. 그렇기에, 국가는 움직이지 않는다.

그것 말고도 대처해야 할 일이 많기 때문이다. 악마라든가, 혼돈의 세력이라든가.

“그럼 부탁하겠수. ……꼭, 꼭 좀 부탁하겠수다.”

여러 가지 절차를 끝낸 농부는 몇 번이고 고개를 숙이며 조합을 나섰다.

접수원은 생글생글 웃는 얼굴로 그를 배웅하면서 한숨을 죽였다.

“이걸로 오늘 3건째로군요…….”

신입 모험가 3팀을 사지로 보낼 것인가, 마을 3개가 망하도록 기다릴 것인가?

그런 생각을 하기만 해도 위가 따끔거리며 아팠다. 기분도 좋지 않다.

물론 접수원도 신입 모험가에게 설명을 하고, 위험을 알리고, 다른 의뢰도 소개한다.

그러나 하수도의 쥐를 퇴치하는『모험』은, 그들 마음에 들지 않는다.

한편으로 숙련된 모험가들은 마을과 떨어진 깊은 산속 괴물을 퇴치하며 기뻐한다.

고블린 퇴치에 나섰다가 무사히 돌아온 모험가는…… 적었다.

모험가들은 꿈꾸는 초보자가 대부분이고, 나머지가 한 줌밖에 안 되는 소수의 숙련자들이다.

중견이 육성되지 않는 것은 언제나 모험가 길드의 고민거리였다.

그리고 굳이 좋아서 귀찮기 짝이 없는 고블린을 상대하는, 경험이 풍부한 모험가는 없다.

"……**대부분**, 그렇지만요."

자신의 생각에 스스로 불평을 한 접수원은 카운터에 엎드렸다.

흠집도 없이 광을 낸 탁자는 서늘하고 시원해서, 열이 오른 이마와 볼에 닿아 기분 좋았다.

체통 있는 집안의 영애로서 받은 교육에 비추어도, 관직에 있는 사람으로서도 버릇없는 짓이라는 건 잘 알고 있었다.

그러나 가끔씩, 이렇게 흐트러지고 싶을 때가 있다. 다행히 지금은 방문자도 없으니까.

—얼른 안 오려나아…….

문득 벨이 딸랑딸랑 울리며 길드 입구가 열렸다.

접수원이 퍼뜩 고개를 들었다.

"아가씨이! 도적단을 퇴치하고 왔습니다아!"

창잡이 모험가가 들어오고 있었다. 뭐가 그리 즐거운지 얼굴이 실없이 풀려 있었다.

그의 등 뒤에서 살랑살랑 허리를 흔들면서 걷는 마녀와 접수원의 눈이 마주쳤다.

미안해. 그런 의미를 담아 한쪽 눈을 감는다. 접수원은 금세 생글생글한 미소를 얼굴에 붙였다.

"수고하셨어요. 그럼 보고해 주시겠어요?"

"이야아, 고생했다니까요! 아니 글쎄 놈들이 가도에 진을 치고 있더라니까요!"

"수고하셨어요. 자세한 내용은 보고서로 제출해 주세요."

"수가 얼마나 많던지, 20명? 21명? 그걸 상대로 으랏차차 말이죠!"

"수고하셨어요. 체력 회복에는 스태미나 포션을 추천합니다."

"……하나 주세요."

"네, 구매 감사합니다!"

길드에 드나드는 업자가 중개하는 상품은 아무래도 그리 질이 높은 건 아니었다.

이 활력제 또한 마법의 약이 아니라 여러 종류의 약초를 섞어 우려낸 것이었다.

그러나 그래도 체력 회복에는 도움이 된다. 들고 다니든 당장 마시든 손해는 없었다.

실제로 이렇게 사주면 그 돈을 갖가지 방면에 보탤 수 있었다.

―하지만, 다시는 저기에 얼굴을 대지 말아야겠어.

접수원은 겉으로는 생글생글 웃었지만, 창잡이가 카운터에 엎드리는 걸 보며 내심 단단히 결심했다.

그때 다시 벨이 울렸다.

"앗!"

"으엑……!"

문에서 나타난 사람을 보자 접수원의 얼굴이 밝아지고, 창잡이가 노골적으로 혀를 찼다.

성큼성큼 거리낄 것 없는 거친 걸음걸이.

지저분한 가죽 갑옷에 철 투구. 싸구려에 볼품없는 차림새의 모험가.

목에 건 은 인식표를 보지 않아도 이 지부에 있는 사람들은 모두 그가 누군지 알고 있었다.

고블린 슬레이어.

"수고하셨어요! 괜찮으세요? 다치신 곳은 없어요?"

겉치레로 붙여놓은 미소를 안쪽에서 깨부수며 활짝 꽃피듯 미소가 떠올랐다.

"문제없다."

고블린 슬레이어는 창잡이가 뭐라 말하기 어려운 표정을 지은 줄도 모른 채 고개를 끄덕이며 말했다.

"소규모 소굴이었지만 홉이 있었다. 조금 애를 먹었다."

"자세한 이야기는 지금 들을 테니까 일단 앉아서 쉬시고…… 아, 차 내올게요!"

접수원이 갈래머리를 활기차게 흔들면서 바쁘게 달려 안쪽으로 들어갔다.

고블린 슬레이어는 거친 동작으로 의자에 앉다가 문득 옆에 있는 창잡이와 눈이 마주쳤다.

그제야 그가 노려보고 있는 걸 깨달았다.

고블린 슬레이어는 흠, 소리를 내더니—.

"새치기를 한 거라면, 사과하지."

"……아니. 이제 보고는 끝났으니까 상관없어."

"그런가."

쳇. 창잡이 모험가는 혀를 차면서 자리를 박차고 일어섰다.

그가 향하는 긴 벤치에서 마녀가 다 안다는 표정으로 싱글거리며 기다리고 있었다.

"도적, 같은 거…… 그 길을, 안 지나다니면, 말라 죽으, 니까."

"시끄러! 미안하네요! 좀 자랑하는 것 정도는 괜찮잖아!"

"자랑한다 쳐도……."

붉은 입술이 호를 그리며 말했다.

"내, 주문도, 있었, 는데?"

"……나도 안다니까."

창잡이는 괜히 심통이 나서 팔짱을 끼었다. 그것을 지켜보던 마녀가 다시 깔깔 웃었다.

"에이. 변경, 최강이, 삐치지 마……."

그 두 사람의 대화를 들으며 접수원은 흥, 코웃음을 치고는 내심 혀를 내밀었다.

물론 도적단 퇴치도 어엿한 일이라는 건 안다.

저 창잡이도 은 등급—「변경 최강」이라는 별칭은 창잡이를 가리키는 말이었다.

그래서 가벼이 볼 생각은 없었다. 함부로 대할 생각도 없었다. 없기는…… 하지만…….

그저 강하기만 한 모험가와, 다들 꺼리는 일을 솔선해서 받아주는 사람.

—이 둘의 대응이 다른 건 당연한 일이잖아요.

그러니까, 이건 사심이 아니다. 결코. 아마도…….

§

예쁜 도자기 컵을 딸각 소리를 내며 놓았다. 김이 피어오르는 옅은 색조의 홍차다.

고블린 슬레이어는 그걸 투구 틈으로 흘려 넣어 마셨다. 향도 맛도 상관없었다.

수도에서 따로 구해온 개인용 찻잎으로 우려내고, 스태미나 포션도 살짝 넣은 특별한 차인데…….

"그럼 일단은, 수고하셨어요!"

늘 있는 일이라 접수원도 신경 쓰지 않고 부드럽게 말했다.

"요즘에는 파티를 짜기도 했고, 오랜만에 솔로라서 힘들지는 않았나요?"

"전에는 혼자였다. 어떻게든 된다."

그는 컵을 기울이며 고개를 끄덕였다. 한 방울도 남지 않았다는 것만으로 그녀는 만족했다.

—적어도 그는 홍차를 거부하지 않으니까.

"그랬군요."

다만…… 그런 생각이 안 드는 건 아니었다.

이제는 끝장일 거라고 포기했던 여신관을 그가 구해 낸 것은 순수하게 기뻤다.

언제나 단독으로 행동하던 그가 동료를 얻었다는 것만으로도 안심할 수 있었다.

—하지만, 여자랑 단둘이라는 건 좀…….

그나마 다행인 점은, 그는 하염없이 완고하고 그 소녀는 경건한 성직자라는 것이었다.

……실수를 범할 리 없다, 라고 믿고 싶었다.

아니 뭐, 그가 목장에 살고 있다는 시점에서 새삼스런 걱정이긴 하지만 말이다.

듣자하니 여신관은 성직자의 의무 때문에 사흘 정도 전부터 신전에 틀어박혔다고 한다.

아마 오늘이나 내일쯤 돌아와서 고블린 슬레이어와 합류한다고 했지만…….

그동안에도 의뢰를 받아서 처리해 버리는 것이 그답다고 생각하며 접수원은 웃었다.

"왜 그러지?"

"아뇨……. 무리하거나 무모한 짓은 하시면 안돼요?"

"무모한 짓을 해서 고블린을 퇴치할 수 있다면 하겠지만, 그렇게 잘 풀리는 거면 고생은 안 한다."

평소와 똑같이 담담하게 말하는 철저한 고블린 퇴치.

그것을 기록으로 정리하면서, 접수원은 서류를 보는 척하며 철 투구를 살짝 살폈다.

물론 표정은 전혀 알 수 없었다. 알 수는 없었지, 만…….

접수원이 그를 알게 된 것은— 그러니까, 벌써 5년쯤 되었으려나.

수도에서 연수를 받고 이제 막 정식으로 배속되었을 무렵.

그도 신입 모험가로서 훌쩍 길드에 나타났다.

딱히, 그때는 아무 생각이 없었다……고 기억한다.

하지만 그녀가 넘쳐나는 고블린 퇴치 의뢰를 처리하지 못하고 있으면, 반드시 그가 나타났다.

그리고 그는 반드시 돌아왔다. 의뢰도 반드시 달성했다. 어떤 때라도. 반드시…….

힘을 과시하지도 않고, 공적을 자랑하지도 않고.

담담하게 할 일만 하면서 은 등급까지 올라섰다.

위험한 행동에 주의를 주고, 자연스럽게 배려하고, 걱정하면서 돌아오기를 기다린 보람이 있었다.

—만났을 때부터 장비가 변하지 않은 점 등은 여전하지만요.

접수원은 그리움에 볼이 느슨해지는 걸 자각하면서도 다시 긴장시키려고 하지는 않았다.

"정말로, 늘 덕분에 살겠어요."

"그런가?"

"네!"

"……그렇군."

접수원이 엄지를 가볍게 핥고서 서류를 넘긴 뒤, 평소처럼 고블린 퇴치 의뢰를 확인했다.

요전에도, 오늘도, 그는 고블린을 퇴치했다. 물론 알아서 잘 처리한 초보자 파티도 있었다.

그럼에도 고블린 퇴치 의뢰는 끊이지 않는다. 매일같이 최소한 1건은 들어온다.

모험가가 늘어나면 소귀의 소굴이 생기는 걸까? 소귀의 소굴이 생기니까 모험가가 늘어나는 걸까?

접수원이 문득 의문이 들어 말했다.

"어째서 고블린은, 이렇게 맨날 마을을 공격하는 걸까요?"

하다못해 리자드맨(도마뱀 인간)처럼 문화가 다를 뿐이라면 좀 더 편할 텐데…….

"……고블린은, 사람을, 공격하는 걸 즐기는 거죠."

접수원은 그냥 잡담이라도 할 셈이었다.

"아아, 그것 말인가."

그가 말했다.

"간단한 일이다."

그의 목소리에 접수원은 양손을 무릎 위에 올리고 똑바로 앉았다.

"……어느 날 갑자기, 사는 곳이 괴물들에게 공격받았다고 생각해 봐라."

접수원은 귀에 의식을 집중했다. 경청하는 자세였다. 그가 말이 많아지는 경우는 별로 없다.

—그래, 어느 날 갑자기, 사는 곳이 괴물에게 공격받는다.

놈들은 제집이라도 되는 양 돌아다니며, 친구를 죽이고, 가족을 죽이고, 약탈하고 다녔다.

그리고 예를 들어, 누나가 공격받아 폭행당하고, 노리개가 되고, 살해당했다고 치자.

놈들이 깔깔 웃으면서, 제멋대로 굴면서 가족의 시체를 내던졌다고 치자.

그 광경을, 처음부터 끝까지, 숨어서 숨죽이고 보고 있었다고 치자.

용서할 수 있을 리 없다.

무기를 집어, 자신을 단련하고, 생각하고, 성장하여, 어떻게든 보복해주리라면서 행동을 취한다.

찾아서, 궁지에 몰고, 싸우고, 공격하고, 죽이고, 죽이고, 죽이고, 죽인다.

물론 잘될 때도 있고 실패할 때도 있다.

그렇다면 다음에는 어떻게 죽일까? 어떻게 죽이면 좋을까? 며칠, 몇 달이고 생각한다.

물론 기회가 되면 생각난 아이디어를 모조리 시험해 본다.

그러는 동안에…….

“즐거워지는 법이다.”

접수원이 마른침을 삼켰다.

“저, 저기, 그, 그건…….”

그건 과연 고블린 이야기일까? 접수원은 알 수 없었다.

어쩐지, 눈앞에 있는 남자의 이야기가 아닐까 하는 생각마저 들었다.

그러나 그 의문을 입에 담기도 전에 그가 말을 이었다.

"생각 없는 『착해 빠진』 놈들이, 어리니까 봐준다거나 하며 의기양양한 표정으로 지껄인다."

—그놈이 살아남기 위해 마을을 공격하고, 가축을 잡아갈 거란 생각은 하지도 못하고.

접수원은 미약하게 떨면서 고개를 끄덕였다. 이해할 수 있었다.

모험가를 지망하는 젊은이나 백자 등급 모험가는 자신만만하게 말한다.

고블린이라면 마을에 온 녀석을 쫓아낸 적이 있다. 그건 잔챙이다. 괜찮다.

마을에서 힘자랑하려고 쫓아낸 고블린은, 다시 말해 무리에서 쫓겨나거나 도망쳐 온 것들이다.

그걸 쫓아내고 자신감이 붙은 그들은 모험가가 된다.

한편, 경험을 쌓아 살아남은 고블린은 『뜨내기』라 불리며 성장한다.

이윽고 『뜨내기』는 소굴의 수장이나 호위꾼이 된다.

그 후에 어느 쪽이 이길지는…… 실력보다는 운에 따라 갈린다.

"일의 발단은, 대강 그렇지."

그가 담담하게 말했다.

"그러니까 나는, 놈들 입장에서 고블린이다."

접수원이 말을 잃고서 숨을 삼켰다.

휘몰아치는 감정을 어떻게 받아들여야 할까? 아니, 그것보다도…… 그에게 한마디 해줘야 한다.

정말이지……. 접수원이 한숨을 쉬었다.

—정말이지, 참!

"……있잖아요."

"뭐지?"

연민이나, 슬픔이나, 동정보다 먼저…….

"그 논리에 따르면, 당신에게 의뢰를 중개한 저희는 뭐가 되죠?"

"음……."

—어째서인지, 분노가 끓어올랐다.

평소처럼 생글생글 웃는 표정을 갖다 붙이고, 접수원은 손가락 끝으로 카운터를 통통 두드렸다.

"마신이나 사신이나, 그런 건가요? 너무하네요. 제가 그렇게 무섭게 생겼어요?"

"……그럴 의도는 없었다만."

"그렇게 들리거든요!"

탕. 카운터를 내리치자, 그가 「으음」 하며 난처한 듯 신음했다.

"그런 말을 하고 다니면, 길드의 평가가 내려갑니다!"

"……으음."

"그렇게 되면, 의뢰 알선도 못 해드리는데요?"

"……그건, 곤란하군."

"그렇죠?"

순순히 「곤란하다」고 인정하는 태도가 어쩐지 어린 소년 같았다.

갖다 붙여놓은 억지웃음이 자연스럽게 무너질뻔했다.

"누군가가 해야 하는 일을 하고 있는 거예요. 그러니까 당당하게 행동하세요."

안 그러면 길드나 저희들의 평판이 안 좋아져요. 못을 박으며 검

지를 흔들었다.

하긴 그렇다. 그는 단지 자기가 담당하는 모험가가 아니었다.

“당신은 은 등급 모험가잖아요.”

“…….”

이번에는 고블린 슬레이어가 입을 다물 차례였다.

철 투구를 쓰고 있는 탓에 그의 표정은 알 수 없었다.

그러나 5년이나 알고 지내면 알 수는 없어도 이해 못할 건 없었다.

“……그럼, 고블린은 어디 있나. 규모는?”

“네. 네.”

—오늘은 이쯤에서 봐주도록 하죠.

접수원은 키득키득 웃으면서 손을 튕기듯 움직여 의뢰 다발을 내밀었다.

그녀는 3장의 서류를 꺼냈고, 그는 거기서 1장을 골랐다.

며칠 전부터 남아 있었던— 말할 것도 없는 고블린 퇴치다.

“북쪽 산속이네요. 오래된 요새인지, 마을 근처에 산성이 있는데요.”

“거기 살기 시작했군.”

“네. 이미 피해도 생겼어요. 의뢰자님의 여동생이 잡혀간 것 말고도…….”

접수원은 종이를 넘기며 미약하게 한숨을 내쉬었다. 별로 좋지 않은 일이지만…….

“선의로 구조를 받아들인 지나가던 모험가도, 아직 돌아오지 않았어요.”

"……이미 늦었군."

고블린 슬레이어는 담담하고 냉정하게 말했다.

"왕복 일수를 고려하면, 이제 틀렸다."

그러나, 그는 일어섰다. 평소처럼 망설임 없이.

"방치할 수는 없다. 지금 없애면 더 이상 커지진 않겠지."

"……네."

아아, 그래서구나.

그래서 그는 은 등급, 변경의 가장 우수한 모험가다.

강한 괴물과 싸워서 쓰러뜨리는 자는 있다.

그러나, **계속 싸울 수 있는** 자는 과연 얼마나 될까?

그 덕분에 살아난 사람이 있다.

그는 세상에 도움이 되고 있다.

—적어도 나는, 구원을 받고 있어.

그렇다면 뭘 해줘야 할까? 뭘 해줄 수 있을까?

"그럼, 잘 부탁드립니다. ……고블린 슬레이어 씨!"

그가 가슴을 펴고 행동할 수 있도록, 해줘야지.

제4장 『산채 타오르다』

사흘 밤낮에 걸쳐 이어진 연회가 끝나자 고블린들은 크게 만족하고 있었다.

오물과 썩은 내와 시체로 지저분해진 장려한 광장에 먹잇감들의 잔해가 흩어져 있었다.

요즘 들어 빼빼 마른 것 한 마리밖에 없었지만, 최근 신선한 먹잇감이 4마리나 걸려들었다.

그것도 암컷이 4마리. 흄은 물론이고 엘프와 레아(들판 종족)도 있었다.

고블린들이 흥분하는 것도 당연했다. 연회는 위아래를 잊고서 흥겹게 — 애당초 예의 따위 없었지만 — 열렸다.

가련한 여자들에게, 훨씬 많은 수의 고블린이 몰려들어 유린했다.

그녀들이 어떻게 됐는지는 말할 것도 없는 일이었다.

그러나 그녀들은 단순한 마을 처녀가 아니었다.

무참하게 옷이 벗겨져 드러난 사지는 정도의 차이는 있었지만 제대로 단련을 거친 모습이었다.

살은 햇빛에 그을렸으며 상처 자국이 남았고, 가지고 놀 때마다 부드러운 지방에 싸인 근육이 비쳐 보였다.

더욱이 홀 구석에는 마치 고철처럼, 약탈한 갑옷과 투구, 검과 방패가 산처럼 쌓여 있었다.

그녀들은 제8위인 강철 등급 모험가다. ……아니, 모험가였다고 해야 한다.

더 이상 누구 한 사람 숨 쉬는 자가 없으니까.

—어쩌다 이렇게 됐을까?

마지막 순간에, 파티를 이끌던 귀족 영애— 리더의 뇌리에 떠오른 의문이었다.

잡혀간 마을 처녀를 돕기 위해서 의분에 이끌려 모험에 도전한 것이 그렇게 나쁜 일이었을까?

고블린이 자고 있는 한낮을 노려서 소리 없이 숨어든 그녀들이 자만했다고 할 수는 없었다.

과거에 엘프가 고목(古木)으로 쌓은 산채는 모험가들에게는 미답의 유적, 지도 없는 미궁이었다.

그래서 방심은 하지 않았다.

작은 마을에 들러 가능한 한 제대로 된 장비를 갖추었고, 고블린이 많은 것도 이해하고 있었다.

산채를 소굴로 삼은 고블린들의 손에서 잡혀간 마을 처녀를 구출해야 하니까.

몇 번의 모험을 거쳐 그에 걸맞게 단련된 실력은 초보자와는 비교도 되지 않았다.

전위에서 리더인 그녀가 무기를 겨누고 레아 탐색자(레인저)가 주위를 살폈다.

후위에서는 엘프 마술사가 주문을 준비하고 흄 승려가 기적을 기도한다.

대오를 맞춰, 방심하지 않고, 차근차근 탐색을 진행했는데, 뭐가 잘못됐던 걸까?

냉철하게 진실을 고하자면, 그녀들은 그저 운이 나빴다.

첫째로, 이건 어느 정도 당연한 것이지만 이 산채에는 수많은 함정이 있었다.

엘프가 고블린을 퇴치하기 위해 마련한 함정이 얄궂게도 고블린들을 지키게 되었다.

치밀하고, 섬세하며, 치명적인 함정을 수도 없이 탐색하고 해제하느라 탐색자가 지친 것이 컸다.

그녀들은 요새 가장 안쪽까지 진입했지만 마지막의 마지막에 탐색자는 경보 함정을 놓치고 말았다.

"모두 전투 준비!"

경보가 격렬하게 울리는 가운데 리더가 호령하자, 그녀들은 재빨리 원형진을 짰다.

중앙에 마술사를 두고서 세 방향을 리더, 탐색자, 승려가 둘러쌌다.

철벽이라고 할 수는 없지만 충분히 견고한 전투태세였다.

그러나 둘째, 그녀들을 둘러싸고 밀려드는 고블린들은 그 이상으로 많았다.

단적으로 말해서 수의 폭력이란 것이다.

탐색자의 사격 기술은 하늘이 내린 것이었지만, 화살보다 많은 적을 쏠 수는 없었다.

마술사는 네다섯 가지의 **수많은** 술법을 구사했지만, 마침내 기력이 다했다.

승려가 불러온 기적과 가호도, 그녀가 기도조차 못할 정도로 피로해지면 끝이다.

이윽고 피투성이가 되어 검을 휘두르던 리더도 피폐해져서 고블린 앞에 쓰러지자 사냥이 끝났다.

시산혈해(屍山血海)— 1시간도 걸리지 않았다.

그리고 화살에 맞고, 칼에 베이고, 불타오른 시체의 산속에서 연회가 시작됐다.

"히, 이……익."

"오, 오지 마, 오지 마아아……."

겁먹고 소리치는 엘프에, 찡그리며 우는 레아.

승려는 소리 없이 기도했고, 리더는 피가 배어날 정도로 입술을 깨물었다.

어깨를 맞대고 서로 끌어안으며 떨고 있는 먹잇감들 앞에서 고블린들이 입술을 핥았다.

셋째 불운은, 적이 고블린이었다는 것이다.

고블린도 평소에는 포로를 잡아먹거나 임신시키고 끝이며, 조금은 절약도 한다.

그러나 오늘은 달랐다.

수많은 동족이 모험가들에게 살해당했다. 간단히 끝낼 생각이 전혀 없었다.

고블린들에게 있어 동포를 희생하여 이기고 살아남는 건 당연한 이치였다.

결코 동료의 죽음을 애도하지는 않는다. 다만 동료가 죽었다는 분노와 증오는 뿌리 깊게 남는다.

"GARUUURU."

"GAUA."

여자들에게 빼앗은 짐에 술도 있었기 때문에 고블린들은 크게 흥분했다.

술에 취한 고블린들의 작고 악랄한 뇌는 차례차례 잔혹한 놀이를 생각해 냈다.

그리고 이제 곧 아래쪽 마을을 공격해서 많이 약탈해 올 테니까 그 전에 확 쓰고 버려도 손해는 없었다.

애당초 잡아 왔던 가련한 마을 처녀는 수십의 고블린을 상대로 버티지 못하고 진작에 숨이 끊어졌다.

이미 희망은 끊어졌다.

옷이 벗겨지고, 고블린들에게 짓눌린 리더가 울부짖듯 외쳤다.

"이놈들! 욕보일 거면 나부터 해라!"

그녀는 귀족의 영애로 태어나, 법과 정의를 담당하는 지고신을 섬기는 자유 기사가 되었다.

그렇기 때문에 어떠한 사악한 고문에도 결코 굴하지 않으리라 각오하고 있었다.

그러나, 그것은 희생양이 그녀일 때의 이야기였다.

일단 탐색자가 눈앞에서 사격의 과녁이 되어 죽었다. 리더는 고블린에게 매달려 동료의 목숨을 구걸했다.

승려가 죽을 때는 혀를 깨물려고 하자, 고블린이 동료의 유해를 입에 욱여넣었다.

마술사가 산 채로 타 죽었을 때, 그녀의 마음은 갈가리 찢어져 혼이 깨져버리고 말았다.

그리고 몰려든 고블린들이 리더의 바람을 들어준 것은 사흘 밤낮이 지난 다음.

그녀가 이미 아무것도 느끼지 못한 것이 다행이었다. 제정신이었다면 지옥 같은 시간이었을 것이다.

사흘째에 사람인지도 알아보기 힘든 그녀의 시체가 강에 버려질 때까지, 무슨 일을 당했는지는 필설로 형용하기 어렵다.

흘러온 모험가의 시체와, 골짜기에 울리는 웃음소리를 들은 마을 사람들은 두려움에 떨었다.

그러나 무슨 일이든 예외는 있다.

예를 들어 밤바람을 막는 방벽 위에서 조잡한 창을 든 파수꾼 고블린 하나.

그는, 혼자서만, 웃지 않았다.

물론 가련한 여자들에게 동정심이 생겼다는 건 아니었다.

단순히 연회에서 쫓겨난 것이 마음에 들지 않았을 뿐이었다.

마을의 감시를 떠맡은 파수꾼은 이번『사냥』에 참가하지 못했다.

참가하지 않았다면, 당연히『즐기는 일』에도 참가할 자격이 없었다.

그런 주장에 반론도 못하고, 망이나 보라며 방벽으로 내몰렸다.

바람이 살을 에는 듯 부는 가운데, 파수꾼은 싸늘한 방벽 위에서 어깨를 떨고 있었다.

정말이지, 빈털터리가 따로 없다.

그의 몫은 타들어 간 손가락 하나뿐이었다. 기왕이면 레아 것이 좋았는데…….

파수꾼 고블린은 입이 심심한 듯 그걸 물고서, 아쉽게 맛보며 깊은 한숨을 내쉬었다.

물론 망을 보지 않았다면 요새에서 모험가와 싸우다 죽었을지도 모른다는 생각은 안 한다.

동료를 앞에 내밀고 자기는 안전한 곳에서 틈을 보아 덮친다. 모든 고블린이 그렇게 생각한다.

그러면서 동료가 죽으면 분노하니까 성질이 고약하다는 것이다…….

"GUI……."

애당초 공격할 마을을 조사하는 거야 그렇다 치고, 외적을 경계하여 망을 보는 의미가 있는 걸까?

고블린들은 흥미도 없겠지만, 이 산채는 아주 오랜 옛날 엘프가 만든 것이었다.

엘프가 떠나고, 잊혀지고, 텅 비어 버린 곳에 고블린들이 살기 시작했다.

소귀들에게 중요한 것은 요새가 대단히 튼튼하고, 안전하며, 먹잇감을 잡는데 좋다는 것뿐이었다.

그리하여 옛사람들이 만든 함정, 술수, 방벽이 모두 고블린 것이 되었다.

이 요새에 파수꾼 따윈 필요 없다. 파수꾼 고블린은 그게 불만이었다.

그래서 **그것**을 발견했을 때, 그의 가슴이 기쁨으로 차올랐다.

“Grrrrr?”

—모험가다. 그것도 둘.

지저분한 가죽 갑옷과 철 투구의 전사가 나무들 사이로 성큼성큼 거침없이 모습을 드러냈다.

팔에 작은 방패를 고정하고, 등에는 화살통, 손에는 활, 허리에는 검을 차고 있었다.

그러나 그렇게 약해 보이는 놈은 아무래도 좋았다.

파수꾼 고블린이 눈독 들인 것은 그 옆에 서 있는 다른 하나였다.

불안한 표정으로 두 손에 석장을 쥐고서 어색하게 서 있는, 신관복을 입은 가녀린 소녀.

그녀의 석장이 신비로운 빛을 뿜어서 어슴푸레한 가운데 단정한 얼굴을 비추고 있었다.

파수꾼 고블린이 입술을 핥았다. 살집은 별로지만 새로운 먹잇감이라면 그도 즐길 수 있다.

그는 얼굴을 추악하게 일그러뜨리고 침을 흘리며 실내를 돌아보고 동료를 불렀다.

그것은 필요한 일이었지만, 그래도 그는 모험가에게서 눈을 떼서는 안 되었다.

전사가 활에 화살을 메겼다. 꾸우욱 활시위를 당긴다.

촉에는 메디아의 기름에 적신 천을 감았다. 여신관이 그것에 부싯돌을 튀겼다.

“GAAU!”

“GOURR!”

부름을 듣고 우글우글 밖에 나온 고블린들이 모험가를 가리키며 입을 모아 지껄여댔다.

—그러나, 이미 늦었다.

"이상하게 많군."

고블린 슬레이어는 투구 안쪽에서 중얼거리며 화살을 쏘았다.

나무 방벽에 꽂힌 불화살이 핥아 내리듯 벽을 태우자 고블린이 비명을 질렀다.

이어서 두 번째 불화살이 날아가 순식간에 불길이 번졌다.

"GAUAUAAAA?!"

도망치려던 한 마리가 당황하다 발을 헛디뎌, 동료들을 끌어들이며 방벽에서 떨어져 죽었다.

파수꾼도 그 안에 섞여 있었지만 고블린 슬레이어는 흥미가 없었다.

"셋."

그는 담담하게 수를 세고 다음 불화살을 쏘았다.

물론 엘프에게 불은 천적이기에 과거였다면 이렇게 쉽사리 화공을 가할 수는 없었을 것이다.

그러나 정령들에게 탄원하여 불길을 잡도록 부탁하는 엘프도 이제 여기에는 없었다.

태고에 펼쳐져 있었을 불을 죽이는 결계는 이미 옛날 옛적에 사라졌다.

눈앞에 우뚝 선 것은 그저 견고한, 그러나 목조로 된 요새일 뿐이었다.

"이쪽을 돕는 건 됐다. 준비해라."

"아, 네, 네에!"

활을 당긴 고블린 슬레이어가 지시하자, 여신관이 두 손으로 매달리듯 석장을 쥐었다.

신들에게 혼을 깎는 기도를 시작한다.

그녀를 감싸며 선 고블린 슬레이어가 틈새로 도망치려는 고블린의 미간을 화살로 맞췄다.

머리에서 화살이 뻗은 고블린은 곧장 타오르기 시작한 요새 안쪽으로 벌러덩 쓰러졌다.

"어리석은 놈. 넷이다."

다음 순간, 둔탁한 소리를 내며 돌멩이가 그의 투구에 맞았다.

"—윽! 괜찮으세요?!"

"……소란 떨지 마라."

여신관이 정신 집중을 풀고 외치자, 그는 귀찮다는 듯 대답하고 가볍게 머리를 흔들었다. 투구가 찌그러졌다.

혀를 한 번 차고서 돌아보니, 틈새로 손에 끈을 든 고블린이 보였다.

슬링[투석끈](Sling)은 강력한 무기다.

그저 끈으로 묶은 돌을 던지는 것뿐이지만 치명적인 속도와 위력을 가진다.

무엇보다도 탄이 바닥날 일이 거의 없다는 것도 고블린 슬레이어가 보기에는 좋은 점이었다.

덧붙여서, 설령 슬링이 고블린의 손에 들어갔다고 해도…….

"동굴이라면 모를까, 이 거리에서는 어렵지."

좁은 곳에서 접근전을 해야 하지 않는 한 고블린의 힘은 문제가 되지 않는다.

놈들이 정확하게 노릴 기량이 있는 것도 아니니, 지금 그건 우연히 맞았다고 봐야 한다.

그래도 만약 허세를 부려 머리를 드러내놓는 신입이라면 이야기가 달라지지만…….

고블린 슬레이어는 철저했다.

그는 고블린의 투석꾼을 거침없이 쏘아, 목을 화살로 꿰뚫어 죽였다.

활활 타오르는 불꽃 앞에서 밤눈이 어두운 것은 전혀 장애가 되지 않았다.

"다섯. ……이제 곧 온다."

그의 말대로 산채 입구에는 불꽃에서 도망치려는 고블린 몇 마리가 도착했다.

고블린들은 술도, 먹잇감도, 약탈품도 내던지고 동료를 밀어내며 앞다투어 도망치려고 했다.

그러나 익숙한 산채 안을 열심히 달리는 동안, 그들의 공포는 분노로 바뀌었다.

그 추악한 얼굴이, 기다리고 있는 고블린 슬레이어와 여신관에 대한 살의로 가득 차 있었다.

타오르는 산채를 나가서 두 사람을 어떻게 죽이고 비참하게 괴롭힐 것인지, 사악한 망상이 흘러넘치고 있었다.

고블린들은 각자 무기를 집고서 입구에 서 있는 여신관을 향해 공격을—.

"《자비 깊은 지모신이여, 부디 나약한 우리들을 대지의 힘으로 지켜주소서》……!"

—그리고 보이지 않는 벽에 세차게 머리를 부딪혀 요새 안으로 굴러 넘어졌다.

산채 입구를 닫으며 고블린들의 앞길을 막아서는 신성한 역장.

자비 깊은 여신은 경건한 신도를 《프로텍션(성스러운 벽)》의 기적으로 감싸 지킨다.

"GORRR?!"

"GARAAR?!"

갇힌 것을 깨달은 고블린들은 공황상태에 빠졌다.

보이지 않는 벽을 손으로 두드리고, 곤봉을 휘두르고, 그래도 나올 수 없자 비통하게 울부짖기 시작했다.

이윽고 고블린들의 모습이 서서히 연기와 불꽃에 가려져 입구에서 보이지 않게 되었다.

"네가 새로운 기적을 받았다고 들었지."

틈새로 도망치려는 고블린을 거침없이 사살하고서 고블린 슬레이어가 말했다.

"여섯. 덕분에 빠르게 정리됐다."

"……《프로텍션》의 기적을, 이런 식으로 쓰다니……."

여신관은 갈라진 목소리로 말했다. 물론 생물을 태우는 연기를 들이마셨기 때문이 아니다.

지난 며칠, 그녀가 신전에 틀어박힌 건 그저 새로운 기적을 받기 위한 시련이었다.

《프로텍션》은 그 결과로 받은 두 가지 기적 중 하나였다.

재야에 내려간 성직자들은 역량과 위계에 따라 신탁과 함께 새로운 기적을 받는다.

아무래도 그녀의 신앙심은 그녀 자신이 생각하는 것보다 견고했나 보다.

신관장에게 모험의 성과를 칭찬받는 것이 참으로 거북한 시간이기는 했지만…….

그러나 새로운 기적이 있으면 고블린 슬레이어를 지탱해줄 수 있다고 믿고서 시련에 도전했다.

그 결과가 이것이었다.

―지모신님은, 어째서 나에게 이 기적을 내리신 걸까……?

여신관의 입에서 안타까운 한숨이 흘러나왔다.

"뒤쪽, 혹은 탈출로가 있을지도 모른다. 긴장을 풀지 마라."

"……그런 걸, 용케 생각할 수 있으시네요."

"상상력은 무기다."

대답한 고블린 슬레이어는 방심하지 않고 화살을 메겼다.

"그게 없는 녀석부터 죽는다."

"……먼저 들어간, 사람들처럼, 말인가요?"

"그렇다."

산채가, 타오른다.

이걸로 저 마을은 고블린이라는 재앙으로부터 벗어나게 되었다.

죽은 자들의 혼도 각자가 믿는 신의 곁으로 가게 될 것이다.

고블린과, 모험가나 잡혀간 소녀들의 육체가 타올라 연기가 하늘로 올라갔다.

“불을 끌 계획도 있다. 다 타고 나면 살아남은 놈을 찾아서 처리할 거다만…….”

고블린 슬레이어는 그것을 아무런 감개도 없이 올려다보면서 담담하게 말했다.

“……역시, 은 등급답게 행동하는 건, 어렵군.”

여신관은 안타까운 뭔가를 보듯 그를 바라보았다.

철 투구에 가려진 표정은 알 수 없었다. 알 수 없을 텐데…….

여신관은 저도 모르게 두 손을 작은 가슴 앞에 깍지 끼고 무릎 꿇어 기도했다.

불꽃과 열과 연기는 먹구름으로 변해 하늘을 채우고, 머지않아 뚝뚝 검은 비가 내렸다.

온몸에 비를 맞으며, 신관복을 검댕으로 검게 물들이면서, 그녀는 계속 기도했다.

그저 하염없이, 구원을 바랐다.

그것이 누구에 대해서인지, 무엇에 대해서인지는 그녀도 알 수 없었다…….

§

“소귀 살해자의 치명적인 일격이, 소귀왕의 목을 공중으로 쳐낸다.”

따라랑. 음유시인이 류트의 현을 튕겼다.

“오호, 저것을 보라. 파랗게 타오르는 그의 칼날을. 참된 은으로 단련하여, 결코 주인을 배신하지 않노라.”

해가 질 무렵, 대로에 울리는 음색. 용맹하고 구슬픈 선율에 사람들이 발길을 멈추고 귀를 기울인다.

“그리하여 기어이 소귀왕의 야망도 끝나고, 구원받은 아리따운 공주가 용사의 품에 몸을 맡기누나.”

남녀노소, 빈부와 직업이 뒤섞인 손님들은 음유시인도 바라는 바였다.

약간 별난 서정시. 수많은 사람들의 흥미를 끄는 건 그의 역량에 달려 있었다.

“그러나, 그가 바로 소귀 살해자. 방황을 맹세한 몸, 곁에 거느릴 수는 없었노라.”

하아. 앞줄에서 듣던 젊은 처녀가 뜨겁고 애절한 한숨을 흘렸다.

음유시인은 그렇지! 하고 떠오르려는 미소를 억누르며 끝까지 엄숙하게 노래했다.

“내뻗은 공주의 손이 허공을 붙잡고, 용사는 돌아보지 않으며 떠나갔노라.”

따라랑, 따라랑, 따랑.

“변경의 용사, 소귀 살해자 이야기의 타오르는 산채의 막, 여기까지이옵니다…….”

수도의 대로에 모여 있던 청중들이 웅성거리며 떠났다.

소리를 내며 모자에 던져지는 동전 앞에서 음유시인이 우아하게 인사를 했다.

위험한 변경에서 손익을 따지지 않고 고블린 퇴치를 받아들이는

은 등급의 모험가.

고블린의 피해로 괴로워하는 마을에게는 그야말로 백금의 용사 같은 남자.

바람처럼 나타나 바람처럼 물러가는 용사.

우연히 들은 소문을 토대로 지어낸 영웅담이 나름대로 호평이라서 다행이었다.

"……있지."

청량한 목소리. 갑자기 누가 말을 걸자 음유시인은 노래 삯을 줍던 자세 그대로 고개를 들었다.

구경꾼이 물러간 다음인데도 외투로 머리를 덮어 감춘 인물이 서 있었다.

"지금 노래한 모험가 말인데, 정말로 있어?"

"그럼. 물론이고말고."

시인은 당당하게 가슴을 펴고 말했다.

요즘은 시인이 노래하는 무훈시가 진실이 되는 법이다.

설마 풍문을 토대로 정리했을 뿐이라고 말할 순 없었다.

무엇보다 얼굴도 모르는 고블린 퇴치의 명인 덕분에 지금도 상당히 벌이가 좋았다.

은혜를 갚지 않으면 시인의 자격이 없다.

"여기서 서쪽 변경으로 2, 3일 가면 있는 도시에 있지."

"그래."

외투의 인물이 고개를 끄덕이더니 서서히 후드를 들어 올렸다.

탄력 있는 온몸을 사냥꾼 복장으로 감쌌고, 등에는 대궁을 메고 있는 모습.

아리땁고 가녀린 여자가 나타났다.

음유시인이 무심코 눈을 부릅떴다. 그녀의 아름다움 때문만이 아니었다.

그녀의 귀가, 마치 가느다란 잎처럼 길게 뻗어 있었다.

"……오르크, 볼그."

가만히 신비로운 선율을 입에 담은 그녀는— 엘프 모험가였다.

막간 「접수원 아가씨」

네, 어서 오세요. 모험가 길드에 잘 오셨습니다! 의뢰인가요? 그렇다면…….

네? 인터뷰요? 그러니까, 이건 업무인 거죠? 괜찮아요? 다행이다.

어흠.

모험가 길드— 후후, 무뢰한의 직업 조합이라니 이상하다고들 자주 그러죠.

실제로 기원은 길드 같은 게 아니라, 모험가가 모이는 주점이었다고 해요.

당시의 임금님이, 용사— 나중에 백금 등급이 되는 모험가를 지원하기 위해서 갖춘 거라고 하죠.

지금은 어엿한 관공서입니다. 저도 분명히 시험에 합격한 어엿한 공무원이라구요?

재녀입니다, 재녀. ……후후. 주변 동료들도 모두 그러니까 자랑은 못 되지만요.

어쨌든 길드는 아주 적절했어요.

모험가분들은 노력하면 제대로 된 공적인 신용도를 얻을 수 있고, 신용은 좋은 일거리로 이어지죠.

의뢰자님은 등급으로 역량을 판단할 수 있고, 보수를 부정하게 많이 내는 일도 없어요.

그리고, 그 왜, 이야기에, 자주 나오잖아요.

전설의 무기에 선택받았다! 신의 가호가 있다! 그러는 굉장히 강한 모험가가 대난동을 벌이는 사태요.

난처하단 말이죠. 실적은 없고 제멋대로 구는 사람은 섣불리 손님에게 추천할 수 없어요.

애당초 그 사람이 어떤 능력이 있는지 알기 쉽도록 숫자로 볼 수도 없어요.

이런 사람도 있어요. 나는 여자들에게 인기가 있는 게 당연하다면서, 가슴이나 엉덩이를 만져 대는 사람…… 정말로요.

그래서 우리 길드는 세 가지 기준으로 평가 판단을 합니다.

사회에 대한 공헌도, 획득한 보수 총액, 면담에 의한 인격 심사.

전부 합쳐서 「경험점」이라고 부르는 사람도 있어요.

제1위: 백금. 이들은 완전히 규격을 벗어났어요. 역사상 몇 명밖에 없으니까 생각해 봤자 소용없죠.

제2위: 금, 제3위: 은, 제4위: 동. 실력과 신용을 두루 갖춘 가장 우수한 사람들. 굉장하죠?

제5위: 홍옥, 제6위: 취옥, 제7위: 청옥은 중견이네요. 요즘에는 사람들이 별로 육성되질 않아요.

제8위: 강철, 제9위: 흑요, 제10위: 백자는 신입입니다. 실제로 익숙해지기 시작할 즈음이 위험해요.

3등급마다 벽이 있어요. 그게 대략적인 기준, 이려나요?

네? 의뢰를 수락하고서 방치하는 경우도 있냐고요? ……없다, 고 할 수는 없어요.

고블린 퇴치 같은 건, 수가 많은 것치고 의뢰자님이 농촌에 계시거나 해서 말이죠.

인기가 없어요. 수고도 들고, 보수도 적고. 고블린은, 수가 많으니까요.

분명히 초보자용이라고 할 수 없지는 않지만, 으~음…… 하아…….

앗, 미안해요. 모험가가 왔어요. 잠깐 중단할게요.

어흠!

네, 어서 오세요! 오늘은 무슨 일이신가요?

"고블린이다."

제5장 『생각지 못한 손님』

"오르크볼그야."

그 엘프는 시원스런 주문 같은 목소리로 맨 먼저 그렇게 말했다.

점심 전— 늦잠을 잔 모험가가 남은 의뢰를 찾아 길드에 모습을 드러낼 무렵.

아침에 비하면 차분하지만 소란이 가득한 홀 전체의 시선이 그녀에게 모였다.

"우와아……. 어이, 저기 봐, 엄청난 미인이야."

"……아, 좀."

신입 전사 소년이 무심코 휘파람을 불자, 파티의 수습 성녀가 옆구리를 찔렀다.

소년이 「미안, 미안」 하면서 웃었지만 시선은 슬그머니 엘프를 살폈다.

무리도 아니다. 엘프는 본래 이 세상 사람이 아닌 것처럼 아름답지만, 개중에서도 그녀는 빼어났다.

엘프의 나이는 생각해 봤자 의미가 없지만, 겉보기에는 열일곱, 열여덟 정도였다.

시원스럽게 키가 크고, 가녀린 몸에 딱 맞는 사냥꾼 복장을 입었다. 몸놀림은 사슴처럼 경쾌했다.

등에는 대궁을 메고 있으니 탐색자 혹은 궁수. 목에 건 인식표는 은판이었다.

“저건 하이 엘프로군요. ……진짜 요정의 후예네요.”

“확실히, 귀가 길어요. 다른 엘프보다…….”

중장 전사의 파티에 있는 무술사(巫術師)[드루이드], 레아 소녀가 경장 전사인 하프 엘프와 소곤거렸다.

옆에서 듣고 있던 소년 척후가 「틀림없다」며 잘 안다는 표정으로 말했다.

그런 존재 앞에서 응대하고 있던 접수원 아가씨는 긴장은 안 했지만 낯선 말을 듣고 고개를 갸웃거렸다.

“그러니까, 떡갈나무[오크(Oak)]…… 말인가요?”

카운터에 오자마자 괴물의 이름을 대는 건 어떤 의미로 늘 있는 일이지만, 엘프가 말한 이름은 들어본 적이 없었다.

물론 괴물은 그야말로 넘쳐 나니까(비유가 아니다!) 미지의 존재도 있을 수 있다.

아니면 그녀의 이름일까? 엘프의 말은 주문이나 노래처럼 들리기는 하는데…….

“아니야. 오르크. 오르크볼그.”

엘프 궁수가 반복했지만, 그저 고개를 갸웃거리는 수밖에 없었다. 그리고 「이상하네」라고 한다.

“여기에 있다고 들었는데.”

“그러니까…… 혹시 모험가분을 찾으시는 건가요?”

아무리 접수원이라도 방대한 모험가의 이름을 모두 기억하지는 못한다.

돌아서서 책장에 있는 두꺼운 장부를 꺼내오려고 하는데—.

“멍청한 녀석. 이래서 길쭉귀 녀석들은 기개만 높아서 안 되는 게다.”

엘프 궁수 옆에 있던 둥그렇고 단단한 드워프가 끼어들었다.

카운터에서는 말끔히 벗겨진 이마만 간신히 보였는데, 잘 보니 길고 흰 수염을 짜내듯 쓰다듬고 있었다.

입고 있는 옷은 동양풍의 기묘한 복식으로, 허리에는 고철 같은 것이 든 커다란 가방을 찼다.

접수원은 그가 주문술사— 드워프 도사라고 판단했다. 그 역시 목에는 은 인식표를 걸고 있었다.

“여기는 『키다리(흄)』의 영역이 아니냐. 길쭉귀 말이 통할 리가 없는 법이야.”

“어머. 그러면 뭐라고 부르면 되는데?”

흥. 하이 엘프 답지 않은 표정으로 코웃음을 친 엘프 궁수가 비아냥거리듯 말했다.

드워프 도사는 자신만만하게 수염을 꼬았다.

“당연히 『카미키리마루』가 아니겠느냐!”

“저기, 그런 이름을 가진 분은…….”

접수원이 송구한 듯 말했다.

“……없는 것이냐?!”

“말씀드리기 어렵지만, 그게, 네.”

엘프 궁수는 이거 참 곤란하다는 듯 일부러 고개를 흔들더니, 그것 보라는 듯 어깨를 으쓱거리며 한숨을 쉬었다.

"역시 드워프는 못 쓰겠네. 완고하고 괴팍해. 자기만 옳다고 생각한다니까."

"뭣이라아아?!"

드워프 도사가 그 말에 덤벼들었지만, 두 사람의 키는 2배 정도 차이가 났다.

껑충 뛰어도 엘프 궁수에게 닿지 않았다. 엘프 궁수가 점점 더 으스댔다.

으그극. 신음하는 드워프 도사. 그러다 문득 어떤 것을 깨달았는지 그가 사악하게 씨익 웃었다.

"……이거 참. 엘프란 것들은 **모루**로 쓰기 좋을 만큼 마음이 좁구나."

"뭣?!"

이번에는 엘프 궁수의 얼굴이 새빨개졌다. 무심코 가슴을 감싸며 드워프 도사를 노려봤다.

"그, 그건 상관없잖아! 그, 그리고 드워프 여자는 그냥 술통이잖아!"

"그건 풍만하다고 하는 게다. 모루보다야 훨씬 낫지 않더냐."

티격태격.

엘프와 드워프의 사이가 나쁜 건 신들의 시대부터 이어져온 전통에 가깝다.

그렇지만 이유는 확실치 않았다. —수명이 없는 엘프들도 잘 모를 정도였다.

태고의 전쟁부터 이어지는 원한, 나무를 존중하고 불을 꺼리는 엘프와 나무를 베고 불을 피우는 드워프의 궁합이 안 좋아서일까?

어쨌든 간단히 막을 수 있는 것이 아니라, 접수원은 조바심을 내면서도 열심히 억지 미소를 짓고 있었다.

"그러니까…… 저기, 싸움은 그만하시—."

"미안하네만, 거기 자네들. 싸울 거라면 소승이 안 보는 곳에서 해주시게."

거대한 그림자가 불쑥 나타나 두 사람을 가리며 싸움을 말렸다.

올려다봐야 하는 체구. 온몸에는 비늘이 돋아있고, 호흡은 날카로운데다 비린내가 났다.

접수원이 무심코 소리를 낼 뻔한 그 남자는 리자드맨이었다.

본 적도 없는 민속적인 옷을 입었고, 목에는 은판 말고도 기묘한 부적을 걸고 있었다.

리자드맨 승려는 신비로운 손짓으로 합장을 하더니 접수원에게 고개를 숙였다.

"소승의 일행이 소란을 피워 미안하군."

"아, 아뇨! 모험가 여러분은 다들 활기찬 분들이니까요, 익숙해요!"

그렇지만 기묘한 일행이었다.

단순히 이종족(異種族)이라 그런 것만이 아니었다.

하이 엘프는 보기 드물지만, 고결한 엘프들 중에서도 호기심이 강한 『젊은이』가 모험가가 되는 경우는 있었다.

완고한 드워프 또한 인간과 마찬가지로 무훈이나 재물을 좋아하는 성질이 강하니 모험가도 많았다.

리자드맨은 때때로 괴물 취급을 받지만, 제3등급의 증거인 은판을 걸고 있었다.

그러나 이런 이종족들끼리 파티를 짠 것은 접수원도 본 적이 없었다.

"그러니까……."

접수원은 말다툼을 계속하는 엘프 궁수와 드워프 도사를 슬쩍 보고서 리자드맨 승려를 보았다.

당장이라도 송곳니를 드러내며 공격할 법한 험상궂은 생김새였지만…….

"그래서, 어떤 분을 찾으시는 건가요……?"

결국 그나마 가장 말이 잘 통할 것 같아서 리자드맨 승려에게 말을 걸었다.

"그렇군. 아쉽지만 소승도 인간족의 말에 밝지는 않지만……."

"네."

"『오르크볼그』, 『카미키리마루』란 것은 그자의 별명 같은 것이지. 그러니까……."

그녀의 기대에 부응하듯, 리자드맨 승려가 묵직하게 고개를 끄덕이며 말했다.

"소귀를 죽이는 자란 뜻이네."

"아아!"

그 순간 접수원의 표정이 확 밝아졌다. 무심코 손뼉까지 쳤다.

그 자리에서 쾌재를 부르고 싶은 기분을 꾹 억눌렀다.

다른 도시의 모험가가 그를 찾아서 여기까지 왔다. 좋은 평가를 받고 있는 것이다.

—그를 위해서, 이런 기회를 놓칠 수는 없어……!

"그 사람이라면 알아요. 아주 잘 알아요!"

"오오, 그런가!"

리자드맨 승려가 눈을 부릅뜨고, 입에서 혀를 날름날름 내밀었다. 아마 웃고 있는 모양이다.

접수원은 그 사나운 미소 앞에서도 전혀 흔들리지 않았다.

"아, 괜찮다면 차라도 내 드릴까요?"

"아니, 소승은……. 이봐 자네들. 그 인물이 여기에 있다고 하는군."

"봐. 역시 내 말이 맞았잖아."

"뜻도 안 통했으면서 무슨 소릴 하는 게냐?"

"사돈 남 말 하시네."

"뭣이라아아!!"

쉬익. 리자드맨 승려의 입에서 한숨이 흘렀다. 엘프 궁수와 드워프 도사는 서로 얼굴을 마주 보면서 입을 다물었다.

"……그런데, 접수원 양반. 그 소귀 살해자 선생은 어디에 계시는가?"

"그러니까, 사흘 전에 고블린을 퇴치하러 갔어요……."

"어허. ……과연, 훌륭하군."

"이제 곧, 돌아올 무렵이라고 생각하는데……."

접수원은 길드 출입구를 슬쩍 살폈다.

걱정은 되지만 그가 돌아올 것은 확신하고 있었다.

말할 것도 없는 일이지만, 그가 고블린에게 질 리 없었다.

"앗!"

그때, 딸랑딸랑 벨을 울리며 모험가 두 사람이 들어왔다. 접수원은 그들을 보고 소리를 질렀다.

리자드맨 승려와 엘프 궁수, 드워프 도사가 거기에 이끌려 그쪽을 돌아보더니…… 뭐라 말하기 힘든 표정을 지었다.

가녀린 체구에 신관복을 입고 두 손으로 석장을 쥔 젊은 여신관. 그건 뭐 좋다.

문제는 그 앞에서 과감하고 거침없이 걸어오는 남자였다.

지저분한 가죽 갑옷과 철 투구, 어중간한 길이의 검을 차고, 원형 방패를 팔에 고정한…… 볼품없는 차림새의 남자.

새내기 모험가라도 저거보단 차림새가 나을 것 같다.

그는 거침없는 발걸음으로 곧장 카운터에 다가왔다.

여신관에게는 약간 달리듯 걸어야 할 정도라서, 그가 발걸음을 늦추고서야 겨우 옆에 설 수 있었다.

"어서 오세요, 고블린 슬레이어 씨! 두 분 다 무사해서 다행이에요!"

접수원이 그들에게 크게 손을 흔들었다. 땋은 머리칼이 거기에 맞춰 활기차게 튀어 올랐다.

"무사히 끝났다."

"……네, 어떻게든, 무사히."

담담하게 말하는 고블린 슬레이어와 어쩐지 지친 기색의 여신관.

그녀는 의젓하게 미소를 지었지만…… 접수원은 수긍했다. 무리도 아니었다.

고블린 슬레이어는 매일매일, 거의 쉬지도 않고 의뢰를 수행하고 있었다.

그걸 따라다니려면 어지간히 힘들 것이다.

"아, 그러면 나중에 보고를 들려주세요. 지금이 아니라도 돼요."

"그렇군."

"네. 그리고 고블린 슬레이어 씨께 손님이 왔어요."

그 말을 듣고서야 깨달은 듯, 그는 옆에 서 있는 파티를 보았다.

엘프 궁수, 드워프 도사, 리자드맨 승려.

여신관은 놀랐는지 소리를 지르려던 입가를 황급히 막았다.

"……고블린인가?"

"아니야."

무슨 소리야? 하고 엘프 궁수가 의심스럽단 시선으로 보았지만, 그는「그런가」하며 간단히 고개를 끄덕였다.

"……당신이, 오르크볼그? 그래 보이진 않는데……."

"당연하다. 나는 그렇게 불린 적이 없다."

엘프 궁수가 입술을 삐죽이고, 드워프 도사가 웃음을 참으면서 수염을 꼬았다.

두 사람을 중재하느라 고생스럽지 않을까 싶은 리자드맨 승려는 두 사람의 반응에 익숙해 보였다.

그는 기묘한 손짓으로 합장을 하더니 느긋한 동작으로 고블린 슬레이어에게 고개를 숙였다.

"소승들은 소귀 살해자 선생에게 용건이 있네. 시간 좀 내줄 수 있으신가?"

"상관없다."

"그렇다면 2층에 응접실이 있으니까, 괜찮으시다면……."

접수원이 말하자, 리자드맨 승려가 합장을 하여 고마움을 표했다.
여신관은 일동의 대화를 묵묵히 듣고 있었는데…….
"그럼, 가지."
"저, 저기, 저, 저는……."
고블린 슬레이어가 가려고 하자 황급히 매달리듯 말했다.
"동석하는 편이…… 좋겠죠?"
고블린 슬레이어는 그녀의 가녀린 몸을 위에서 아래까지 살피고, 고개를 옆으로 저었다.
"쉬고 있어라."
무뚝뚝한 한마디였다. 여신관은 작게 고개를 끄덕였다.
그리고 고블린 슬레이어는 뒤도 안 돌아보고 거침없는 발걸음으로 계단을 올랐다.
"그럼, 잠깐 빌릴게."
엘프 궁수가 여신관에게 눈짓으로 인사하며 지나쳤고, 드워프 도사, 리자드맨 승려가 뒤를 따랐다.
여신관은 홀로 남겨져 버렸다.

§

"하아……."
덩그러니, 혼자.
로비의 벽 부근, 구석, 그의 지정석인 의자. 여신관은 거기에 우두커니 앉아 있었다.

접수원이 내어준 홍차 컵을 두 손으로 감싸듯 들고 있었다.

아마 배려를 해준 것이리라. 차를 살짝 입으로 가져갔다.

"아……."

한숨이 흘렀다. 몸 전체에 천천히 열이 퍼졌다.

여신관도 최근 들어서야 이 감각에 익숙해졌다. 이건 스태미나 포션이다.

접수원이 타준 차는 피로가 상당히 쌓인 몸에 참 기분 좋았다.

―걸림돌, 인 걸까요?

그는 은 등급, 여신관은 백자 등급. 그 차이를 고려하다가도, 그렇지 않다고 생각하고 싶지만…….

여신관은 몇 번 눈을 비볐다. 눈꺼풀이 무겁다.

모험가들이 웅성거리는 소리가 들렸다. 오늘도 길드는 많은 사람들이 모여 있었다.

무슨 소리가 들렸다. 단어의 뜻이 잘 이해되지 않았다. 여신관은 하품을 했다.

"저기, 잠깐만."

"흐아아네엣?!"

또다시 누가 말을 걸자 여신관이 펄쩍 뛰었다. 황급히 자세를 고쳤다.

돌아보니 눈앞에 어쩐지 긴장한 표정의 소년― 백자 등급의 소년이 있었다.

가끔 보이는 신입 전사였다. 그 옆에는 수습 성녀도 있었다.

성녀는 목에 천칭검을 걸고 있었다. 법과 정의를 다스리는 지고신의 징표다.

"너, 그게…… 그 녀석이랑 같이 다니는 애지?"

"그 녀석, 말인가요?"

"언제나 투구 쓰고 있는 녀석 말이야."

고개를 갸웃거린 여신관도 수습 성녀가 가시 돋친 목소리로 말하자 무슨 말인지 이해했다.

"고블린 슬레이어 씨 말인가요?"

"그래, 그 녀석…… 있잖아."

신입 전사가 문득 소리를 죽이더니 겁먹은 듯 주위를 살피고 말했다.

"……너도 우리랑 같은 백자잖아. 괜찮으면 우리랑 같이 안 갈래?"

"……!"

여신관은 숨을 삼켰다.

가슴속에 말하기 어려운 감정이 수도 없이 휘몰아치더니 단숨에 뿜어져 나올 것 같았다.

여신관은 양손을 꾹 움켜쥐고서 열심히 억눌렀다.

아주 짧은 순간이 지난 뒤, 그녀는 고개를 천천히 좌우로 저었다.

"……아뇨. 모처럼, 권해주셨지만."

"그게, 이상하잖아. 은 등급인 주제에 고블린 퇴치밖에 안 하고……."

신입 전사가 입술을 삐죽거리며 말했다. 보통 은 등급이라면 훨씬 거물을 노린다.

“거기다 신입을 끌고 다니면서…… 미끼로 쓰는 게 아니냐는 이야기도 들었어.”

정말로 괜찮아? 수습 성녀는 그렇게 말하며 걱정스레 바라보는 지경이었다.

“그 녀석, 다른 모험가를 버리고 고블린 퇴치를 한다는 이상한 소문도 들었고…….”

“그렇지 않……!”

여신관도 무심코 거칠게 외칠 뻔했지만…….

“에, 이. 못난 짓은 안, 되지…….”

문득 부드럽게 끼어든 달콤한 목소리가 그녀의 감정을 진정시켜주었다.

어느새 다가왔을까? 아니, 언제부터 거기 있었을까?

은 인식표를 목에 건 마녀가 육감적인 몸매를 뽐내면서 바로 옆에서 있었다.

“못난 짓, 그게, 우리는……!”

“됐, 으니까. 저쪽에, 가 있으, 렴.”

신입 전사가 더욱 반론하려고 했지만 수습 성녀가 그의 소매를 잡아끌었다.

그것을 본 마녀가 키득 소리를 내며 부드러운 눈빛으로 웃었다.

“뒷일은, 나한테 맡기고, 응?”

결국 그것이 결정타였다.

두 사람은 어느 쪽이 먼저랄 것도 없이 여신관이 신경 쓰인다는 듯 돌아보면서 그 자리를 떠났다.

여신관은 다시 남겨졌다. 의자 위에, 홍차 컵을 들고서…….

그 옆에 마녀가 미끄러져 들어오듯 앉았다.

“그래, 서. ……그와, 함께 있는 아이, 가 너 맞지?”

“아, 네! 함께 다녀 주고 계세요.”

여신관은 컵을 감싼 두 손을 무릎 위에 올리고 순순히 대답했다.

“『함께』, 말이지.”

마녀는 의미심장하게 웃었다. 여신관이 고개를 갸웃거렸다.

뭐 그건 그렇고, 라며 마녀가 손을 흔들었다.

“그 사람, 힘들, 거야. 둔감, 하잖아……?”

“……? 어, 그게.”

“의미, 모르고 있구, 나.”

여신관이 송구한 듯 부끄러워하자 마녀가 사랑스런 것을 보듯 빤히 보았다.

그리고 어디선가 긴 곰방대를 꺼내더니 우아한 손짓으로 연초를 채웠다.

“괜찮을까? ……『인프라마라에(점화)』.”

여신관의 대답을 기다리지도 않고 마녀는 검지로 곰방대 끝을 두드렸다.

금세 달콤한 향기를 뿜는 분홍색 연기가 피어올랐다.

“진정으로 힘 있는 말, 주문의 낭비……지.”

어이없다는 표정의 여신관에게 마녀가 키득 웃었다.

“당신, 기적은, 얼마나 쓸 수 있……어?”

“그러니까……. 둘이었는데 늘어서 네 가지에요. 기도할 수 있는 건 3번 정도, 인데요."

"백자 등급, 이지? 그런데 넷이면, 재능 있는 편, 이네."

"고, 고맙습니다……."

여신관이 작은 몸을 더욱 움츠리고 고개를 숙였다. 마녀의 미소는 무너지지 않았다.

"나도, 말이야. 전에, 이상한 의뢰, 받은 적 있어, 그 사람한테."

"네……?"

여신관이 무심코 마녀의 얼굴을 보았다. 마녀는 고혹적인 표정을 유지하며 고개를 갸웃거렸다.

"이상한 거, 상상, 했지."

"아, 아뇨……."

"스크롤에, 이것저것 도왔어. ……힘들, 지? 그랑『함께』다니는 거."

"아뇨, 그, ……네. ……그 사람은, 은 등급이니까요."

여신관은 지친 표정을 희미하게 풀었다. 고개를 숙이자 양손에 쥔 작은 컵이 보였다.

홍차의 희미한 색 너머로 비치는 컵 바닥을 보면서, 한 방울씩 입술에서 말이 떨어졌다.

"제 수준으로는, 따라가는 것도 벅차서……. 폐만 끼치고 있어서……."

"그리고 그 사람, 꽤 위태로우니, 까."

마녀는 곰방대를 깊게 빨아들이고 연기를 고리 형태로 뱉었다.

훌훌 떠도는 그것이 여신관의 얼굴에 맞아 사라졌다.

여신관이 콜록콜록 기침을 하자 마녀가 미안하다며 웃었다.

“하, 긴. 고블린 퇴치뿐이라곤 해도, 몇 년이나, 거의 쉬지 않고, 하는걸.”

백자 등급과 비교할 수 없지. 마녀가 말하며 곰방대를 빙글 돌렸다.

“고블린 퇴치 자체는, 세상을 위한 일이, 지. 어지간한 괴물 퇴치보다, 훨씬.”

마녀의 곰방대 끝이 길드 안에 있는 모험가들을 가리켰다.

창잡이가 재채기를 했다. 마녀가 그 모습을 보며 눈으로 웃었다.

“그렇다고 해서, 고블린만, 해치우는 것도, 좋은 건, 아니, 지만.”

“…….”

“수도에서는, 악마가 잔뜩. 여전히, 세상에는 괴물이 잔뜩, 있어.”

말할 것도 없는 일이었다. 그렇지 않으면 아무리 유적이 남아 있어도 모험가란 일은 성립되지 않는다.

광범위에서 산발적으로 발생하는 다종다양한 위협에 군대만으로는 모두 대응할 수 없다.

본래 그들은 주변 국가들이나 사신(邪神), 강령술사 등에 대응하려고 존재한다.

고블린은 명확한 위협이다. 그러나 위협은 고블린만이 아니었다.

“그 밖에도…… 사람을 구하는, 거라면. 아까 그 애들과, 함께라도, 할 수, 있잖아?”

“그건……! 그렇, 지만…….”

무심코 목소리가 거칠어지며 몸을 내민 여신관은— 말을 잇지 못했다.

그 말은 기세를 잃고서, 쪼그라들어서, 탁해져 사라져 버렸다.

"……후후, 길은, 잔뜩, 있어. 정답, 은 없지. 어려, 운가……?"

여신관이 움츠러들자 마녀가 「미안해」라면서 부드럽게 머리를 쓰다듬어 주었다.

달콤한 연기의 향을 맡자 신기하게 차분해지는 느낌이 들었다.

"하다못해……『함께』할, 거면. 스스로, 정해야, 지."

괜한 참견일지도 모르지만.

마녀는 그 말을 남기고, 나타났을 때와 마찬가지로 스르륵 여신관과 떨어져 자리에서 일어섰다.

"아……."

"그럼 또, 봐. ……이제부터 저 사람이랑, 모험(데이트)을 하거든."

그리고 손을 흔들어 인사하고는 허리를 흔들며 인파 속으로 사라져 버렸다.

"스스로, 정한다……."

다시 혼자 남겨진 여신관은 손에 든 홍차를 가만히 마셨다.

방금 전까지 느껴지던 따스함은 이미 사라져 있었다.

§

한편, 응접실에 들어온 엘프 궁수는 메고 있던 대궁을 내리자마자 제일 먼저 물었다.

"……그래서, 정말로 은 등급이야?"

검붉은 천으로 싸인 의자나, 얼굴이 비칠 정도로 잘 닦인 탁자.

선반에 진열된 괴물의 두개골이나 송곳니는 과거 모험가들의 전

리품이었다.

"길드는 인정했다."

그 모든 것과 안 어울리는 지저분한 가죽 갑옷과 철 투구의 모험가는 의자에 털썩 앉았다.

"단적으로 말해서 믿을 수가 없어."

발소리도 없이 그의 맞은편에 앉은 엘프 궁수는 고개를 좌우로 흔들었다.

"당신은 척 보기에도 약해 보이는걸."

"바보 같은 소리 말거라, 길쭉귀야."

그에 비해서 드워프 도사는 코웃음을 치더니, 사양 않고 바닥에 주저앉았다.

이종족을 배려했다지만 흄의 의자는 레아나 드워프에게는 너무 컸다.

"보석도 금속도, 연마하기 전에는 모두 돌덩이로다. 사물을 겉모습으로만 판단하는 드워프는 이 세상에 없느니라."

"……그래?"

"오냐. 보아하니 가죽 갑옷은 움직임 중시하고, 사슬 갑옷은 단검이나 기습 방지……."

빤히. 드워프 도사가 눈을 부릅뜨고 고블린 슬레이어를 감정했다.

이런 것은 보통 주교(비숍)가 하는 일이지만, 무기와 방어구에 관해서라면 드워프는 어린애라도 전문가 뺨친다.

"……투구도 그렇구나. 검과 방패는 작지만, 좁아터진 곳에서 휘두르는 걸 생각한 것으로 보이느니라."

고블린 슬레이어는 대답하지 않았다.

엘프 궁수는 그를 수상한 사람처럼 보았다.

“하다못해, 투구나 갑옷을 좀 더 깨끗하게 해야 하지 않아?”

“쇳내를 없애기 위해 필요한 조치다.”

고블린 슬레이어는 귀찮다는 듯 대답했다. 고블린들은 코가 좋다.

“거 참. 네놈들은 활밖에 안 쓰니 견문이 좁은 게야.”

“으…….”

드워프 도사가 바보 취급하자 엘프 궁수가 이를 갈았다. 분하지만 사실이기 때문이었다.

엘프들은 사냥꾼으로서 기량을 타고난다. 냄새를 지우는 방법도 알고 있기는 했다.

그러나 그녀는 하이 엘프 중에서도 젊었고, 지루해서 고향 숲을 뛰쳐나온 참이었다.

속세에서 몇 년을 보냈다지만 엘프에게는 미약한 시간. 경험은 아직 적었다.

드워프 도사가 승리를 뽐내듯 수염을 꼬았다.

“어떠냐? 이제 연장자를 좀 본받거라, 길쭉귀야.”

“……흐응.”

그러나, 그 말에 엘프 궁수가 대답했다. 먹잇감을 발견한 고양이처럼 눈을 가늘게 뜨고서.

“나는 2천 살. 당신은 몇 살?”

“……백 하고 일곱.”

“어머나아.”

이번에는 엘프 궁수가 키득키득 소리를 내며 웃더니, 드워프 도사가 분하다는 듯 수염을 꼬았다.

내버려 두면 언제까지고 말다툼을 할 것 같았다.

이제 그만 돌아가야 하나? 고블린 슬레이어가 그런 생각을 하는데 리자드맨 승려가 황급히 손을 흔들었다.

"자네들, 나이 이야기는 그만두게. 수명이 정해진 소승들은 끼어들 수가 없군."

그는 벽에 기대는 형태로 서 있었다.

리자드맨이 흙의 의자에 앉지 않는 것은 단순히 긴 꼬리가 방해되기 때문이었다.

"그래서. 나한테 무슨 용건이지. 의뢰인가?"

고블린 슬레이어는 여전히 담담하게 말했다.

"……그래, 맞아."

엘프 궁수가 고개를 끄덕이며 말했다. 진지한 표정이었다.

"수도 쪽에서, 데몬이 늘어난 것은 알고 있을 거라 생각하는데……."

"모른다."

"그 원인은 마신의 부활이야. 놈은 군세를 이끌고 세상을 멸망시키려 하고 있어."

"그런가."

"……우리는, 그래서 당신에게 협력을……."

"다른 데서 알아봐라."

고블린 슬레이어가 딱 잘라 말했다.

"고블린이 아니면 볼일 없다."

엘프 궁수의 얼굴이 한껏 굳었다.

"……무슨 뜻인지 알고는 있는 거야?"

그녀는 굳은 표정으로 낮게 말했다. 시원스런 목소리에 분노가 스며 나왔다.

하이 엘프의 특징인 긴 귀가 움찔거리며 떨렸다.

"악마의 군세가 밀려온단 말이야. 세상의 운명이 걸려 있다는 걸 이해는 해?"

"이해는 한다."

"그러면……!"

"그러나 세상이 멸망하기 전에, 고블린에게 마을이 멸망한다."

고블린 슬레이어는 차갑고 평탄하며 무기질적인 목소리로 말했다.

그것이 바로 자신의 전부이며, 진실이라는 듯이.

"세상의 위기는, 고블린을 봐줘야 할 이유가 못 된다."

"당신 정말……!"

엘프 궁수가 새하얀 얼굴을 새빨갛게 물들이고 자리를 박찼다.

그리고 그녀가 테이블에 몸을 내밀고 고블린 슬레이어를 붙잡으려는데—.

"어허, 기다려 보거라. 생각을 해보아라, 길쭉귀야."

드워프 도사가 그걸 말렸다.

"……뭔데, 드워프."

"우리도 저치에게 혼돈을 어떻게 해달라고 온 것이 아니지 않느냐? 그건 백금 등급의 영역이야."

"그건, 그렇, 지만……."

"허면, 좀 진정해 보거라. 이야기가 진행되질 않는구나."

드워프 도사가 작고 투박한 손바닥을 흔들면서 엘프를 타일렀다.

"……알았어."

엘프 궁수가 마지못한 기색으로 다시 자리에 앉았다.

그걸 보고, 그리고 전혀 동요하지 않는 고블린 슬레이어를 보고, 드워프 도사가 만족스레 웃었다.

"이 젊은이는 그야말로 『카미키리마루』로구나. 담이 크구먼."

"그럼, 이대로 부탁해도 되겠나?"

리자드맨 승려가 의견을 묻자 드워프 도사가 괜히 웅얼대며 뜸을 들였다.

"……나는, 상관없다만."

그리고는 수염을 한 번 꼬며 「겁쟁이보다는 훨씬 나아」라고 중얼거렸다.

"소귀 살해자 선생. 오해하지 말았으면 하네만, 소승들은 소귀 퇴치를 의뢰하러 온 거라네."

"그렇군, 역시 고블린이었나."

고블린 슬레이어가 말했다.

"그러면 받아들이지."

"……"

"어디 있나. 수는?"

엘프 궁수의 표정이 눈에 띄게 경련하고, 리자드맨 승려는 눈을 부릅떴다. 드워프 도사는 유쾌한 듯 웃었다.

"이봐, 젊은이. 그리 서두르지 말고 이 비늘 친구 얘기를 좀 들어

보는 게 어떤고?"

"물론이다."

고블린 슬레이어가 망설임 없이 고개를 끄덕였다.

"정보는 필수다. 소굴의 규모, 샤먼의 유무, 홉은 있나?"

"……소승은 먼저 보수에 대해서 물어볼 것이라 생각했네만."

리자드맨 승려는 혀를 날름날름 내밀더니 자신의 코끝을 핥았다. 사람이라면 얼굴을 뒤덮는 동작일까?

"……우선 소승의 일행이 먼저 말한 것처럼, 지금 악마의 군세가 침공을 준비하고 있지."

"……."

"봉인된 데몬(마신왕) 로드 중 하나가 눈을 뜨고, 우리들을 몰아내려 하고 있으나……."

"흥미 없다."

고블린 슬레이어가 말했다.

"10년 전에도 있었던 일이다."

"……허허. 소승도 흥미는 없을 거라 생각했지."

리자드맨 승려는 눈을 빙글 돌리더니 쓴웃음 짓듯이 고개를 끄덕였다.

그동안 엘프 궁수는 온갖 표정을 지었다.

도저히 믿을 수가 없다.

그렇게 말하고 싶은 듯 눈매를 치켜세우고 노려보지만, 그의 얼굴은 철 투구에 가려져 있었다.

어떤 표정을 짓고 있는지 전혀 알 수 없었다.

"그래서 소승들의 족장, 인간족의 왕들, 엘프와 드워프의 수장이 모여서 회의를 열었네만."

"뭐, 레아는 전쟁에 맞질 않으니 그렇다 치고…… 우리는, 그 회의의 심부름꾼이라는 게다."

드워프 도사가 배를 두드렸다.

"우리는 모험가니 말이야. 보수도 나오고."

"……어쨌든, 커다란 전쟁이 일어날 거야."

당신은 흥미 없겠지만. 엘프 궁수는 기어이 포기한 기색이었다.

"문제는 요즘 들어, 엘프의 토지에서 그 고약한 소귀들의 움직임이 활발해졌다는 게다."

드워프 도사가 수염을 꼬면서 말을 이었다.

"……챔피언이나 로드라도 태어났나 보군."

고블린 슬레이어가 말했다. 그러자 드워프 도사가 그럴 수도 있겠구먼, 하고 응답했다.

낯선 말이다. 호기심 왕성한 엘프 궁수의 긴 귀가 움찔 움직였다.

"챔피언에…… 로드?"

"고블린들의 영웅, 고블린의 왕. 놈들 입장에서 백금 등급 같은 것이다만……."

고블린 슬레이어는 팔짱을 끼고 생각에 잠겼다. 굉장히 진지한 기색이었다.

엘프 궁수에게는 그가 머릿속에서 무슨 꿍꿍이를 정리하는 것처럼 보였다.

"……그건 됐다. 정보가 부족하다. 계속해라."

"그리고 소승들이 조사해 본 바…… 커다란 소굴 하나를 찾아냈다네. 하지만 뭐, 정치 문제가 있었지."

리자드맨 승려의 말을 듣고서, 고블린 슬레이어는 질문인지 확인인지 모를 어조로 말했다.

"고블린 상대로 군을 움직일 수는 없다. 늘 있는 일이군."

"흄의 왕은 우리들을 동격으로 인정해도 동포로 인정하지는 않으니까."

엘프 궁수가 어깨를 으쓱거렸다.

"지금 멋대로 병사를 움직이려고 하면, 무슨 꿍꿍이가 있는 거냐고 트집을 잡을 거야."

"하여, 모험가를 보내려는 것이네……. 허나, 소승들만 가서는 흄의 체면이 안 서는 법."

"그래서, 오르크볼그…… 당신한테 조력을 요청하려는 거야."

"길쭉귀가 말을 하니 멋이 없구나."

드워프 도사가 큭큭 웃었다. 엘프 궁수가 노려봤지만 어디서 바람이 부냐는 듯 태평한 모습이었다.

"지도는 있나?"

고블린 슬레이어가 담담하게 말했다.

"여기 있네."

리자드맨 승려가 승복 자락에서 두루마리를 꺼내주자 고블린 슬레이어는 거친 손놀림으로 그것을 펼쳤다.

나무껍질에 염료를 써서 그렸다. 추상적이지만 정확한 필치, 엘프가 만든 지도의 특징이었다.

황야 한가운데 낡은 건물이 그려져 있었다. 고블린 슬레이어는 그것을 손가락으로 가리켰다.

"유적인가?"

"아마도."

"수."

"대규모, 라는 것밖에."

"당장 간다. 나한테 지불할 보수는 마음대로 정해라."

고블린 슬레이어가 고개를 끄덕이고 거친 손놀림으로 지도를 말아 난폭하게 자리에서 일어섰다.

지도를 집어넣고 재빨리 장비 확인을 끝내더니 저벅저벅 입구를 향해 걸었다.

"자, 잠깐 기다려!"

그 행동에는 엘프 궁수도 당황했다. 긴 귀를 떨면서, 방금 전과 마찬가지로 자리를 박차고 일어나 손을 뻗었다.

"지금 그 말은 마치, 혼자서 가겠다는 걸로 들렸는데……."

"그래."

고블린 슬레이어가 짧게 대답했다.

농담은 관둬, 라며 엘프 궁수는 얼굴을 찌푸렸다.

"흐음."

리자드맨 승려가 흥미롭다는 듯 소리를 냈다.

"소승이 보았던, 그 지모신의 무녀께선 소귀 살해자 선생의 파티가 아닌가?"

"혼자서 어떻게든 할 셈이야? ……제정신 맞아?"

고블린 슬레이어가 멈춰 서서 천천히 말했다.

"그렇다."

그리고 돌아보지 않고 응접실을 나섰다.

과연, 그것이 어느 말에 대한 대답이었을까?

남겨진 자들은 알 수 없었다.

§

숨을 들이쉬고, 내뱉는다. 정체는 한순간.

고블린 슬레이어는 거침없는 발걸음으로 계단을 내려와 곧장 접수처에 갔다.

할 말은 단 한마디. 평소와 똑같이 담담하게.

"고블린이다."

"역시, 다른 곳에서 의뢰가 온 거군요!"

사무 작업을 하던 접수원이 힘차게 고개를 들었다.

근처에 있던 창잡이가 노골적으로 혀를 찼다. 그는 막 접수원에게 말을 걸려던 참이었다.

"그래서, 어떤 내용인가요? 수리해 둘게요."

"나중에 그 리자드맨이 가져올 거다. 나는 출발한다. 예산이 필요하다. 지난번 보수를 받겠다."

"으음…… 아직 보고를 안 했지만……. 고블린 슬레이어 씨라면 괜찮겠죠."

비밀이에요? 접수원이 생긋 웃으며 대답하고 서류에 사인하여 금고에서 가죽 주머니를 꺼냈다.

백자 등급 파티를 고용할 수 있을까 말까 한 액수라도 혼자서 수행하면 제법 액수가 크다.

고블린 슬레이어가 몇 푼 안 되는 고블린 퇴치의 보수로 장비를 유지할 수 있는 것은 단독으로 행동하기 때문이었다.

그는 가난한 마을의 농부가 열심히 번 흙투성이 화폐를 반으로 나누어 한쪽을 품에 넣었다.

"……나머지는 저 녀석에게 건네다오."

"네. ……어, 어라? 혼자서 가세요? 그녀는……."

"쉬어야 한다."

고개를 갸웃거리는 접수원에게 고블린 슬레이어가 짧게 말하더니 저벅저벅 걸어갔다.

그리고 교대하듯 지나치는 그를 창잡이가 흘끔 보더니 얼굴을 찌푸렸다.

"뭐야, 저 녀석. 쓸데없이 멋이나 부리긴."

그러나 고블린 슬레이어는 그 야유 같은 말을 듣지 않았다. 아무래도 좋은 일이다.

생각할 일이 산더미 같았다. 그는 걸으면서 머릿속으로 남은 장비의 양을 계산했다.

로프, 말뚝, 기름, 해독제, 물약, 그 밖에 여러 가지. 소모품 몇 개를 사들여야 한다.

길드를 나서 어딘가 적당한 가게에 들러 식량도 구입해야 한다. 몸 상태를 조절해 두고 싶었다.

야영 기구는 문제없다. 혼자 간다면 필요 최소한의 환경만 있으면 된다.

그리고, 두루마리는 문제가 없고…….

"고블린 슬레이어 씨!"

막 길드를 나서려는 그에게 발소리가 다가왔다. 가벼운 발소리였다.

고블린 슬레이어는 한숨을 쉬었다.

"저, 저기! 의뢰, 받은 거죠!"

여신관이었다.

로비의 얼마 안 되는 거리지만 급히 달려온 탓인지 약간 숨이 차고 얼굴이 빨갛다.

"그래."

고블린 슬레이어가 말했다.

"고블린 퇴치다."

"……그럴 것, 같았어요."

여신관이 대답하고 체념한 듯 미소 지었다. 그의 행동에 일일이 놀라면 몸이 남아나질 않는다.

"그러면, 지금 준비를……."

"아니."

서두르며 석장을 집는 여신관을, 고블린 슬레이어는 투박한 손으로 막았다.

"나 혼자서 간다."

"그럴 수가……!"

담담한 그의 말에, 여신관이 소리친 것도 무리는 아니었다.

비명 같은 외침에, 아직도 길드에 남아 있던 사람들의 시선이 모두 모였다.

몇 명이「뭐야, 고블린 슬레이어군」이라며, 금세 눈길을 돌렸다…….

여신관은 그를 똑바로 바라보며 말을 이으려 했다.

혼자 보내면 안 된다. 그가 반드시 돌아온다고 해도, 그래선, 안 된다.

“하다못해, 이렇게, 정하기 전에 의논을……!”

“……?”

고블린 슬레이어는 진심으로 의아하다는 듯 투구를 기울였다.

“하고 있잖나.”

여신관이 눈을 깜빡였다.

“……아, 이거…… 의논이군요.”

“그렇게 생각했다만.”

하아. 그녀의 입에서 무심코 한숨이 흐르는 것을 누가 탓할 수 있으랴.

“……선택지가 있는 것 같지만 없는 건 의논이라고 안 해요.”

“그런 건가.”

—정말이지, 못 말리는 사람이네요.

“함께 가겠어요.”

그녀는 기특하게도 그렇게 말했다. 분명하고, 망설임 없이.

고블린 슬레이어는 철 투구의 면갑 너머로 여신관을 보았다.

여신관은 그의 지저분하고 상처투성이인 투구를 가만히 바라보고 있었다.

"당신을 내버려 둘 수는 없으니까요."

시선이 교차했다.

"……."

"……."

잠시의 침묵이 지나자, 고블린 슬레이어가 크게 한숨을 내쉬고 귀찮다는 듯 말했다.

"……마음대로 해라."

그러자 여신관은 두 손으로 석장을 꼭 쥐었다. 그리고 꽃이 피는 듯 웃었다.

"네, 마음대로 할게요."

"그럼 일단 보수를 받아 와라."

"네! 그럼 잠깐 기다려 주세요. ……아, 보고는―."

"나중에 해도 된다."

"알겠어요!"

고블린 슬레이어는 문 옆에 서서, 달려가는 여신관을 기다렸다.

그 모습을 이방인들이 계단 위에서 홀을 통해 내려다보고 있었다.

엘프 궁수와 드워프 도사, 리자드맨 승려 세 사람은 얼굴을 마주 보았다. 누군가 헛웃음처럼 한숨을 흘렸다.

"우리도 저렇게까지 알기 힘든 성격은 아닐 터인데. ……볼수록 재미있는 젊은이로다."

먼저 드워프 도사가 계단을 내려가기 시작했다. 웃으면서, 수염을 잡아당기며.

"……모험가가 의뢰를 해 놓고 따라가지 않으면 소승도 선조를 뵐

면목이 없겠지.”

다음으로 리자드맨 승려가 묵직하게 고개를 끄덕이고 엘프 궁수에게 합장을 했다.

그리고 꼬리를 흔들며, 계단을 하나씩 하나씩 밟고 내려갔다.

“…….”

엘프 궁수는 말을 잃었다.

오르크볼그, 소귀를 죽이는 모험가.

상상했던 것과 완전히 다른 그의 존재는 그녀가 이해할 수 없는 영역에 있었다.

그렇다, 이해할 수 없었다. 미지의 존재다.

—왜 새삼스레 그런 것에 놀라 굳어버린 걸까?

엘프 궁수는 웃었다.

자신은 **그것**을 바라고 숲을 나오지 않았던가?

그녀는 대궁 상태를 확인하고 어깨에 단단히 걸었다.

“정말, 연장자에게 경의를 표해야 된다고 생각 안 해?”

그리고 그녀는 경쾌한 스텝으로 계단을 달려 내려갔다.

파티의 결성이란, 종종 이런 식으로 예상치 못하게 이루어진다.

Goblin Slayer
He does not let anyone roll the dice.

막간 「중장 전사」

어어? 인터뷰…… 고블린 퇴치? ……웬 희한한 이야기를 듣고 싶어 하네.

고블린이 마을을 공격했다. 소굴에 가서 퇴치해줘. 도와주세요. 부탁합니다아.

그래서 우리가 무기를 짊어지고 들어가서, 10마리쯤 되는 고블린을 쳐죽이고 돈을 받는다.

알기 쉽지. 전형적인 괴물 퇴치(핵 앤 슬래시)다.

그건 새내기용 일이지. 우리가 운이 좋았던 것도 부정하지는 않겠지만…….

탐색과 전투의 경험이 쌓이고, 길드에서 사회공헌도도 묘하게 높이 쳐줘.

뭐, 이해는 해. 내 고향도 고블린에게 습격당한 적이 있거든. 바로 얼마 전이지.

그때는 모험가가 도와줬어. ……그래, 도와줬단 말이지.

다만, 뭐랄까……. 모험가의 고블린 퇴치란 건 세 종류로 갈라진단 말이야.

가볍게 이기고 끝내는 녀석들. 쓰라린 경험을 하고 배우는 녀석들. 가볍게 보고 전멸하는 녀석들.

나? 우리는 가볍게……라고 말하고 싶지만, 두 번째였지. 쓰라린 경험을 했어.

동굴에 등불을 들고 갔더니, 우리 척후가 넘어져서 깨버리고 새까매졌지.

나중에 안 건데, 놈들이 발치에 밧줄을 걸어 뒀더군. 함정이야, 함정.

그래서 불빛도 없는 데다가 어디 있는지 들켰으니, 깜깜한 데서 고블린들이 무리 지어서 온 거야.

이거 위험하겠다 싶어서 우리 꼬맹이…… 마법사 꼬맹이한테 주문을 아끼라고 했지.

낭비하지 마. 큰 놈을 노리라고. 한 발밖에 없으니까 잔챙이한테 쓰면 의미가 없잖아.

그 뒤로는 뭐가 뭔지도 몰랐어.

고블린들이 몰려온다. 무기를 휘두른다. 챙챙 캉캉. 죽어라. 키악.

바위에 맞은 건지 고기를 벤 건지도 알 수가 없어. 우리도 많이 베였지. 싸구려 갑옷이었거든.

나도 좁은 동굴 안에서 칼질을 해 댔을 때는 죽는 줄 알았…….

뭐야? 왜 웃는데? 젠장.

전설의 기사도 처음에는 고블린 퇴치에서 죽을뻔한다잖아. 성기사 지망자인 네가 웃지 마.

미안하군. 저 여기사는 내 파티원이야. 일단 내가 리더이긴 한데…….

……이야기로 돌아가지. 그때 무리를 이끄는 커다란 놈이 있었는

데, 나는 그 앞에서 검이 어디에 걸려 버렸어.

놈이 도끼를 들어 올려서 아이고 죽는구나 싶었을 때《파이어 볼트》가 날아왔지. 적은 시커멓게 탔고.

우리는 여기사가 기적을 쓸 수 있었고, 돈도 있어서 장비랑 해독제 같은 것도 일단 사 놨었어.

결국 돈벌이는 없는 거나 마찬가지였지만…… 덕분에 나는 살았어. 다들 살았다고.

그래서 말하는 거야. 「정신을 똑바로 차리면, 고블린 같은 건 별것도 아니다」라고.

……하지만 말이야. 고블린이랑 100번 싸워서 99번 이길 정도로 강한 모험가가 있다고 치자.

하지만 나머지 한 번의 패배가, 바로 이번이 될지도 몰라. 안 그런다는 보장도 없어. ……확률, 이란 거지.

주사위 눈이 나빠서 죽는다면, 하다못해 드래곤이랑 싸우는 게 낫지.

그리고 지금 우리는 은 등급 모험가야. 파티를 유지하려면 싸구려 일은 받을 수가 없어.

대부분의 괴물이 고블린보다 강해. 그러니까 초보자가 상대하는 게 제일이지.

놈들이 죽을지도 모르지만…… 드래곤과 싸우는 것보다는 살아남을 확률이 높아.

……확률이 높다, 뿐이지만.

제6장 『여행의 동료』

순식간에 사흘이 지났다.

2개의 달이 빛나는 밤하늘 아래, 어디까지나 이어질 듯한 광야.

그곳 한복판에 5명의 모험가가 둥그렇게 앉아 있었다.

중앙에 피워 놓은 불꽃에서는 연기가 가늘고 길게 피어올랐다.

저 멀리 등 뒤에 엘프들이 사는 숲이 어둠 속에서 솟아오르듯 보였다.

"그러고 보니, 다들 어쩌다 모험가가 됐어?"

"그야, 당연히 맛있는 걸 먹기 위해서가 아니겠느냐? 길쭉귀야, 너는 어떠냐?"

"그럴 줄 알았어. ……나는 바깥세상을 동경해서, 려나."

"소승은 이단을 죽이고 위계를 높여 용이 되기 위해서라네."

"네?"

"이단을 죽이고 위계를 높여 용이 되기 위해서라네."

"네, 네에……. 그게, 저기, 종교는, 이해해요. 저도 그러니까요."

"고블린을……."

"너는 어쩐지 알 것 같으니 됐어."

"어이, 길쭉귀야. 자기가 물어보고선 그러는 게냐?"

모닥불의 기세가 약간 약해지자, 드워프 도사가 혀를 차면서 마른

풀을 찢어 넣었다.

엘프는 불을 꺼리기 때문에 불씨를 죽이는 결계를 친다. 그 영향이 숲에서 떨어진 여기까지 미치고 있었다.

여행길 마지막 저녁 식사는 리자드맨 승려와 여신관이 만들었다.

"맛있구먼! 이 고기는 대체 무엇인고……!"

불에 그을리자마자 지방이 스며 나오는 고기에 향신료를 듬뿍 뿌려서 구웠다.

향이 고소하고 바삭한 식감이 마음에 든 드워프 도사는 2개, 3개를 잇달아 씹었다.

"오오, 입에 맞다니 다행이군."

드워프 도사가 쾌재를 부르자 리자드맨 승려가 자랑스럽게 송곳니를 드러냈다.

"늪지대 짐승의 고기지. 향신료도 이쪽에는 없는 것을 썼으니 희귀할 걸세."

"이래서 드워프는 싫다니까. 고기만 먹어 대고 욕심이 많아."

엘프 궁수가 얼굴을 찌푸리고 깔보듯 코웃음 쳤다.

"채소밖에 못 먹는 토끼 같은 것들은 이 맛을 모를 게다! 오오, 맛있구나 맛있어!"

"으……."

드워프 도사가 여봐란듯이 손가락에 묻은 기름을 핥으며 고기를 먹어 치웠다.

자기가 먹을 수 없는 걸 참 맛있다는 듯 먹는 걸 보고 엘프 궁수가 신음을 흘렸다.

“저기, 괜찮다면 수프 드시겠어요? 식사 배급 때 만든 거지만요.”

“먹을래!”

여신관은 익숙한 기색으로 몇 종류의 말린 콩을 섞어 수프를 만들었다.

엘프 궁수는 고기를 먹을 수 없으니 그 제안에 귀가 튀어 오를 정도로 기뻐했다.

그릇에 듬뿍 담긴 수프는 간이 적절해서 참으로 좋았다.

“응. 그럼 나도 뭔가 답례를 해야지…….”

엘프 궁수가 짐에서 나뭇잎에 싸인 얇고 작은 빵을 꺼내 일행에게 나눠 주었다.

풍기는 향은 달콤했지만, 설탕이나 과일과는 달랐다.

“이건 건빵……이 아니네요. 쿠키하고도 다른 것 같은데……?”

“엘프의 보존식이야. 사실은 함부로 남한테 주면 안 되는 거지만, 이번엔 특별히 줄게.”

여신관이 한입 깨물자마자 신비로운 풍미에 무심코 소리쳤다.

“……맛있어요!”

아삭아삭한 식감인데도 안쪽은 촉촉하고 부드러우며, 포만감도 좋았다.

“……그래, 다행이네.”

엘프 궁수는 별거 아니란 태도를 취하면서도 어쩐지 기쁜 듯 한쪽 눈을 감았다.

“흐흠! 엘프의 비전이 나왔다면, 우리도 대항해야 하지 않겠느냐……!”

드워프 도사가 꺼낸 것은 엄중하게 봉인된 도자기 병이었다.

철렁. 흔들리는 물소리. 뚜껑을 뽑아 그릇에 따르자 주정(酒精)의 향이 아스라이 풍겼다.

"흐흐. 우리네 굴에서 만든 비장의 화주(火酒)다!"

"불의…… 술?"

엘프 궁수가 흥미진진한 태도로 드워프 도사가 따른 술을 들여다보았다.

"오냐. 설마 길쭉귀야. 술을 마셔본 적이 없다는 어린애 같은 말은 안 하겠지?"

"바, 바보 취급하지 마, 드워프!"

말하자마자 엘프 궁수가 드워프 도사의 손에서 그릇을 가로챘다.

넘실거리도록 따른 술을 가만히 노려보듯 바라보더니—.

"투명한데, 술은 포도로 만드는 거 아냐? 마셔본 적 있어. 어린애도 아니고……."

꿀꺽. 그녀가 화주를 입에 머금었다.

"……? ——으으으읍?!?!?!?!?!"

그 순간 엘프 궁수는 너무나 독해서 콜록콜록 기침을 하기 시작했다.

"와, 와, 괘, 괜찮으세요?! 무, 물을……!"

여신관이 급하게 내민 물통을 들이켰지만, 엘프 궁수는 눈동자가 흔들리면서 가쁘게 숨을 쉬었다.

"헛헛허. 착한 아이한테는 조금 일렀던 모양이구나."

"적당히 하시게. 탐색자가 취해서 쓰러지면 곤란하니."

"알았네, 비늘 친구. 알고 있지, 알고 있다마다."

여성진의 꼴을 보고 드워프 도사가 유쾌한 듯 웃자 리자드맨 승려가 날카롭게 혀를 차면서 타일렀다.

"카미키리마루. 너도 마셔 볼 테냐!"

"……."

고블린 슬레이어는 화주를 묵묵히 들이켰다.

그는 저녁 식사를 하는 동안 한 마디도 하지 않았다.

투구 틈으로 묵묵히 식사를 하더니 금세 자기 작업에 몰두하기 시작했다.

검, 방패, 단검을 닦고 칼날 상태를 확인한 뒤 칼집에 넣는다. 가죽 갑옷과 사슬 갑옷에도 기름을 칠했다.

"우우……."

엘프 궁수가 그것을 보고 불만스레 끙끙거렸다. 얼굴이 삶은 것처럼 빨갛게 물들어 있다.

"……뭐지?"

"……어째서, 먹을 때도, 투구, 안 벗어?"

"기습으로 머리를 맞으면 의식이 날아가니까."

"……먹기만 하지 말고, 너도 뭔가 내놔 봐."

이야기에 맥락이 없었다. 혀가 꼬여서 발음도 약간 어눌했다. 심지어 검지는 근처의 바위를 가리키고 있었다.

"……."

그 꼴의 엘프 궁수가 노려보아봤자 고블린 슬레이어는 반응하지 않았다.

어허, 눈이 풀렸구먼. 드워프 도사가 조용히 말했다.

그들을 지켜보던 여신관의 볼이 부드럽게 풀렸다.

—저건, 생각에 잠긴 거네요.

아직 표정은 알 수 없지만 그 정도는 알 수 있었다.

잠시 지나자, 고블린 슬레이어가 귀찮다는 듯 짐을 뒤졌다.

그리고 건조해서 굳힌 치즈 덩어리를 꺼냈다.

"이거면 되나?"

허어. 리자드맨 승려가 혀끝으로 코를 핥았다. 생소한 모양인지 목을 뻗어 빤히 바라보았다.

"이것이 무엇인가?"

"치즈다. 소나 양의 젖을, 발효시켜서, 굳힌다."

"뭣이냐, 비늘 친구. 치즈를 모르는 게야?"

드워프 도사가 물었다.

"그렇다네. 소승은 이런 것을 처음 보는군."

"가축을 기르지 않는 건가요?"

여신관이 신기한 듯 물었다. 리자드맨 승려가 묵직하게 고개를 끄덕였다.

"소승들에게 짐승이란 사냥하는 것이지, 기르는 것이 아니라네."

"이리 줘. 잘라줄게."

엘프 궁수가 반쯤 빼앗듯이 치즈 덩어리를 집었다.

돌을 연마한 나이프를 뽑아서 순식간에 사람 수대로 잘라 냈다.

"기왕이면 불에 구우면 맛있겠거늘. 어디 나뭇가지라도……."

"아, 꼬치 있어요."

드워프 도사가 제안하자 여신관이 짐에서 가는 쇠꼬챙이를 꺼냈다.

"어이쿠. 아가씨는 준비성이 좋구먼. 어디 사는 누구하고는 딴판이로다."

"누군지 확실히 말을 해."

엘프 궁수가 시원스런 목소리로 분노를 드러냈다.

"가슴에 손을 대고 생각해 보면 되지 않겠느냐? 그 **모루**에 말이다."

드워프 도사가 수염을 꼬면서 웃었다.

엘프 궁수가 입술을 삐죽이고 여신관은 얼굴이 빨개져서 고개를 숙였다.

"어쨌든 나한테 맡기면 되느니라. 불을 다루는 건 우리 드워프들 일인 게야."

드워프 도사가 꼬치에 치즈를 꿰어 불에 올렸다.

술사(術師)다운 신비로운 손동작으로 빙글빙글 돌리며 굽는다.

연기 속에 달콤한 향이 섞이기 시작했다.

"허! 이거 참 좋은 치즈로다!"

치즈가 순식간에 걸쭉해지기 시작했다.

드워프 도사가 나눠 준 것을 모험가들이 각자 입으로 옮겼다.

"진미로군!"

리자드맨 승려가 쾌재를 불렀다. 긴 꼬리가 땅을 두드렸다.

"진미일세! 진미야!"

"태어나서 처음 먹는 치즈가 맛있다니 다행이로구먼."

드워프 도사가 유쾌한 듯 치즈를 먹더니 화주를 벌컥벌컥 들이켰다.

"허허허, 술에도 맞는구먼."

수염에 흘린 화주를 닦으며 드워프 도사의 입에서 꺼억 트림이 나왔다. 엘프 궁수가 얼굴을 찌푸렸다.

정신을 가다듬은 그녀는 치즈 한구석을 살짝 핥았다.

"……응. 조금 시지만, 달아. 바나나 열매 같아."

긴 귀가 크게 위아래로 움직였다. 엘프 궁수는 고양이처럼 그르렁거리며 눈웃음을 지었다.

"이건 그 목장에서 만든 건가요?"

반쯤 먹은 여신관이 생글생글 밝게 웃으며 말했다.

"그래."

"맛있어요!"

"그런가."

고블린 슬레이어는 조용히 고개를 끄덕이고 거칠게 치즈를 입에 넣었다.

씹고서 화주를 벌컥 마신 다음 자기 짐을 끌어당겼다.

내일은 고블린의 소굴로 들어간다. 장비 점검을 빼먹을 수는 없었다.

짐 안에는 갖가지 작은 병과 밧줄, 말뚝, 정체 모를 도구가 꽉 들어차 있었다.

치즈의 감미로 취기가 날아간 엘프 궁수가 흥미진진하게 들여다보았다.

마침 고블린 슬레이어는 끈으로 기묘한 방식의 봉인을 해둔 두루마리를 보고 있었다.

매듭을 확인한 그가 짐에 다시 넣으려는 순간을 노려 엘프 궁수가 손을 뻗었다.

“만지지 마라.”

고블린 슬레이어가 차갑게 말했다. 엘프 궁수가 급히 손을 당겼다.

“위험하다.”

“마, 만지려는 거 아냐. ……좀 보려는 것뿐이지.”

“보지 마라. 위험하다.”

“우…….”

고블린 슬레이어가 매몰차게 말하자 엘프 궁수가 신음했다.

그녀는 포기할 수가 없는지 두루마리를 슬그머니 보면서 말했다.

“……그치만, 그거 스크롤(마법의 두루마리)이잖아? 나 처음 봤단 말이야.”

그 말을 듣고서 여신관은 물론이고, 드워프 도사와 리자드맨 승려까지 고개를 돌렸다.

마법의 두루마리. 고대 유적에서 극히 드물게 발견되는 유물이다.

제조법이 오래전에 실전되어, 가장 오래 산 하이 엘프조차 아는 자가 없었다.

마법이 걸린 물품 자체가 희귀하지만 그중에서도 스크롤은 격이 높았다.

그렇지만 그것이 모험가에게 편리한 것인지를 따져 보자면, 아니었다.

쓰인 주문은 도움이 되는 것부터 쓸모없는 것까지 천차만별, 게다가 일회용이다.

그래서 수많은 모험가는 호사가나 연구가들에게 비싼 가격으로 팔아넘긴다.

주문은 마술사를 동료로 삼으면 충분하다. 그보다도 필요한 건 돈이었다.

고블린 슬레이어는 그러지 않은 보기 드문 모험가였다.

여신관도 그가 두루마리를 가진 것을 몰랐다.

"그럼, 안 만지고 안 볼 테니까 하다못해 무슨 주문인지라도 가르쳐줘."

엘프 궁수가 몸을 내밀었다. 빨갛게 상기된 피부에서 숲의 향이 감돌았다.

"안 된다."

하지만 고블린 슬레이어는 그녀를 보지도 않고 잘라 말했다.

"네가 붙잡혀서 고블린에게 새어 나가면 어쩔 거지? 쓸 때 설명하겠다."

"……당신, 나 싫어하지?"

"좋고 싫고를 가리진 않는다."

"그거, 빙 돌려서 아무래도 좋다는 뜻 아냐?"

"다른 의미는 없다."

엘프 궁수가 끙끙거리자 긴 귀가 불만스레 움직였다.

"길쭉귀야. 소용없느니라, 소용없어. 그 녀석은 우리보다 더 괴팍한 놈인 게야."

드워프 도사가 유쾌하게 웃었다.

"『카미키리마루』가 아니더냐."

"오르크볼그, 야."

"……나는 고블린 슬레이어다."

고블린 슬레이어가 조용히 말했다.

엘프 궁수는 그걸 듣더니 얼굴을 찌푸렸고, 드워프 도사는 즐거운 기색으로 수염을 꼬았다.

"저기……."

그때 여신관이 끼어들었다.

"오르크볼그란 건 무슨 뜻인가요?"

엘프 궁수는 그 물음에 대답해주었다.

"엘프의 전설에 나오는 칼이야."

그녀는 어쩐지 자랑스럽게 손가락 하나를 세웠다.

"오르크…… 고블린이 다가오면 창백하게 빛나는, 소귀를 잡는 명검이지."

"벼려 낸 건 우리들 드워프였지만 말이다."

드워프 도사가 말했다. 그러자 엘프 궁수가 코웃음을 쳤다.

"카미키리마루가 뭐야? 이상한 이름이잖아. 정말 세공 말고는 센스가 전혀 없다니까."

"고집만 센 길쭉귀들도 우리들의 세공에는 패배를 인정하는 게로구나."

드워프 도사가 껄껄 웃자 엘프 궁수는 볼을 부풀렸다.

리자드맨 승려는 여봐란듯이 커다란 눈을 빙글 돌려 여신관에게 눈짓했다.

이것이 그의 유머라는 것에도 점점 익숙해졌다.

그리고 두 사람의 악의 없는 말다툼에도. 엘프와 드워프는 그런 법이다.

여신관도 처음에는 이종족들에게 당황했지만, 낯을 가려서는 신자를 상대하기도 어렵다.

그녀는 적극적으로 이종족들에게 말을 걸어 순식간에 친해졌다.

리자드맨 승려의 신앙은 딱히 자비 깊은 지모신의 교의와 상반되지 않았다.

게다가 적어도 겉모습만 보면 동년배인 소녀가 있었다. 그것만으로도 마음이 편했다.

한편 고블린 슬레이어는 누구에게나 거의 변함없는 태도였다.

그러나 어찌 된 일인지 그 태도가 드워프 도사의 마음에 쏙 든 모양이었다.

엘프 궁수는 걸핏하면 짜증을 냈지만 그때마다 드워프 도사가 유쾌하게 두둔했다.

고블린 슬레이어, 여신관, 엘프 궁수, 드워프 도사, 리자드맨 승려.

이 기묘한 즉석 파티는 역시 기묘한 연대감을 키워 가고 있었다.

여신관은 신기하게 편안한 느낌에 몸을 담그고 있었다.

—저기, 우리랑 같이 모험 안 갈래?

미약하게, 가슴에 걸리는 것이 없다, 고 할 수는 없었지만…….

“그러고 보니, 소승도 한 가지 신경 쓰이는 것이 있네.”

리자드맨 승려가 갑자기 꼬리로 탁 바닥을 때리며 턱을 벌렸다. 마침 모닥불이 딱딱 터졌다.

그는 말을 하기 전에 기묘한 동작으로 합장을 마쳤다. 식후의 예절이라고 한다.

“소귀들은 어디서 오는 것인가? 소승은 땅속에 녀석들의 왕국이 있다고 선조들께 배웠네만."

"우리는……."

드워프 도사가 트림을 했다.

"……타락한 레아나 엘프라고 들었느니라."

"지독한 편견이야."

엘프 궁수가 드워프 도사를 노려보았다.

"나는 황금에 매료된 드워프의 말로라고 들었어."

"사돈 남 말 하는구나."

드워프 도사가 그럴 줄 알았다는 표정으로 고개를 끄덕이자 엘프 궁수는 천천히 고개를 저었다.

"어머. 리자드맨들에게는 땅속에서 온다고 전해지고 있다잖아? 드워프의 영토 아냐?"

"윽……!"

이 말에 드워프 도사가 이를 갈았다. 우세를 점한 엘프 궁수가 빈약한 가슴을 자랑스레 내밀며 뽐냈다.

리자드맨 승려가 혀로 코끝을 핥았다.

"소승들은 지하, 엘프와 드워프는 그렇다 치고. 인간족은 어떻게 전해지는가? 여신관 선생."

"아, 네."

여신관은 마침 모두의 식기를 회수하여 정성스레 닦아 내던 참이었다.

작업을 끝낸 그녀는 두 손을 무릎 위에 올리고 똑바로 앉았다.

"저희는, 누군가가 뭔가 실수할 때마다 한 마리씩 솟아난다고 들었어요."

"그게 뭐야?"

엘프 궁수가 키득키득 웃었다. 여신관도 웃으며 고개를 끄덕였다.

"아이들을 겁주기 위한 거겠죠. 실수하면 고블린이 온다는 거예요."

"아니아니, 잠깐 기다려 보아라. 그렇다면 큰일이 아니더냐?"

드워프 도사가 말했다.

"저 길쭉귀 처녀를 내버려 두면 우글우글 늘어날 것 아닌고?"

"뭐어!"

팟. 엘프 궁수의 귀가 솟아올랐다.

"그건 실례잖아! 내일 내 활 솜씨를 확실히 보여주겠어!"

"어허, 두렵도다. 앞서가고 있을 때 뒤에서 쏠 것 같구나."

"……좋아. 조그만 드워프는, 내 뒤에 숨어서 따라와."

"물론이고말고. 너는 탐색자가 아니더냐? 척후 역할을 스스로 지원해주니 고맙구나."

드워프 도사가 싱글싱글 웃으며 수염을 쓰다듬었다.

엘프 궁수가 팔을 휘두르며 반론하려고 하던 그때—.

"나는."

조용한 말이, 그 중간에 끼어들었다.

일행의 시선이 자연스럽게 그쪽에 모였다.

"나는, 달에서 왔다고, 들었다."

고블린 슬레이어였다.

"달? 달이라면, 저 하늘에 떠 있는 두 개를 말하나?"

"그래."

리자드맨 승려의 물음에 고블린 슬레이어가 수긍했다.

"녹색 쪽이다. 저 녹색 바위로 만들어진 장소에서 고블린이 온다."

"하늘에서 떨어진다는 것은 생각도 못했느니라."

드워프 도사가 허어, 깊은 숨을 내쉬었다.

엘프 궁수는 흥미진진한 기색으로 물었다.

"그러면 별똥별은 소귀인 거야?"

"모른다. 그러나 달에는 풀도, 나무도, 물도 없다. 바위밖에 없는 쓸쓸한 장소다."

고블린 슬레이어가 담담하게 말했다.

"놈들은 없는 것을 가지고 싶어 하고, 부러워하고, 질투한다. 그래서 찾아온다."

"여기로?"

엘프 궁수가 물었다.

"그래."

고블린 슬레이어가 고개를 끄덕였다.

"그래서, 누군가를 질투하면 고블린처럼 된다."

"이것도 애들 겁주는 이야기구나."

흐응. 엘프 궁수가 별거 아니란 듯 말했다.

"저기, 누구에게 들은 건가요?"

여신관이 몸을 조금 내밀며 물었다.

그는 언제나 현실적이며 철저하다. 이런 이야기는 드물었다.

"누나다."

"누님이 있으세요?"

“그래. 있었다.”

고블린 슬레이어가 고개를 끄덕였다.

이 목석같은 모험가가 누나에게 혼나는 모습을 상상하자 조금 유쾌했다.

“그럼 당신은 고블린이 달에서 온다고 믿는 거구나?”

엘프 궁수가 물었다.

고블린 슬레이어는 조용히 고개를 끄덕였다.

“적어도.”

그는 달을 멍하니 올려다보았다. 2개의 달을…….

“누나는, 뭔가 틀렸던 적은 없었을 거다.”

그 이후로, 그는 입을 다물었다. 모닥불이 파직 터졌다.

엘프 궁수의 긴 귀가 희미한 숨소리를 포착했다.

그녀는 가만히 고블린 슬레이어의 철가면에 얼굴을 가까이 들이밀었다.

고블린 슬레이어의 표정은 알 수 없었다.

엘프 궁수는 고양이처럼 웃었다.

“시시해. 잠들어 버렸어.”

“허. 화주가 강했나 보구먼.”

드워프 도사는 지금 막 병에서 마지막 한 방울을 들이켜는 참이었다.

“그러고 보니 거침없이 마셨었죠.”

여신관은 짐에서 담요를 꺼내 정성스레 그에게 덮어주었다.

그리고는 가죽 갑옷의 가슴 부분을 가만히 쓰다듬었다. 여신관도 지쳐 있었지만, 그도 조금 쉬어야 한다고 생각했다.

"소승들도 쉬는 것이 좋겠군."

리자드맨 승려가 묵직하게 고개를 끄덕였다.

"불침번은 미리 정한 대로 보기로 하지. 잠을 제대로 안 자면, 정말로 실수를 할 수도 있으니 말일세."

여신관, 엘프 궁수, 드워프 도사가 각자 대답했다.

엘프 궁수는 담요 속에 기어 들어가면서 고블린 슬레이어를 살폈다.

흐흠. 작게 중얼거렸다. 경계하는 야생 동물은 결코 사람 앞에서 잠들지 않는다고 했던가?

—약간 기쁘다고 생각하는 자신이 어쩐지 석연찮았다…….

Adventurer's Guild Monster Manual

G_

몬스터 매뉴얼

Goblin

소귀(고블린)

숲(엘프) 종족 말로는 오르크,
오크라고도 한다. 발음 주의.

【개요】outline

몸 길이, 체격, 성격, 행동양식은
잔꾀를 부리는 어린애와 비슷하다.
한 개체만 봤을 때는 빈약하며, 이른바 「괴물」이라고 불리는 것들 중에서
가장 약한 존재. 약탈을 목적으로 마을을 습격하여 여자를
납치하고 둥지 안에서 번식한다. 수가 많다.

←강조. 백자 등급 소수와
여성에게는 하수도 거대 쥐 퇴치를
추천할 것

일부 모험가 보고서에서 발췌: 확인 필요

【생태】the mode of life

주로 동굴에 서식한다. 채굴 기술을 가졌다.
학습 능력이 높다. 부족 형식. 수컷뿐이다.
생태는 석기인들과 유사하다. 고유문화 없음.
온갖 물건을 약탈하여 조달한다.
주문술사(샤먼), 기병(라이더), 선조(홉)회귀, 다양한 아종이 있다.
또한 고블린과 다른 종족이 교배했을 경우,
예외 없이 고블린이 태어난다.

←일부라기보다
「그 사람」이죠.

0506안건
모험가 일당이 전멸하여 교대요원을 요청함.

↑또 인가요?
매번 「그 사람」에게 맡기는 게
괜찮은 일인지 모르겠어요

제7장 『고블린 슬레이어』

Goblin Slayer
He does not let anyone roll the dice.

소굴은 광야 가운데 갑자기 나타난 것처럼 보였다.

아니, 과연 그것을 소굴이라고 부르는 게 옳은 것일까?

대지에 반쯤 묻히듯 솟아오른, 백석(白石)으로 만든 네모난 입구.

동굴 같은 것이 아니었다. 명백한 인공물. 고대 유적이었다.

그것이 저물어 가는 태양빛을 반사하며 핏빛으로 빛나고 있었다.

망을 보는 고블린 두 마리.

손에 창을 들고 조잡한 가죽 갑옷을 입은 채 입구 양옆에 나란히 서 있었다.

그 옆에는 개…… 아니, 늑대가 있었다.

"GURUU……."

"GAU!"

한 마리가 슬그머니 주위를 보다 앉으려고 하자 다른 한 마리가 질책했다.

불만스레 일어선 고블린은 크게 하품을 하면서 태양을 역겹다는 듯 노려보았다.

대지에 엎드려 있던 늑대가 귀를 움찔 떨었다. 짐승은 쉬고 있어도 경계를 게을리하지 않는다.

—그 모든 것을, 멀리 수풀 너머에서 엘프 궁수가 보고 있었다.

"고블린 주제에 파수견을 기르다니, 건방진걸."

"여유가 있는 무리란 증거다."

옆에 엎드려 있던 고블린 슬레이어가 말했다.

그는 고블린들에게 시선을 고정한 채, 끈 한 뭉치를 돌멩이에 감고 있었다.

"방심하지 마라. 안에 수가 많다."

"참고로, 여유가 없는 무리는 어쩌는데?"

"기르지 않는다. 보자마자 잡아먹는다."

엘프 궁수는 물어보지 말 걸 그랬다며 고개를 저었다. 그러자 리자드맨 승려가 소리 없이 웃었다.

"하지만, 괜찮겠어? 이제 곧 밤이잖아. 하루 기다렸다가 낮에 공격하는 게 좋지 않을까?"

"놈들에게는『이른 아침』이다. 상관없어."

"……뭐 좋아. 그러면 공격한다."

엘프 궁수가 한숨을 내쉬며 화살통에서 화살을 뽑았다.

엘프는 철을 쓰지 않는다.

주목(朱木)의 가지에 거미줄로 현을 건 대궁은 엘프 궁수의 키보다도 컸다.

그러나 그녀는 그것을 가볍게 다루며 수풀 속에서 한쪽 무릎을 세운 채 활을 겨누고 화살을 메겼다.

끼리릭. 거미줄이 소리를 내면서 당겨졌다.

"……겉보기만 그럴싸한 건 아니겠지?"

아무리 봐도 나무만 가지고선 믿음직스럽지 않구먼. 드워프 도사가 미심쩍은 듯 말했다.

"부탁이니 빗맞히지 말거라. 화살과 달리 우리 주문은 보충할 수 없느니라."

"입 다물어."

엘프 궁수가 날카롭게 말했다. 그러자 드워프 도사는 순순히 입을 닫았고, 그 누구도 더 이상 목소리를 내지 않았다.

끼리릭. 활을 당겼다. 바람이 불었다. 엘프 궁수의 긴 귀가 미약하게 움직였다.

오른쪽 고블린이 하품을 했다. 그녀는 화살을 쏘았다.

화살은 소리 없이 날아갔지만, 고블린들보다 상당히 오른쪽으로 가고 있었다.

드워프 도사가 노골적으로 혀를 찼다.

엘프 궁수는 웃고 있었다. 그녀는 손에 새로운 화살을 쥐었다.

그 순간, 화살이 크게 호를 그렸다. 오른쪽 고블린의 경추가 옆에서 꿰뚫렸다.

그대로 볼을 꿰뚫은 화살이 왼쪽 고블린의 눈으로 뛰어들어 꿰뚫었다.

빠르게 깨어난 늑대가 무슨 일이 일어났는지도 모른 채 울부짖으려고 턱을 벌렸지만…….

"늦었어."

곧바로 날린 두 번째 화살이 늑대의 목구멍 안쪽을 꿰뚫었다. 그러자 몸이 뒤집히며 날아가는 늑대.

풀썩풀썩. 뒤늦게 고블린들이 허수아비처럼 쓰러져 죽었다.

문자 그대로 인간의 기술이 아니었다. 불가능한 궤도였다.

"굉장해요!"

"훌륭하지만…… 지금 그건 대체 무엇인가? 일종의 마법 같은 겐가?"

여신관이 눈빛을 반짝거리고, 리자드맨 승려가 커다란 눈을 더욱 커다랗게 뜨며 물었다.

후후후. 엘프 궁수가 자랑스럽게 웃으면서 고개를 천천히 옆으로 저었다.

"충분히 숙달된 기술은 마법과 구분이 안 가는 법이야."

엘프의 긴 귀가 우쭐거리듯 위아래로 움직였다.

"내 앞에서 그런 말을 하느냐?"

기술과 마법에 뛰어난 드워프 도사가 얼굴을 찌푸리며 말했다.

"둘. ……이상하군."

고블린 슬레이어가 수풀에서 일어섰다.

그는 만약 엘프 궁수가 실패하면 슬링으로 돌을 쏘아 적을 쓰러뜨릴 예정이었다.

"왜? 불만 있어?"

자기 기량이 무시당했다고 생각했는지 엘프 궁수가 따졌다.

고블린 슬레이어는 귀찮다는 듯 고개를 옆으로 저었다.

"놈들은 겁을 먹고 있었다. 근면한 고블린 따위, 있을 리 없다."

"……엘프의 숲 근처에 소굴을 만들어서 그런 거 아냐?"

"그렇다면 좋겠다만."

그는 건성으로 대답하고 고블린 시체에 성큼성큼 걸어가더니 그 옆에 무릎을 짚고 앉았다.

"아, 저기……."

뭘 할 것인지 짐작했을 것이다. 여신관이 굳어진 미소를 지으며 가는 목소리로 말했다.

"도…… 도, 도울, 까요?"

"필요 없다."

고블린 슬레이어가 담백하게 대답했다.

여신관은 안도의 한숨을 쉬었지만 얼굴이 약간 창백했다.

"……뭐하는 건데?"

이렇게 되니 궁금해서 참을 수가 없다. 엘프 궁수가 경쾌한 발걸음으로 다가가 그의 작업을 들여다보았다.

고블린 슬레이어는 어느샌가 나이프를 쥐고 있었다.

그는 그것을 고블린의 배에 찌르더니 내장을 마구 헤집었다.

"……윽?!"

엘프 궁수의 표정이 굳었다. 그녀는 황급히 고블린 슬레이어의 팔을 잡아끌었다.

"자, 잠깐만! 아무리 고블린이라도 시체를, 그렇게……!"

"놈들은 냄새에 민감하다."

"……어?"

고블린 슬레이어는 대답이 아닌 대답을 담담하게 말했다.

가죽 장갑을 피로 듬뿍 물들인 그가 고블린의 시체에서 간을 끄집어냈다.

"특히 여자, 아이, 엘프의 냄새에."

"어, 자, 잠깐……. 저기, 오르크볼그……. 설마 그럴 리는 없겠지만……."

고블린 슬레이어는 대답 대신 간을 수건으로 감싸 짜냈다.

엘프 궁수는 그의 갑옷과 투구에 묻은 지저분한 것들의 정체를 그제야 깨닫고 얼굴이 창백해졌다.

§

잠시 후, 파수꾼의 시체를 덤불에 숨긴 일행은 유적에 들어갔다.

상아색 벽으로 둘러싸인 좁은 통로는 완만한 내리막이었다.

전위를 맡은 고블린 슬레이어는 손에 든 검으로 앞길의 바닥과 벽을 캉캉 두드렸다.

그리고 끈에 묶은 돌멩이를 던져 그것이 무사히 굴러가는 것을 확인하고는 끈을 당겨 회수했다.

"함정은 없다."

"……흐음. 소승이 보기에 이것은 신전이 아닌가 싶군."

"이 근처 평야는 신화시대에 전쟁이 있었다고 해요."

리자드맨 승려의 의문에 여신관이 대답했다. 그녀는 벽면에 새겨진 그림을 살며시 쓰다듬으며 고개를 끄덕였다.

"그 시대의 요새 같은 걸까요……. 만듦새를 보니 사람이 만든 것…… 같은데요."

"병사는 물러나고, 대신 소귀가 산다, 란 말인가. 잔혹한 일일세."

리자드맨 승려가 꼬리를 흔들며 묵직하게 고개를 끄덕이더니 합장했다.

그러자 문득 드워프 도사가 말했다.

"잔혹하다고 하니……. 괜찮아졌느냐? 길쭉귀."

"으에엑……. 기분 나빠아아……."

엘프 궁수는 숲 종족의 전통적인 옷차림이 검붉게 지저분해진 꼴로 훌쩍거리며 울고 있었다.

고블린의 생간에서 짜낸 즙을 머리부터 발끝까지 칠했기 때문이다.

아무리 드워프 도사라지만 그 꼴을 한 그녀를 놀릴 생각은 없었다.

엘프 궁수 옆에서 고블린 슬레이어가 담담하게 말했다.

"익숙해져라."

그는 방패를 고정한 왼손에 횃불을 쥐고, 오른손에는 검을 뽑아 쥐고 있었다.

엘프 궁수는 상황에 맞춰 대궁을 어깨에 걸고, 단궁을 꺼낸 채 그를 노려보았다.

다만 눈꼬리에 눈물이 가득했고 긴 귀가 힘없이 늘어져 있어서 박력이 전혀 없었다.

"……돌아가면 두고 봐."

"기억해두겠다."

고블린 슬레이어가 순순히 고개를 끄덕였다.

그가 든 횃불이 약하게 흔들렸다. 불꽃은 여전히 약화된 상태였다.

엘프의 오랜 결계는 이런 유적의 바닥까지 영향을 주고 있었다.

아니, 먼 옛날에는 이 구역에도 엘프가 살았을지도 모른다.

물론 고블린 슬레이어는 그저 「화공을 쓸 수 없다」는 문제만 신경 쓰고 있었다.

"흠은 불편하구먼."

드워프 도사가 입가의 수염을 꼬면서 말했다.

일행 중에서 불빛은 고블린 슬레이어만 들고 있었다.

드워프, 엘프, 리자드맨은 모두 많든 적든 밤눈이 밝았다.

"그렇다. 그래서 잔꾀가 필요하지."

"하다못해 좀 더 나은 걸로 생각해봐……."

엘프 궁수가 질색하며 말했다.

그 꼴을 보다 못한 여신관이 살짝 뒤에서 위로하며 말했다.

"저기, 씻어 내면 지워지긴 해요…… 조금은."

"……너도, 고생이 많구나."

"그 정도는, 이미, 익숙해졌어요."

여신관은 난처한 웃음을 지었다. —그녀도 마찬가지로 신관복이 검붉게 물들어 있었다.

두 손으로 석장을 쥔 여신관은 대열 3번째에 있었다.

앞에서부터 순서대로, 엘프 궁수, 고블린 슬레이어, 여신관, 드워프 도사, 리자드맨 승려의 진형.

통로 폭은 둘이 나란히 서도 여유가 있었기 때문에 두 사람씩 서서 여신관을 앞뒤로 보호하는 형태가 되었다.

그녀는 백자 등급이다. 일행 가운데 가장 약하며 무르다. 지켜야 할 존재였다.

그렇지만 여신관 자신은 다소 열등감을 느끼고 있어도, 그녀가 걸림돌이라고 생각하는 사람은 없었다.

주문술사는 각자 그렇게 많은 횟수의 주문을 행사할 수는 없었다.
하루에 수십 번이나 주문과 기적을 휘두를 수 있는 백금 등급이 아니었다.
치유사가 한 명 있느냐 없느냐, 주문 하나가 남아 있느냐 없느냐.
고작 그 차이만으로도 살아남을 가능성이 크게 바뀐다.
아니, 주문을 절약하는 자야말로 살아남을 수 있다고 해야 할지도…….
"……."
여신관은 앞뒤의 동료들을 신경 썼다. 석장을 쥔 두 손에 힘이 들어갔다.
—마치, 평범한 모험 같아…….
그리고 그녀는 또 마지막 열의 바로 앞에 있었다.
—처음 모험 때와 똑같잖아.
여신관은 떨리는 입술로 지모신의 이름을 몇 번이고 속삭이며 기도했다.
아무 일도 없으면 좋겠다. 그러나 그것이 무리란 것도 그녀는 알고 있었다.
돌바닥 통로에 모험가들의 발소리만이 묘하게 메아리치며 울렸다.
고블린의 기척은 없었다. ……적어도, 아직은.
"지하에는 익숙할 터인데……. 여기는 어째 기분이 나쁘구나."
드워프 도사가 이마의 땀을 닦으며 말했다.
유적에 들어온 이후로 계속해서 완만한 경사가 이어지고 있었다.
직선이라고 생각했던 통로는 서서히 휘어졌다. 나선을 그리고 있는 것 같았다.

빙글빙글 돌면서 내려가면 평형감각이 어그러진다.

"어쩐지 탑 안에 있는 기분이네요…….”

"고대의 요새라면 이런 구조도 있을 수 있을 걸세.”

여신관이 한숨을 내쉬며 말하자 리자드맨 승려가 대답했다. 문자 그대로 후미(後尾)에서 그의 꼬리(尾)가 흔들렸다.

"이런 상황이 아니면 좀 더 이것저것 살펴보고 싶은데…….”

엘프 궁수가 작게 불평했다.

시간이 지나 드디어 내리막이 끝나자 통로가 좌우로 갈라졌다.

언뜻 보기에 딱히 차이가 없는 완전히 같은 구조의 길이 T 자형으로 뻗어 있었다.

"기다려.”

갑자기 엘프 궁수가 날카롭게 말했다.

"무슨 일이지.”

"움직이지 마.”

그녀는 고블린 슬레이어에게 짧게 말하더니 손을 바닥에 짚고서 엎드렸다.

가는 손가락이 전방의 돌바닥 판의 틈을 더듬으며 꼼꼼하게 살폈다.

"경보 장치로군.”

고블린 슬레이어가 말했다.

"아마도. 저 바닥판만 새것이라 눈치챘지만 까딱하면 밟아 버릴 거야. 조심해.”

과연. 확실히 엘프 궁수가 가리킨 바닥이 약간 떠올라 있었다.

밟으면 어디선가 기구가 작동하여 경보음이 울리고 안에 있는 고블린들이 침입자가 있음을 깨닫는 것이다.

여신관이 마른침을 삼켰다.

그 기분 나쁜 나선 길을 내려온 직후였다. 집중력, 감각 모두 이상한 상태였다.

듣고 나니 알 수 있었지만, 그렇지 않았다면 못 알아챘을 것이다.

"고블린 놈들. 잔재주를 부리는구나."

드워프 도사가 수염을 쓰다듬으며 내뱉었다.

"……."

고블린 슬레이어가 횃불로 바닥을 비추더니 좌우의 벽으로 불빛을 향하며 조사했다.

길게 이어지는 백석 통로에는 머나먼 고대의 사람들이 남긴 등불의 그을음 말고는 아무것도 없었다.

"왜 그러세요?"

여신관이 물었다.

"토템이 안 보인다."

"아, 그러고 보니……."

고블린 슬레이어의 말에 여신관만이 납득했다. 나머지는 모두 고개를 갸웃거렸다.

"……."

그러나 고블린 슬레이어는 입을 다물어 버렸다.

—생각하고 있다.

그것을 깨달은 여신관이 다른 사람들을 돌아보았다.

"그러니까, 그게……. 고블린 샤먼이 없다, 는 거예요."

"어머. 주문술사가 없다면 편하잖아."

엘프 궁수가 웃으며 손뼉을 쳤다.

"아니."

쉬익. 리자드맨 승려가 날카롭게 숨을 뱉었다.

"보아하니…… 없다는 것이 문제인 모양이군. 소귀 살해자 선생."

"그렇다."

고블린 슬레이어가 고개를 끄덕이고 칼끝으로 경보 장치를 가리켰다.

"보통 고블린들은 이런 것을 설치 못한다."

"바닥이 새것이라는 건 유적에 원래 있던 게 아니란 말이기도 하겠구먼."

"놈들을 경보음으로 끌어내 반격하는 것도 생각했다만."

고블린 슬레이어가 조용히 말했다.

"관두는 편이 좋겠다."

"소귀 살해자 선생은 전에도 대규모 소굴을 없앴다고 들었네만."

리자드맨 승려는 꼬리가 경보 장치를 건드리지 않도록 들어 올리면서 물었다.

"그때는 어떻게 했나?"

"연기로 끌어내 한 놈씩 죽였다. 불을 붙였다. 강물을 끌어와 흘려 넣었다. 수단은 여러 가지다."

옆에서 듣고 있던 엘프 궁수가 뭐라 말하기 어려운 표정을 지었다.

"……여기서는 못 쓴다. 발자국은 찾을 수 있겠나?"

"미안해. 동굴이라면 모를까, 돌바닥이라……."

"어디, 내가 한번 보마."

"뭐, 상관은 없는데…… 경보 장치는 밟으면 안 돼."

"알고 있느니라."

드워프 도사가 앞으로 나서서 몸을 숙였다. 엘프 궁수가 순순히 자리를 비켜줬다.

그는 T 자형 길 좌우를 빙글빙글 돌아다녔다. 그리고는 돌바닥을 차더니 가만히 살폈다.

잠시 지나자, 드워프 도사는 자신만만하게 수염을 꼬았다.

"옳거니. 놈들의 잠자리는 왼쪽이니라."

"……? 어떻게 아는 거죠?"

여신관이 신기하다는 표정으로 물었다.

"바닥의 마모로 알지. 놈들은 왼쪽에서 와서는 오른쪽으로 갔다가 돌아가거나, 왼쪽에서 와서 바깥으로 가느니라."

"확실한가?"

고블린 슬레이어가 물었다.

"내가 드워프 아니더냐."

드워프 도사가 배를 두드리며 말했다.

"그렇군."

고블린 슬레이어가 고개를 끄덕이더니 입을 다물었다.

"소귀 살해자 선생. 왜 그러나?"

리자드맨 승려가 물었다.

"이쪽부터 간다."

고블린 슬레이어가 검으로 오른쪽 길을 가리키며 말했다.

“고블린들은 왼쪽에 있다잖아?”

“엘프 궁수가 고개를 갸웃거렸다.

“그래. ……하지만 그러면 늦는다.”

“뭐가?”

“가보면 안다.”

고블린 슬레이어가 고개를 끄덕이며 담담하게 말했다.

오른쪽 길로 나아간 지 얼마 지나지 않아 역겨운 냄새가 풍기기 시작했다.

끈적거리며 달라붙는 공기. 묘하게 시큼한 냄새가 호흡과 함께 목 안쪽에 들러붙었다.

“어이쿠!”

“으음…….”

드워프 도사가 코를 붙잡았다. 리자드맨 승려도 괴상하게 눈을 굴려 댔다.

엘프 궁수가 무심코 단궁에서 손을 떼고 입가를 가렸다.

“이거, 뭐야……. 냄새가 지독해. ……저기, 괜찮아?”

무심코 여신관에게 말을 건 것도 무리는 아니었다.

그녀의 이가 딱딱거리며 떨리고 있었다. 이 냄새는— 기억하고 있었다.

“의식해서, 코로 호흡해라. 금세 익숙해진다.”

고블린 슬레이어는 돌아보지 않았다.

그는 성큼성큼 거침없이 안으로 나아갔다.

일행은 뒤처지지 않도록 뒤를 따랐다. 여신관도 간신히 걸었다.

냄새의 근원이 가깝다. 유적의 한 구역을 구분 짓듯, 썩어 가는 나무문이 있었다.

"흥."

고블린 슬레이어가 그것을 주저 없이 차서 열었다.

문은 삐걱거리면서 역할을 마치고 실내로 쓰러졌다.

나무 판이 떨어지자 바닥의 지저분한 액체가 철퍽거리는 소리를 내며 튀었다.

그곳은 온갖 의미로 고블린들의 오물이 고인 곳이었다.

먹다 남긴 찌꺼기. 썩은 고기가 들러붙은 뼈. 흘러나온 분뇨. 시체. 잡동사니의 산.

하얀색이었을 벽이나 바닥은 대부분 쓰레기에 메워져 검붉게 더럽혀져 있었다.

그 안에, 지저분해진 금색 머리칼이 보였다. 사슬에 묶인 다리도 보였다.

마르고 쇠약해진 사지에는 무참한 상처 자국이 있었다. 힘줄이 끊어진 것이다.

그것은 엘프였다.

오물투성이에 초췌해졌지만, 그녀의 좌반신은 아름다운 용모를 유지하고 있었다.

그러나 우반신은 달랐다.

여신관은 마치 포도송이를 심은 것 같다고 생각했다.

하얀 피부가 보이지 않을 정도로 검푸르게 부었고, 눈도 가슴도,

모든 것이 짓이겨져 있었다.

의도는 명백했다. —그저 그녀를 조롱하기 위해서.

아아, 또다. 여신관은 가슴에 그런 생각이 차갑게 스쳐, 우두커니 서 있었다.

"으에, 으에에에에엑……."

그 옆에서 엘프 궁수가 웅크린 채 위의 내용물을 토하는 것도 머나먼 일 같았다.

"……이것이, 뭣인고?"

"소귀 살해자 선생."

드워프 도사는 수염을 꼬고 있었지만 얼굴이 굳는 것을 숨기진 못했다.

표정을 알기 어려운 리자드맨의 얼굴에조차 혐오감이 넘치고 있었다.

"처음 보나."

조용히 말하자, 엘프 궁수가 입가를 닦지도 못하고 고개를 끄덕였다.

눈에서 눈물이 뚝뚝 떨어지고 귀가 축 늘어져 있었다.

"그렇군."

고블린 슬레이어가 고개를 끄덕였다.

"……줘……여줘……죽여줘……."

미약하게 흘러나오는 흐느낌에 여신관이 퍼뜩 고개를 들었다.

붙잡힌 엘프였다. 아직 숨이 붙어 있다!

여신관이 황급히 달려가 그녀의 몸을 지탱했다. 오물이 손에 묻는 것 따위는 신경 쓰지도 않았다.

"포션을……!"

"아니, 그 정도로 약해진 상태에서는 목에 걸릴지도 모르네."

리자드맨 승려가 다가와서 비늘이 돋은 손가락 끝으로 상처 입은 그녀의 몸을 확인했다.

"상처 자체는 목숨에 지장이 없네. 그러나, 위태롭군. 너무 초췌한 상태야. 기적을 부탁하네."

"네……!"

여신관이 가슴 앞에 석장을 끌어당기고, 상처 입은 엘프의 가슴에 손을 대었다.

"《자비 깊은 지모신이여, 부디 이자의 상처를 그 손으로 어루만지소서》."

성직자가 신의 기적을 일으키는 옆에서, 고블린 슬레이어가 엘프 궁수에게 다가갔다.

"아는 사이인가?"

엘프 궁수는 웅크린 채, 힘없이 고개를 좌우로 흔들었다.

"아마…… 아마, 나랑 마찬가지로, 『떠돌이』 엘프 모험가…… 일 거야."

"그렇군."

고블린 슬레이어가 고개를 끄덕이고 거침없는 발걸음으로 엘프에게 다가갔다.

그는 손에 검을 쥐고 있었다. 리자드맨 승려가 의문스런 눈으로 그를 올려다보았다.

"아……!"

—이미, 늦었다.

여신관은 새파란 얼굴로 일어섰다.

"자, 잠깐만요……!"

그녀는 양팔을 벌리며 엘프의 앞을 막아섰다.

그러나 고블린 슬레이어는 멈추지 않았다.

"비켜라."

"안 돼요…… 그건 안 돼요!"

"뭘 착각하고 있는지 모르겠다만."

고블린 슬레이어가 귀찮다는 기색으로 말했다.

목소리는 변함없었다. 무자비하고, 담담했다.

"나는, 고블린을 죽이러 왔을 뿐이다."

검을 휘둘렀다.

피분수와 함께, 캬아악 하는 비명이 들렸다.

"셋."

시체가 풀썩 무너졌다.

연수에 검이 박힌 고블린이다. 녀석의 손에서 독 단검이 떨어졌다.

엘프의 등 뒤, 오물의 산에 놈이 숨어 있는 것을 아무도 눈치채지 못했다.

아니, 아니었다. 여신관은 고개를 저었다. 그와 그녀는 눈치채고 있었다.

"그놈들을……, 모두, 죽여줘……!"

붙잡혀 있던 엘프 모험가가 피를 토하듯 외쳤다.

고블린 슬레이어는 시체를 짓밟고 검을 뽑았다.

피와 지방으로 번득이는 칼날을 고블린의 옷으로 닦았다.

"물론이다."

고블린 슬레이어가 담담하게 대답했다. 아무도 입을 열지 못했다.

이 남자는 지금까지 무엇을 보았을까? 대체 정체가 뭘까?

이제 이 자리에 있는 모두가 이해했다.

여신관 또한 마녀가 이 남자를 평가한 말을 떠올렸다.

「스스로 정해라」. 마녀는 그렇게 말했다.

그것이 어떤 의미인지, 여신관은 지금 확실히 알았다.

모든 모험가는 죽거나 죽이는 것을 경험한다. 심지어 첫 모험에 좌절한 자들조차도 말이다.

잔학하고 참혹한 광경을 보았을 것이다.

괴물에게 멸망한 마을이나 도시도 그리 드물지 않았다.

그래도, 거기에는 반드시 『이치』가 있다.

무뢰배나 산적, 다크 엘프나 드래곤, 슬라임조차 행동에 이유가 있었다.

그러나, 하지만, 고블린만은 달랐다. 고블린에게는 악의밖에 없었다.

흄을 비롯해 다른 모든 것에 대한, 살아 있는 모든 것에 대한 악의.

고블린을 계속 사냥하는 것은 그 악의와 계속 마주하는 것이다.

그것은 결코 모험이 아니다.

스스로 정해서 그 길을 나아간다.

그런 존재는, 이미 모험가조차 아니었다.

그다.

지저분한 가죽 갑옷과 철 투구를 쓰고, 어중간한 검과 방패를 가진 남자.

"고블린(소귀를), 슬레이어(죽이는 자)……."

누군가가 희미하게 그의 이름을 중얼거렸다.

제8장 『고블린 퇴치』

Goblin Slayer
He does not let anyone roll the dice.

엘프를 숲까지 전달하는 역할은 리자드맨 승려가 나서서 맡았다.

그는 허리에 찬 주머니에서 작은 이빨을 몇 개 꺼내더니 그것을 바닥에 뿌렸다.

"금룡(禽龍)의 선조인 뿔이며 발톱이여, 네 다리, 두 다리, 땅에서서 달리라."

그러자 소리를 내며 뿌린 이빨이 끓어오르듯 뭉클뭉클 부풀어 올랐다.

잠시 지나자 이빨이 직립하는 도마뱀의 뼈 모습이 되더니 리자드맨 승려에게 고개를 숙이며 무릎을 짚었다.

"선조들께 이어받은 기적 《용아병(龍牙兵)[드래곤투스 워리어]》이네."

"전력으로서는 어떻지?"

"소승도 상응하는 위계가 있으니 소귀 한두 마리 정도에게 당하지는 않지."

고블린 슬레이어에게 리자드맨 승려가 설명했다.

용아병은 사정을 담은 편지와 함께 엘프를 들쳐 메고 출발했다.

이제 일행은 《힐》을 포함해 2개의 주문과 기적을 소비했다.

그러나 아무도 항의하지 않았다.

"이게 뭐야, 대체……. 이런 건, 이해를 못하겠어……."

엘프 궁수가 웅크린 채 흐느끼고, 여신관이 그녀의 등을 쓰다듬고 있었다.

오물이 충만한 방이었지만 신기하게도 이제 냄새는 신경 쓰이지 않았다.

—익숙해져 버린, 거겠죠.

여신관은 발치가 무너지는 심정으로 포기한 듯 희미하게 웃었다.

드워프 도사가 찌푸린 표정으로 수염을 만지작거렸다. 그는 기분이 나쁘다면서 방의 입구에 서 있었다.

그 옆으로 엘프를 들쳐 멘 용아병이 빠져나갔다.

고블린 슬레이어는 모든 것을 등지고 있었다.

그는 쓰레기 더미를 뒤지고, 건드리고, 무너뜨리더니, 오물 속에서 뭔가를 끄집어냈다.

그것은 명백하게 모험가가 쓸 법한 천으로 만들어진 튼튼한 배낭이었다.

고블린들이 안을 뒤적거리다가 질려서 버렸을 것이다. 상당히 더러웠다.

고블린과 마찬가지로, 고블린 슬레이어도 배낭 안을 뒤적거렸다.

"역시, 있었군."

그리고 뭉쳐 있는 종이 다발을 난잡하게 꺼냈다. 꽤 낡아서 약간 누렇게 변해 있었다.

"……그건, 뭔가요?"

여신관이 엘프 궁수의 등을 쓰다듬으며 살며시 물었다.

"그 엘프의 짐이겠지."

고블린 슬레이어가 담담하게 말하며 종이 다발— 아니, 건조시킨 나뭇잎을 펼쳤다.

그는 유려한 필치로 그려진 도형을 손가락으로 더듬으며 납득한 듯 고개를 끄덕였다.

“유적의 지도다.”

“저 사람, 그걸 의지해서 여기 들어왔군요…….”

불행히도, 그녀는 여기가 고블린 소굴이 됐으리라곤 생각지도 못했을 것이다.

미지의 유적을 답파하는 것도 모험가의 일이기 때문에 일어날 수 있는 사태였다.

그나마, 일행이 늦지 않게 그녀를 구한 것은— 운이 좋았던 것이다. 그녀는 그렇게 생각하고 싶지 않겠지만 말이다.

“왼쪽 길로 가면 회랑이다.”

고블린 슬레이어는 지도를 꼼꼼하게 조사하며 말했다.

“복층 구조의 홀이다. 십중팔구, 그곳이겠지. 놈들이 잠들 수 있을 정도로 넓은 장소는 달리 없다.”

고블린 슬레이어는 지도를 거칠게 접어 자신의 짐 속에 넣었다.

“왼쪽이 정답이군.”

“……흥.”

드워프 도사가 기분이 틀어진 듯 코웃음 쳤다.

고블린 슬레이어는 그 밖에도 엘프의 짐에서 연고 같은 물건 몇 개를 꺼냈다.

그리고 그 배낭을 거침없는 손놀림으로 엘프 궁수에게 던졌다.

"……?"

"네가 들어라."

고개 숙이고 있던 엘프 궁수가 배낭을 받더니 고개를 들며 갸웃거렸다.

마구 비벼 댄 탓인지 촉촉한 눈가가 빨갛게 부었다. 보기 딱한 표정이었다.

"간다."

"잠깐만요, 이건 너무한……!"

"……괜찮아."

여신관이 무심코 소리를 높이자, 엘프 궁수가 그것을 막고는 비틀거리며 일어섰다.

"어차피, 가야 하잖아."

"그렇다."

고블린 슬레이어가 담담하게 말했다.

"고블린은 죽여야 한다."

성큼성큼 난폭한, 평소와 다름없는 거침없는 발걸음.

그는 쓰러진 문짝을 짓밟고서 미련 없이 쓰레기장을 나섰다.

돌아보지 않았다.

"아, 기, 기다려주세요!"

"……."

여신관과 엘프 궁수가 그 뒤를 쫓아 달렸다.

남은 모험가 두 사람이 슬쩍 마주 보았다.

"……정말이지, 터무니없는 녀석이로다."

드워프 도사가 수염을 꼬며 한숨을 쉬었다.

“저런 녀석이 있을 줄이야. 흠들은, 그 뭣이냐…….”

“새벽의 폭군(에오티라누스)과도 같다, 라는 말이 그리 틀린 말도 아니었던 것 같군.”

리자드맨 승려가 커다란 눈을 한 바퀴 굴렸다.

“반쯤 미칠 정도로 솜씨 있는 장인들이, 저런 식이었던고.”

“그건 그렇고, 우리도 가도록 하지. 소승도 놈들을 용서할 수가 없다네.”

“나도 그렇구먼, 비늘 친구. 애당초 소귀란 것들은, 드워프에게는 불구대천의 원수인 게야.”

드워프 도사와 리자드맨 승려도 고개를 끄덕이고 고블린 슬레이어의 뒤를 쫓았다.

왼쪽 길은 상태가 딴판으로 변해서 마치 미로처럼 복잡했다.

요새라면 당연한 구조였다. 지형을 파악 못하면 나아갈 수도 없었다.

그러나 그들에게는 엘프가 남긴 지도가 있었다. 함정에 관해서도 탐색자가 둘이나 있었다.

중간에 순찰을 도는 고블린과 몇 번 마주쳤지만 대부분 순조롭다고 할 수 있었다.

먼저 엘프 궁수가 단궁으로 사살하고, 미처 죽이지 못하면 고블린 슬레이어가 뛰쳐나갔다.

결국 일행과 마주치고 살아남은 고블린은 한 마리도 없었다.

여신관이 엘프 궁수의 팽팽한 현 같은 표정을 살그머니 살폈다.

그녀는 입구에서 말도 안 될 만큼 기적적인 사격 솜씨를 보여줬다. 본래는 미처 죽이지 못하는 일이 자주 있을 리 없을 텐데…….

그에 반해 고블린 슬레이어는 평소와 똑같았다.

그는 성큼성큼 거침없는 발걸음으로 나아갔다.

이미 몇 번이나 쉰 일행은 회랑 앞에서 마지막 휴식 시간을 가졌다.

"주문은 얼마나 남았지?"

벽에 기대선 고블린 슬레이어가 자기 무기를 교환하면서 조용히 말했다.

여신관은 구석에 웅크려 앉은 엘프 궁수 곁에 다가가 어깨를 쓰다듬으며 말했다.

"저기, 저는《힐》을 한 번 썼으니까……. 앞으로 두 번이요."

"소승도《용아병》을 한 번 썼네. 원래 세 번은 쓸 수 있지만……."

리자드맨 승려는 꼬리를 흔들면서 자기 짐을 뒤져 이빨을 한 움큼 집었다.

"《용아병》의 기적에는 촉매가 충분히 있어야만 하지. 그러니 이 주문은 앞으로 한 번이라고 생각하게."

"알았다."

고블린 슬레이어가 고개를 끄덕이더니 시선을 돌려 드워프 도사를 보았다.

"넌 어떻지?"

"어디보자……."

드워프 도사는 하나둘 속삭이면서 작고 짧은 손가락을 꼽으며 세었다.

“나는 보자, 주문에 따라 다르다만…… 네 번이나 다섯 번이니라. 네 번은 확실하니 안심하거라.”

“그런가.”

고위 술사일수록 주문 사용 횟수가 늘어난다. ―그러나 결코 극적으로 늘지는 않는다.

애당초 주문술사의 역량은 행사할 수 있는 주문의 종류와 난이도로 결정된다.

천부적인 재능을 가진 최상위의 백금 등급 모험가라도 되지 않는 한 하루에 몇 번 정도가 한계였다.

그렇기 때문에 주문 한 번의 가치는 대단히 높았다. 낭비하는 자부터 죽는다.

“저기, 마실래요? ……마실 수 있어요?”

“……고마워.”

여신관이 물주머니를 내밀자 엘프 궁수가 조용히 마셨다.

그녀는 지금까지 거의 말이 없었다.

여신관이 걱정하여 말을 걸 때마다 엘프 궁수는 간신히 웃음을 보이며 고개를 옆으로 저었다.

무리도 아니다. 자신의 동족이 어떻게 됐는지를 보았으니까.

여신관도 가끔 옛 동료의 말로를 꿈에서 본다.

그때는 고블린 슬레이어와 둘뿐이라 쉴 틈도 없이 필사적으로 움직였다.

지금 생각하면 차분히 생각할 틈이 없었다는 것은 행운이었다.

“너무 먹지 마라. 혈액 순환이 나빠진다.”

엘프 궁수를 배려하는 것이 아니었다. 지극히 의무적인, 단순한 확인이었다.

여신관이 무심코 엘프 궁수를 감싸며 일어섰다.

"고블린 슬레이어 씨! 조금만 더, 그……."

"얼버무릴 필요는 없다."

그는 천천히 고개를 옆으로 저으며 말했다.

"갈 수 있다면 따라와라. 무리라면 돌아가라. 그뿐이다."

"……바보 같은 소리 하지 마."

엘프 궁수가 입가의 물을 닦으면서 말했다.

"나는 탐색자야. 다른 사람…… 오르크볼그 혼자서는 척후나 함정 탐색도 못하잖아."

"할 수 있는 자들끼리 하면 된다."

"전력이 부족하다는 뜻이야. 안 그래도 5명밖에 없잖아."

"인원수는 문제가 아니다. 이곳을 방치하는 것이 더 문제다."

"아아, 진짜……!"

엘프 궁수가 머리를 헤집었다. 긴 귀가 팍 곤두섰다.

"이게 뭐야, 대체! 이해를 못하겠어……!"

"……그럼 돌아갈 건가?"

"당연히 못 가지?! 엘프가 그런 일을 당했는데! 가까운 곳에 내 고향도 있단 말이야……!"

"……그렇군."

흥분하는 엘프 궁수에게 고블린 슬레이어가 짧게 말했다.

"그럼 간다."

그리고 그는 일어섰다. 휴식 시간 종료 선언이었다.

말없이 나아가는 고블린 슬레이어.

엘프 궁수가 그의 등을 물어뜯을 것처럼 노려보았다.

"진정하거라, 길쭉귀야. 적지에서 소란을 피우면 어쩌느냐?"

툭. 드워프 도사가 그녀의 등을 두드렸다.

"……그러게."

엘프 궁수의 긴 귀가 축 늘어졌다.

"미안해. 드워프 말에 따르는 건 마음에 안 들지만 옳은 의견이야."

"허! 이제야 좀 돌아왔구나."

엘프 궁수는 단궁을 들고 걷기 시작했다. 여신관이 드워프 도사에게 눈인사를 하고 따라갔다.

드워프 도사가 짐을 뒤지며 그 뒤를 걸었다. 그리고 리자드맨 승려가 가장 뒤를 따랐다.

"……방심은 금물일 터이니."

"그렇군. 소승도 기도 준비를 해 둬야겠네."

리자드맨 승려가 기괴한 손동작으로 합장했다.

§

지도를 따라 나아간 일행은 금세 회랑에 도착했다.

손짓으로 선행할 것을 전하자 엘프 궁수가 발뒤꿈치를 들고 고양이 같은 발놀림으로 앞서 나갔다.

광대한 공간이 보였다.

회랑은 지도에 표시된 것처럼 복층 구조로 탁 트인 곳이었다. 천장 높이를 보니 아마도 지상까지 이어져 있으리라.

수천 년을 살아온 엘프를 빼고— 아니, 엘프를 포함해도 세월을 이길 수 있는 자는 없다.

그래도 상아색 벽에는 신화시대의 세계를 둘러싼 다툼의 그림이 아름다운 필치로 남아 있었다.

아름다운 신들이, 흉흉한 신들이, 검을 휘두르고 벼락을 던지더니 이윽고 주사위에 손을 뻗었다.

창세의 그림. 여기가 요새였다면, 과거의 병사들은 무엇을 생각하며 보고 있었을까?

이런 상황이 아니었다면, 엘프 궁수도 한숨을 흘리며 눈길을 사로잡혔을 것이다.

그러나 지금 그녀는 도저히 그럴 기분이 아니었다.

회랑의 난간에서 슬쩍 아래쪽을 살폈다.

벼랑처럼 깎아지른 벽면 아래쪽에, 고블린들이 자리 잡고 있었다.

한두 마리, 열 마리, 스무 마리조차 아니었다.

정신이 아득해질 정도의 숫자다. 모험가 5명이 두 손의 손가락을 합쳐도 한참 부족했다.

엘프 궁수는 마른침을 삼켰다. 가슴속에 타들어 가던 분노의 불꽃이 순식간에 식었다.

그 엘프는 이 수많은 소귀들의 노리개가 되었다.

섣부른 짓을 했다간 자신에게 어떤 운명이 기다리고 있을까?

그녀는 여기에 혼자서 도전할 용기를 가지지 못했다.

엘프 궁수는 자칫하면 떨릴 것 같은 이를 억누르기 위해서 입술을 깨물었다.

"어떤가."

"……읏?!"

엘프 궁수가 움찔 떨며 귀를 곤두세웠다.

고블린 슬레이어다. 그는 어느샌가 그녀 옆에 웅크리고 있었다.

엘프 궁수가 아래쪽에 의식을 집중하고 있기는 했다.

그러나 그는 평소의 난잡한 걸음걸이로는 상상하기 어려울 정도로 소리 없이 움직였다.

들킬 것을 염려했는지 횃불은 들지 않았다.

"노, 놀라게 하지 마……!"

"그럴 생각은 없었다."

엘프 궁수가 원망스레 철 투구를 노려봤다. 이마에 맺힌 땀을 닦고서 고개를 끄덕였다.

"보는 대로야. 상당히 많아."

"별것 아니다."

고블린 슬레이어는 담담하게 말했다.

그는 남은 동료들을 손짓해 불러, 세워 둔 작전을 재빨리 전달했다.

반론은 없었다.

§

처음으로 이변을 깨달은 것은 잠자리에서 기어 나온 고블린 한 마리였다.

슬슬 파수꾼 교대 시간이지만 지난번 당번이 아직 돌아오지 않았다.

그럼, 또 그 긴 귀의 엘프라도 괴롭혀볼까?

요즘에는 울음소리가 별로라 재미없지만 조만간 대신할 것을 잡아 오면 된다.

기회는 금세 찾아올 테니까.

그는 크게 하품을 하고 아귀 같은 몸을 풀었다.

그리고 하품을 했을 때, 그 고블린은 회랑 위에서 괴상한 것을 보았다.

드워프다.

드워프가 손에 든 붉은 항아리의 내용물을 벌컥 들이켰다.

"GUI……?"

그리고 이해하지 못한 채 고개를 갸웃거리는 고블린을 향해 입에 머금은 걸 뿜어냈다. 물보라가 안개처럼 흩어졌다.

고블린은 코를 벌름거렸다. 이건 술이다. 저 드워프는 술을 뿌렸다.

"《마시라, 노래하라, 술의 정령(스피릿). 노래하고 춤추고 잠에 빠져, 술 마시는 꿈을 보여주거라》."

그리고 다시 한 번, 멍하니 올려다보는 고블린에게 술 방울을 뿌렸다.

이해할 수 없는 행동이었지만 그는 일단 동료들에게 알리려고 입을 열었다.

"……?"

그러나, 목소리가 안 나온다. 아니, 혀는 움직이고 호흡도 나오지만 소리가 나지 않았다.

이게 대체 어찌 된 일일까?

돌아보니, 드워프 옆에 가녀린 흄 여자가 서서 지팡이를 들고 있었다.

"《자비 깊은 지모신이여, 우리들이 널리 받아들일 수 있는 정적을 내려주소서》……."

가늘고 섬세한 목소리가 어떤 의미를 가졌는지 고블린은 전혀 알 수 없었다.

작은 머리를 열심히 굴려 생각해봐도 어쩐지 묘하게 붕 뜬 느낌이 들고 기분이 좋아서 견딜 수가 없었다.

어차피 전 당번은 아직 안 돌아왔다. 한참 더 자도 되겠지.

크게 하품을 하고서 다시 잠자리로 들어갔다.

그리고, 그는 죽었다.

자신이 《드렁크(만취)》와 《사일런스(침묵)》에 걸린 것도 모른 채.

고블린 슬레이어가 손에 단검을 들고 녀석의 숨통을 끊어 버렸다.

눈을 부릅뜨고 목에서 피거품을 뿜어내는 고블린의 목을 가차 없이 짓누른 채 죽였다.

그 밖에도 엘프 궁수와 리자드맨 승려가 소리 없이 회랑으로 내려와 광장에서 무기를 휘두르고 있었다.

여신관과 드워프 도사가 주문을 유지하는 동안 재빨리 처리해야 한다.

그것 자체는 그저 담담한 작업이었다.

잠에 빠진 고블린의 목을 한 마리씩 벤다. 숨이 끊어질 때까지 짓누르고, 움직이지 않으면 다음으로.

전투라고 부를 수도 없는 단순 작업의 반복이었다.

그러나 편한 일은 아니었다.

"……윽."

세 마리째의 목을 벤 다음부터 엘프 궁수는 피로를 숨기지 못했다.

이마에 땀이 맺혔다.

돌 나이프의 칼날이 피와 지방으로 무뎌졌다. 조바심을 내며 몇 번을 열심히 닦아도 지방이 닦이지 않았다.

문득 옆을 보았다. 다른 동료들은 어떻게 하고 있을까?

리자드맨 승려는 짐승의 이빨을 갈아 만든 칼을 썼다. 하얀 칼날이 이미 새빨갛게 물들어 있었다.

날카로움이 무뎌질 기색은 전혀 없었다. 기적으로 만든 무기가 틀림없었다.

그리고 고블린 슬레이어는, 거침없이 고블린들의 목을 차례차례 베고 있었다.

—그는 평범한 무기밖에 없었어.

엘프 궁수는 숲 종족의 사냥꾼이 가진 시력으로 그의 손을 주시했다.

또 한 마리 고블린을 죽인 그는 시체의 손가락을 부수고 단검을 빼앗더니 무뎌진 단검을 버렸다.

—그렇구나.

엘프 궁수는 나이프를 홀더에 넣고 고블린 슬레이어를 따라 했다.

동료가 살육되는 것도 모른 채 잠들어 있는 소귀의 목을 베어 계속 죽인다.

그러는 동안 엘프 궁수는 자신의 분노가 흩어지는 것을 깨달았다.

무참한 동포의 모습을 잊은 것은 아니다. 아니, 지만. 그래도…….

"……."

마음속에는, 정체 모를, 기계 같은 무기질적인 차가움이 남았다.

저도 모르게 침을 삼켰다. 시선을 살짝 돌렸다.

싸구려 가죽 갑옷과 철 투구를 입고 담담하게 고블린의 목을 베는 남자를 보았다.

고블린 슬레이어는 모든 시체를 두 번 찔러, 생사를 확인하는 수고를 아끼지 않았다.

—저 녀석, 어떻게 혼자서 할 생각…… 아니. 혼자서도, 계속 해왔다, 라고 했지.

그 모습을 어떻게 보아야 할까?

엘프 궁수는 알 수가 없었다. 그동안에도 손은 고블린의 손가락에서 나이프를 빼냈다.

결국 광장의 고블린을 몰살시키는 데는 30분도 걸리지 않았다.

백석으로 만들어진 광장도, 아름다운 신화의 벽화도, 모두 고블린의 피로 덧칠되었다.

—피바다라는 거, 정말 있었네.

엘프 궁수는 그 표현이 딱 맞는다고 생각했다.

이윽고 회랑 위에 있던 여신관과 드워프 도사도 숨을 헐떡이며 광장으로 내려왔다.

일행을 한번 둘러본 고블린 슬레이어가 칼끝으로 광장 안쪽을 가리켰다.

그렇지 않아도 지저분했던 온몸이 더욱 검붉게 물들었지만……

엘프 궁수도 별 차이 없었다.

이 안에 아직 방이 있는 건 지도를 통해 알고 있었다.

탐색하고, 수색하여, 살아남은 고블린이 있으면 죽여야 한다.

그와, 눈이 — 투구 안쪽이라 추측이지만 — 마주쳤다.

고블린 슬레이어가 고개를 끄덕이고 성큼성큼 거침없는 발걸음으로 걸었다.

여전히 뒤는 돌아보지도 않는다.

조용한 세상이다. 다른 사람이 눈치 못 채면 어쩔 셈일까?

—정말이지.

일동은 얼굴을 마주 보고 소리 없이 웃었다.

맨 먼저 고블린 슬레이어를 따라간 것은 여신관이었다.

엘프 궁수도 납처럼 무거운 팔로 단궁을 들고 뒤따랐다.

이윽고 모두 모여 광장을 나서려고 한…… 그때였다.

쿠웅. 대기가 떨렸다.

침묵 속에서 그 충격만이 크게 울렸다.

모두 멈춰 섰다.

이제부터 가려던 곳을 노려보았다.

고블린 슬레이어가 재빨리 방패로 앞을 막고, 방심하는 법 없이 검을 뽑았다. 고블린에게 빼앗은 검이었다.

다시 한 번, 쿵, 하는 충격. 방금 전보다 가깝다. 다가오고 있었다.

그리고 어둠 속에서 그것이 나타났다.

검푸른 거구. 이마에 난 뿔. 썩은 내가 풍기는 숨결을 내뱉는 입. 손에는 거대한 전투 망치.

경악으로 눈을 부릅뜬 엘프 궁수가 중얼거리듯 말했다.

“오우거……!”

이제야 소리가 돌아온 세계에서, 처음으로 그 이름이 메아리쳤다.

제9장 『강한 자들』

Goblin Slayer
He does not let anyone roll the dice.

“고블린들이 이상하게 조용하다 싶더라니, 잡병만도 못했던가…….”

오우거가 찢어진 입으로 숨을 내뱉었다. 으르렁대는 목소리였다.

“네놈들, 이전의 엘프들은 아니구나. 여기가 나의 요새란 것을 알고 무례를 범한 것이군.”

몸이 저릴 정도의 살기가 모험가들에게 꽂혔다. 금색 눈동자가 활활 타오르고 있었다.

모험가들은 각자 무기를 쥐고 자세를 낮게 유지하며 즉시 대응할 태세를 취했다.

그들 가운데, 고블린 슬레이어가 담담하게 말했다.

“……뭐야. 고블린이 아니군.”

“오우거잖아. 설마 모르는 거야……?!”

낯빛이 바뀐 엘프 궁수가 단궁에 화살을 메기면서 외쳤다.

오우거. 식인귀.

고블린이 말을 가진 자에게 악의를 보낸다면, 오우거는 먹잇감으로 보고 수렵욕을 품는다.

기도하지 않는 자인 오우거는 모험가에게 큰 위협으로 잘 알려져 있다.

마주친 모험가들은 모두 입을 모아 말한다. 그 강력함과 공포에 대해…….

누군가 말하기를, 견고한 방패를 가진 기사가 오우거의 공격을 받아 냈다가 자신의 방패가 머리에 박혀 죽었다고…….

누군가 말하기를, 어떤 용사가 백 일 결투에 도전했으나 매일 상처 없는 오우거와 싸우게 되어 힘이 다했다고…….

누군가 말하기를, 수많은 술법을 가진 마술사가 오우거와 지혜를 겨룬 끝에 술법에 걸려 타 죽었다고…….

제3위의 은 등급이 맞서기에도 두려운 난적이었다.

하물며 최하위인 백자 등급은 상대조차 안 되고 일격에 당할 것이다.

모두의 얼굴에 긴장이 짙게 스며 나오고 여신관의 떨림이 가녀린 팔에 전해져 석장이 짤랑거리는 소리를 냈다.

그러나 고블린 슬레이어는 진심으로 귀찮다는 듯 말했다.

"모른다."

뭔가 부서지는 듯한 소리가 났다. 오우거가 이를 가는 소리였다.

그는 눈앞에 있는 싸구려 가죽 갑옷과 철 투구의 전사를, 있을 수 없는 자를 보는 기분으로 노려보았다.

"네 이놈! 나를, 마신장(魔神將)께서 군을 맡긴 나를 깔보는 것이냐……!"

"상위종이 있는 건 당연히 알고 있었다만."

고블린 슬레이어는 생각에 잠긴 소리를 내며 고개를 옆으로 저었다.

"네놈도, 마신장이란 것도, 모른다."

오우거는 분노한 나머지 불명료한 말로 울부짖었다.

녀석이 흘러넘치는 감정 그대로 전투 망치를 휘두르자 상아색 돌 바닥이 무참히 부서지고 유적이 흔들렸다.

"그렇다면, 그 몸에다 내 힘을 알려주마!"

오우거가 일행을 향해 창백하고 거대한 왼손을 내밀었다.

화석(火石) 성장(成長)
"《카리븐클루스…… 크레스쿤토……》."

손바닥에 희미하게 빛이 생기더니, 빙글 뒤집히면서 불꽃으로 변했다.

붉게 타오르는 불꽃이 이윽고 주황색으로, 이어서 하얗게, 이윽고 파랗게—.

화염구
"《파이어볼》이 온다아!!"

투사(投射)
"《……야크타》!"

드워프 도사가 다급하게 경고를 외치는 것과 동시에 오우거가 주문을 던졌다.

치명적인 온도에 이른 불덩어리가 으르렁거리며 꼬리를 끌고 하늘을 날았다.

"흩어져!"

엘프 궁수가 갈라진 목소리로 외쳤다. 광범위 주문이 오면 흩어져서 전멸을 피하는 것이 상책이다.

그러나 모험가들이 사방으로 흩어지는 가운데 똑바로 앞을 향해 뛰어나가는 자가 있었다.

"《자비 깊은 지모신이여, 부디 나약한 우리들을 대지의 힘으로 지켜주소서》……!"

여신관은 작은 몸으로 불덩어리 앞을 막아서더니, 석장을 내밀며 혼을 깎아 내는 기도를 올렸다.

그 절실한 소망을 담은 탄원이 자비 깊은 지모신에게 닿았다.

《프로텍션》의 기적이었다.

맹렬히 타오르는 불덩어리가 보이지 않는 벽에 막혀 공중에 멈추더니, 굉음을 내면서 벽을 태우려들었다.

"크, 으으……윽!"

여파와 여열이 여신관을 덮치고 피부와 머리칼을 가차 없이 익히며 점점 태웠다.

앞으로 내민 석장이 덜컥덜컥 떨렸다. 여신관의 이마에 땀이 맺혔다.

"자, 비…… 《자비 깊은 지모신이여, 부디 나약한 우리들을, 대지의 힘으로 지켜주소서》!"

입술이 바짝 마르고, 폐가 타들어 가면서도 열심히 거듭해서 기도를 바쳤다.

그러나 강렬한 열량 앞에서 보이지 않는 수호가 조금씩 녹기 시작하고…….

"아, 아악?!"

비명과 함께 기어이 《프로텍션》의 기적이 《파이어볼》에 돌파당했다.

치명적인 불꽃과 열은 흩어졌지만 강렬한 열풍이 넓은 방에 휘몰아쳐 모험가들을 덮쳤다.

순식간에 대기의 수분이 사라지고 고블린들의 피 웅덩이가 바싹 말랐다.

그러나, 그것은 대미지가 되지 않았다.

"윽, 하아……! 하악, 하악…… 으, 악……!"

하지만 그 대가로 여신관이 풀썩 무릎을 꿇고 혀를 내밀며 신음했다.

견딜 수 있는 한계를 웃도는 오버 캐스트(초과 기도).

혼을 깎아 내면서 천상과 소통한 소녀의 얼굴에서 핏기가 가시고, 몸이 놀랄 정도로 식어 있었다.

"……죄, 송, ……합, 니……다……!"

"……아니, 덕분에 살았다."

고블린 슬레이어가 방패를 내밀고 한 걸음 나서며 말했다.

필사적으로 고개를 끄덕이며 석장에 매달리듯 무너진 여신관에게, 엘프 궁수가 다가가 부축해주었다.

"수고했어. ……괜찮아, 뒷일은 맡겨 둬."

"어린 계집이 잔재주를……! 그 엘프처럼 편히 살려 둘 거라 생각지 마라!"

엘프 궁수는 여신관을 등 뒤로 감싸면서 끝까지 당긴 단궁을 오우거에게 겨누었다.

"할 수 있으면, 한번 해봐."

그걸 보고 오우거가 망치를 들어 올리며 전투의 포효(워 크라이)를 질렀다.

"《용아병》을 써라. 수가 부족하다."

고블린 슬레이어가 방심하지 않고 방패를 내밀어 수비 자세를 취했다.

철 투구를 오우거에게 고정하고, 고블린에게서 빼앗은 어중간한 검의 끝을 겨눈다.

"알겠네, 소귀 살해자 선생!"

리자드맨 승려는 기묘한 손놀림으로 합장했다. 그리고 이어서 작은 이빨을 뿌렸다.

"《금룡의 선조인 뿔이며 발톱이여, 네 다리, 두 다리, 땅에 서서 달리라》!"

순식간에 이빨이 팽창하더니 뼈의 병사가 일어섰다.

"《영도룡(伶盜龍)의 갈고리인 날개여. 찢어발기고, 하늘을 날아, 사냥을 이루라》!"

이어지는《용아도(龍牙刀)(샤프 클로)》의 기도.

합장한 손바닥 안에 봉했던 이빨이 순식간에 부풀어 연마되더니, 어엿한 곡도(曲刀)로 변했다.

만들어 낸 용아도를 용아병에게 쥐여 주고 리자드맨 승려도 칼집에서 소검을 뽑았다.

"소승과 용아병, 소귀 살해자 선생이 앞으로 나서지! 엄호를 부탁하네!"

"오냐, 맡겨두거라!"

드워프 도사가 마치 망치질을 연상케 하는 것처럼 강하게 대답하더니 주머니에서 모래 한 줌을 집어 공중에 뿌렸다.

"《일이다 일이다, 흙의(노움) 정령들아. 모래알 하나, 계속 구르면 돌이 되느니》!"

"내버려 둘 것 같으냐, 드워프 따위가!"

오우거가 전투 망치를 들고 크게 한 발 디뎠다. 부서진 바닥이 더욱 크게 흔들렸다.

전위를 치워 버리고 단숨에 후위를 칠 셈인가? 놈은 그것을 가능케 할 힘을 품고 있었다.

"드워프는 느려 터졌다니까……!"

엘프 궁수가 그것을 막고자 활을 당기더니 나무의 눈으로 만든 촉을 말 그대로 쏜살같이 연사했다.

"으, 크으오아앗?!"

정확한 조준으로 오른쪽 눈이 꿰뚫린 오우거가 무심코 멈추더니 얼굴을 감싸고 몸을 젖혔다.

"미안하구나. 우리는 우리 나름의 싸움법이 있느니라!"

빈틈없는 드워프가 그 순간을 살릴 방법을 모를 리 없었다.

그 순간 공중에 떠돌던 모래가 자갈로 변하더니 오우거의 거구에 소나기처럼 쏟아져 내렸다.

《스톤 블래스트(돌 탄환)》 술법이었다.

"으으으! 돌로 공격한들, 나를 쓰러뜨릴 수 있다고 생각하느냐!"

연속되는 충격에 오우거의 거구가 한순간 비틀거렸다.

하지만 고작 그걸로 끝이었다. 오우거는 금세 돌을 떨쳐내고 모험가들에게 덤벼들었다.

달려드는 거구 앞에, 고블린 슬레이어가 홀로 맞섰다.

그는 방패를 내밀고 나서더니 재빨리 오우거의 다리를 향해 검을 휘둘렀다.

작고, 빠르고, 평소와 같은 무자비하고 적절한 일격은—.

"음……!"

금속음과 함께 손쉽게 튕겨 나갔다. 오우거의 피부는 설령 다리의 힘줄일지라도 바위처럼 단단했다.

"잔재주를 부리는구나!!"

"크윽……?!"

자세가 무너진 전사를 향해 아래에서 위쪽으로 전투 망치의 일격.

갑옷이 크게 찌부러지고, 고블린 슬레이어의 몸이 하늘을 날아 꼴사납게 땅을 굴렀다.

"오르크볼그?!"

"고블린 슬레이어 씨?!"

엘프 궁수가 소리치고, 여신관은 얼굴이 새파래져서 비명을 질렀다.

"나를 고블린 따위와 같다고 생각지 마라!"

오우거가 울부짖으며 오른쪽 눈에 박힌 화살을 뽑더니 부러뜨려 버렸다.

짓이겨진 오른쪽 눈에서 거품이 일더니 순식간에 치유되어 활활 증오를 태우기 시작했다.

무시무시한 힘뿐 아니라 이런 치유력까지……. 엘프 궁수가 이를 악물었다.

"그러나 내 술법을 막고 이 눈을 짓이긴 굴욕에 걸맞은 대가는 받아가야겠다!"

오우거는 전투 망치를 휘둘러 다시 고블린 슬레이어를 공격했다.

"일단 네놈의 사지를 부수고, 눈앞에서 엘프, 흄의 계집들을 유린해 주마!"

"식인귀여, 그리 쉽게 하지는 못할 것이다!"

리자드맨 승려의 명령을 받은 용아병이 전투 망치로부터 고블린 슬레이어를 구했다.

충실한 화석의 종자가 그를 간발의 차이로 끌어냈다.

"고블린 슬레이어 씨……! 고블린 슬레이어 씨……!"

여신관이 벽으로 피난시킨 고블린 슬레이어에게 비틀거리며 달려갔다.

"무녀 선생, 부탁하네!"

용아병은 그녀에게 고블린 슬레이어를 맡기고 리자드맨 승려와 함께 오우거의 앞길을 막았다.

"에에이, 방해하지 마라, 늪지대의 도마뱀!!"

오우거가 전투 망치를 휘둘렀지만 리자드맨 승려는 꼬리를 흔들어 교묘하게 피했다.

"술사 선생, 탐색자 선생, 엄호하게!"

"드워프, 얼른 술법!"

"알고 있다!"

엘프 궁수가 부서진 광장 사이를 잽싸게 누비면서 쉬지 않고 단궁을 튕겼다.

화살이 차례차례 날아가 오우거의 파란 거구에 꽂혔……지만.

"날벌레 같은 계집이군. 성가시다!"

"으, 꺄, 악?!"

그러나 그뿐이었다. 오우거는 전혀 체력이 떨어지는 기색도 없이 전투 망치로 벽을 때렸다.

충격과 진동으로 발치가 흔들려 착지점을 잃은 엘프 궁수가 공중에 떠올랐다.

날개도 없이 공중에 떠오르면 당연히 못 움직인다. 오우거가 그 틈을 놓칠 리 없었다. 파고들어서, 일격을 날린다.

"어, 딜!"

그러나 엘프도 대단했다. 마치 곡예처럼 몸을 비틀며 오우거가 휘두른 전투 망치를 피해낸 것이다.

그러나 조금 전 오우거의 공격은 단순히 엘프 궁수를 죽이기 위한 것만이 아니었다.

"음……!"

"오?!"

방금 전에 벽을 때린 앙갚음을 하려는지 충격으로 무너진 천장에서 잔해가 마구 떨어져 내렸다.

리자드맨 승려는 미끄러지듯 기어서, 드워프 도사는 황급히 굴러서 피했다.

그러나 근육이 없는 용아병은 그것에 대응할 정도로 재빠르지 않았다.

돌의 비를 맞아서 움직임이 멈추자 철괴 같은 전투 망치의 일격이 가해졌다.

용아병은 산산이 부서져 본래의 뼛조각으로 변했다.

표적을 늘린다는 역할은 충분하고도 남게 해냈다. 그러나…….

"이건 좋지 않군!"

리자드맨 승려가 외쳤다.

"뼈와 나뭇가지와 돌 따위로, 나를 막을 수 있다고 생각했느냐!"

오우거가 온몸에 박힌 화살을 전투 망치로 떨쳐 내고 부러뜨리면서 부르짖었다.

엘프 궁수가 전투 망치의 충격으로 무너진 잔해의 산에서, 방금 전 같은 꼴을 당하지 않으려고 뛰어 물러났다.

“이대로 가면 당할 거야!”

큰 소리로 불평한 그녀는 다음 화살을 활시위에 메겨, 공중으로 뛰면서 계속 쏘았다.

대미지가 없어도 달리 수가 없었지만— 그 화살조차 한도가 있었다.

“내 술법도 이게 마지막이니라!”

이어서 드워프 도사가 다시 모래를 뿌리면서 《스톤 블래스트》를 오우거에게 때려 박았다.

그러나 오우거는 자갈을 온몸에 맞은 순간 잠깐 흔들렸을 뿐 역시 기세는 변함이 없었다.

“미지근하구나, 버러지들아!!”

“에에잉, 역시 《파이어 볼트》라도 배워 둘 걸 그랬구먼……!”

드워프 도사가 빈손을 휘두르며 혀를 차고 얼굴을 찌푸렸다.

“아니면 《드렁크》를 거는 편이 좋았을꼬…….”

“이미 지난 일이네.”

리자드맨 승려가 가볍게 말하고 눈을 빙글 돌렸다.

“……도망칠 텐가?”

“관두지.”

드워프 도사가 유쾌하게 말했다.

“선조님께 수염을 뽑힐 게야.”

“동감이군. 용은 도망치지 않는 법.”

농담을 나눈 리자드맨 승려가 포기하지 않고 소검을 겨누었다. 그 옆에서 드워프 도사가 슬링을 꺼냈다.

"하하하하하! 왜 그러느냐, 모험가여. 겨우 이 정도인가……!"

오우거가 몇 번째인지 모를 일격으로 광장을 흔들었다. 그 일격에 고블린 몇 마리의 시체가 으깨지고 한꺼번에 날아갔다.

피와 고기가 옆으로 튀자, 그것을 뒤집어쓴 고블린 슬레이어가 신음하며 미약하게 몸을 움직였다.

"……음."

"고블린 슬레이어 씨!"

여신관이 눈에 눈물을 담고서 부른 뒤 그의 머리를 아래쪽에서 끌어안아 지탱했다.

고블린 슬레이어는 그녀의 도움을 빌어서 겨우 고개를 들었다.

"……잘, 안 보인다. ……어떻게, 됐지?"

"다들, 아직, 싸우고 있어요……!"

"그런가. ……힐 포션을 다오. ……스태미나 포션도 같이."

고블린 슬레이어는 재빨리 장비의 상태를 점검하면서 담담하게 말하고, 뻣뻣한 움직임으로 몸을 일으켰다.

가죽 갑옷의 가슴 부분과 방패가 크게 찌부러졌고, 머리에 위화감이 느껴져 만져보니 투구도 움푹 들어가 있었다.

온몸이 삐걱거리고, 호흡할 때마다 찌르는 듯 아팠다. 그러나…….

아픔이 느껴진다는 것은 살아 있다는 뜻이기도 하다. 문제는 없다.

결코 상처가 얕진 않지만— 이 싸구려 방어구가 그의 목숨을 구했다.

"……네!"

여신관이 짐에서 병을 꺼내 뚜껑을 뽑더니 바쁘게 내밀었다.

"미안하다."

고블린 슬레이어는 거칠게 받아 들고는 한 병, 두 병을 벌컥벌컥 들이켰다.

내던진 빈 병이 타들어 간 상아색 바닥에 새로운 상처를 만들며 깨졌다.

신의 기적과 달리 포션의 효과는 결코 크지 않았다.

다소 아픔이 가시지만 온몸이 납처럼 무거웠다.

그러나 몸은 움직일 수 있었다. 그렇다면 문제는 없다.

"……간다."

고블린 슬레이어가 거의 부서진 검을 지팡이 삼아 천천히 일어섰다.

"내 짐은 어디 있지?"

"여기에, 있는, 데요……."

여신관도 피로가 심해 손놀림이 어색했다.

그러나 그녀는 나약한 소리를 하지도 않고, 피로를 드러내려고 하지 않으며 그의 짐을 끌어당겼다.

"……좋아."

고블린 슬레이어는 자기 짐을 휘젓듯 뒤지더니 이윽고 스크롤을 집어 올렸다.

여신관은 창백해지고 눈물로 엉망이 된 얼굴로 고블린 슬레이어를 들여다보았다.

"무모해요……."

"무모한 짓을 해서 이길 수 있다면, 한다."

여신관의 말에 고블린 슬레이어가 천천히 고개를 저었다.

"그게 늘 잘된다면…… 고생할 일은 없겠지."

그는 그녀의 손을 떨쳐내듯 일어서더니 앞으로 나섰다.

상처에서 피가 뚝뚝 떨어져 발치의 바닥을 검붉게 더럽혔다.

그러나 발이 미끄러지지만 않으면 된다.

"오르크볼그!"

엘프 궁수가 그의 모습을 보고 외쳤다.

"공격한다. 방법은 있다."

"알았어! 해치워!"

엘프 궁수는 고블린 슬레이어에게 설명을 요구하지도 않고 고개를 끄덕이더니 단궁에 화살을 메겼다.

"옳지, 카미키리마루. 나는 널 믿느니라!"

"어서 하게. 이쪽도 더 이상은 버티기 어렵군."

드워프 도사와 리자드맨 승려가 고개를 끄덕이더니 엘프 궁수의 화살과 함께 뛰쳐나갔다.

그러나…….

"……윽!"

엘프 궁수가 입술을 깨물었다.

앞으로 나선 고블린 슬레이어는 부서져 가는 방패를 내밀고 허리를 깊게 숙인 자세였다.

상처는 아무리 봐도 깊다. 앞으로 일격만 받아 내도 근육과 뼈가 부서져 죽어버릴 것이다.

—아니, 그렇지 않아.

그렇지만 엘프 궁수는 고개를 저었다.

―저건, 기회를 엿보고 있는 거야…….

저 남자라면, 뭔가 한다. 뭔가 **저지를** 것이다.

―그러면, 뒷일은 내가 맡아야지……!

슬링을 겨눈 드워프 도사가 발치의 잔해를 주워 오우거에게 쏘았다.

리자드맨 승려가 오우거 앞으로 스치듯 달려서 발끝을 베었다.

물론 끊임없이 쏟아지는 엘프 궁수의 화살도 잊으면 안 된다.

"잔챙이들이! 성가시구나!!"

온몸에 화살을 맞아 역정이 난 오우거가 전투 망치를 폭풍처럼 휘둘렀다.

일격 일격이 광장을 부수고 시체를 날려 버렸다.

그러나 그래도 고블린 슬레이어는 조금씩, 조금씩 간격을 좁혔다.

오우거는 곧 죽을 법한 전사를 불만스레 내려다보더니 징그럽게 얼굴을 일그러뜨리며 웃었다.

"그러고 보니, 인간족 계집이 기적을 다 써서 모든 힘이 빠져 있었지……."

또다시 거대한 손바닥을 내밀었다.

"《카리븐클루스(화석(火石))…… 크레스쿤토(성장(成長))……》."

주문을 읊조리자, 눈앞에서 백열하는 불덩어리가 생겼다.

누군가가 마른침을 삼켰다.

"으, 아……!"

어떻게든 일어서려던 여신관의 무릎이 풀썩 꺾였다. 떨리는 손에서 석장이 흘러내렸다.

"걱정할 것 없다. 운 좋게 살아남는다면 그 녀석은 죽이지 않으마."

불꽃이 서서히 하얗게, 이윽고 파랗게 빛나더니 모험가들을 비추며 타오르기 시작했다.

막을 수단이, 없다.

"먹이로 삼든, 임신 주머니로 삼든— 줄어든 소귀도 늘려야 하니 말이다."

그때, 타오르는 불덩어리 앞으로 고블린 슬레이어가 쏜살같이 뛰어들었다.

오우거는 그것을 보고 코웃음을 쳤다. 저런 나약한 전사가 뭘 할 수 있단 말인가? 다 죽어 가지 않는가?

"그렇다면 바람대로, 네놈을 불태워 한 줌 재도 남기지 않으마……!"

뿜어져 나오는 진정으로 힘 있는 말은 손쉽게 세상의 이치를 바꾸어 강대한 열로 변했다.

"《야크타(투사(投射))》!"

대기를 태우며 불덩어리가 날아왔다.

다가오는 죽음.

여신관이, 혹은 엘프 궁수가 비명을 지르고—.

리자드맨 승려와 드워프 도사가 두 소녀를 지키려고 앞으로 나서고—.

그리고—.

"어리석은 놈."

맞서는 남자가, 담담하게 말했다.

굉음.

섬광.
이윽고, 정적.
"아……. 오……?"
그 순간 무슨 일이 일어났는지 오우거는 알 수 없었다.
미약한 부유감. 그리고 그의 거구는 광장의 잔해 속에 처박혀 버렸다.
위력을 너무 올려서 반동으로 밀려난 건가? 아니면, 놈들이 부린 수작인가?
둘 다 아니었다.
"……?!"
오우거는 충격에 숨이 막혔다. 시야에 자신의 두 다리가 보였다.
허리 위가 사라진, 자신의 두 다리가…….
고블린 슬레이어가 온몸에서 연기를 피우며 다가왔다.
오우거는 자신이 두 동강으로 찢어진 것을 그제야 깨달았다.
"카, 흐으……윽!"
무슨 말을 하려고 입을 연 순간, 거무죽죽한 핏덩어리가 솟았다.
그것을 토해 내는 것과 동시에 오우거의 코에 쉿내가 섞였다. 기묘한 냄새가 났다.
소금이다.
바닷물이, 광장에 잔뜩 뿌려져 있었다.
오우거의 피와 고블린 슬레이어의 피가 뒤섞여 엷게 붉은색으로 물들면서…….
—어째서냐?! 무슨 일이 일어났지?! ……무슨 짓을 당한 거냐?!

내장을 드러내고 격통에 몸부림치는 오우거의 의문에 무기질적인 목소리가 대답했다.

“《게이트(전이)》의 스크롤이다.”

고블린 슬레이어가 끈이 풀려 초자연의 불꽃에 저절로 타들어 가는 스크롤을 던졌다.

그것은 바닷물에 젖으면서도 불에 휩싸여 훌훌 흔적도 없이 사라졌다.

“바다의 바닥과 이었다.”

고블린 슬레이어의 말에 엘프 궁수가— 아니, 모든 사람이 말을 잃었다.

즉시 팔아버리는 스크롤 중에서도 모험가가 유일하게 놓치지 않는 것이 있다.

잊혀진 주문, 《게이트》가 기록된 스크롤이다.

진정으로 힘 있는 말로 행선지를 적어야 하지만 저편으로 이어지는 문을 만들어 내는 고대의 유물.

모험가들에게는 비장의 수단이며 생명줄이 될 수 있는 도구지만 시장에 도는 것은 거의 없었다.

손에 넣으려면 스스로 유적에 들어가 탐색하는 수밖에 없는…….

그리고 백금 등급의 모험가라도 아니면 어지간히 운이 좋지 않는 한 얻을 수 없다.

고블린 슬레이어는 그것을 아낌없이, 탈출은커녕 공격을 위해서 사용했다.

모험가 길드의 마녀에게 높은 보수를 지불하고 해저와 접속시켜서.

그리하여 문에서 뛰쳐나온 고압의 바닷물이 순간적으로 불덩어리와 함께 오우거의 육체를 두 동강 냈다.

"오, 으, 오아, 카, 아아아아……?!"

무릎을 꿇고 무너지는 하반신을 멍하니 바라보며, 피를 토해 내면서, 바닷물 웅덩이 속에서 오우거가 몸부림쳤다.

상처가 치유될 기색은 없었다. 오우거의 재생 능력은 높지만 결코 불사신은 아니었다.

—죽는다. 죽는다……? 죽는다……?!

"아, 아아아아아! 오아아아아악?!"

뇌에 피가 부족한 탓인지 오우거가 이해 못할 공포를 느끼며 꼴사납게 울부짖었다.

이해할 수 없었다.

"그래서, 너는…… 뭐라고 했지?"

그 남자는 성큼성큼 거침없는 발걸음으로 오우거의 상체에 다가갔다.

—고블린이 아닌 건가.

메아리치듯, 다가오는 남자의 말이 뇌리를 스쳤다.

그러니까, 그러니까—.

고작 고블린을 죽이기 위해서, 이런 것까지 준비했단 말이냐?!

"뭐, 아무래도 좋다."

목숨을 구걸하고 싶었는지, 욕을 하고 싶었는지, 오우거 자신도 알 수 없었다.

생애 최후의 말을 내뱉으려는 그의 목을 고블린 슬레이어의 발이 짓밟았다.

목소리도 내지 못하고 숨이 가빠 입을 뻐끔거리는 오우거는 무기질적인 철 가면을 멍하니 올려다볼 뿐이었다.

"너 같은 것보다는."

고블린 슬레이어가 손에 든 검을 휘둘렀다.

마지막의 끝에서. 오우거는 투구 속에 숨겨진, 어둠 속에서 빛나는 차가운 눈동자를 보았다.

"고블린을 상대하는 게, 훨씬 버겁다."

오우거의 의식은 격통과 굴욕, 공포와 절망 가운데 어둠 속으로 가라앉아 간단히 사라졌다.

§

유적 입구까지 돌아온 그들을 엘프가 준비한 마차가 기다리고 있었다.

붙잡혀 있던 엘프를 용아병으로 거주지까지 바래다주자 대단히 서둘러서 마중 나온 것이었다.

마차와 같이 온 엘프 전사들은 모두 하나같이 번쩍이는 무구를 갖추고 있었다.

물과 가죽과 돌, 천연 소재만으로 이 정도 장비를 만든 것이다.

"수고하셨습니다! 안쪽 상태는, 고블린들은 어떻게 됐……?"

그러나 모험가들은 말없이 마차에 올라탔다.

평소에는 뭐라고 한마디 할 법한 드워프 도사도 입을 닫고 있었다.

모두가 기진맥진했다.

"……아무튼, 우리는 안을 탐색하러 들어가겠습니다. 부디 도시까지 가는 동안 편히 쉬십시오."

엘프 전사가 의문스런 표정으로 말하며 유적 안으로 들어갔다.

그걸 본 마부가 말에게 호령하여 덜컹덜컹 소리를 내며 달리기 시작했다.

해는 어느샌가 밤을 지나 다시 떠오르기 시작했다.

창백한 하늘, 지평선 너머에서 쏟아지는 새벽녘의 빛이 일행을 찌르듯 비추었다.

마차가 광야를 빠져나가 도시까지 가는데 하룻밤은 걸린다.

여행의 동료들은 천막 안에서 무기를 품은 채 웅크리고 있었다.

각자 안락한 자세를 취한 채 움직이지 않았— 아니.

엘프 궁수가 살며시 여신관의 귓가에 속삭였다.

"……있지."

여신관이 멍하니 고개를 들었다.

"……무슨 일이세요?"

혼을 깎아 내어 완전히 지쳤지만…… 그래도 그녀는 기특하게 웃었다.

"저 사람, 늘 이런 짓만 하고 다녀?"

엘프 궁수도 다를 바 없었다. 온몸이 검붉게 물들었고, 당장 잠들고 싶었다.

그녀가 가리킨 곳에는 고블린 슬레이어가 나무 상자에 등을 기댄 채 고개를 숙이고 있었다.

찌그러져 망가진 갑옷을 입은 채, 다 부러져 가는 검을 안고서…… 이제야, 잠들었다.

리자드맨 승려의《리프레시(치유)》는 그의 상처를 남김없이 지웠다.

은 등급인 그는 백자 등급인 여신관과 비교도 안 되는 역량을 가졌다.

문제는……. 리자드맨 승려가 꼬리를 흔들며 말했다.

—문제는 축적된 피로로군.

오우거를 쓰러뜨린 다음, 그는 살아남은 고블린을 죽이러 다니려고 했다.

누가 보아도 그 자리에 있는 누구보다 지쳐 있는 것이 명백했는데도…….

그리고 그것을, 그는 일절 겉으로 드러내지 않았다…….

"……네."

여신관이 난처하다는 표정으로 대답했다.

"늘 이런 식이에요."

"……그렇구나."

"……하지만, 저래 봬도 꽤 주위를 살피는 사람이에요."

그녀는 가는 손가락으로 꼼짝도 하지 않는 남자의 갑옷을 가볍게 만졌다. 지저분한 가죽을 살며시 쓰다듬었다.

"사실은 이것저것 가르쳐줄 필요도 없으니까요."

"그렇구나."

엘프 궁수는 다시 한 번 중얼거리고 고개를 끄덕였다.

그녀는 화가 났다.

납득할 수가 없었다.

이런 건 모험이라고 부를 수 없다. 부르면 안 된다.

"……응. 역시 난 오르크볼그가 싫어."

왜냐하면—.

—나에게 모험은 즐거운 것이니까.

이런 건 모험이 아니다.

미지의 체험을 하거나, 새로운 것을 발견하는 기쁨. 고양감이나 달성감. 그런 건 아무것도 없다.

그저 허무한 피로만 남았다.

그리고 모험의 좋은 점을 무엇 하나 모른 채 하염없이 고블린만 죽이는 녀석이 있다.

그녀는 그것을 절대 용납할 수 없었다.

그녀는 모험가다. 모험이 좋아서 숲을 뛰쳐나온 모험가다.

엘프 궁수는 결심을 품은 표정으로 고개를 끄덕였다.

설령 당장은 무리라고 해도—.

"언젠가 반드시— 이 녀석이『모험』을 하게 해주겠어."

그렇지 않으면, 그 누구도 애쓴 보람이 없잖아…….

막간 「용사」

네에, 수고하셨습니다! 고블린 퇴치 보고하러 왔어요—.

엥? 왜 놀라는 거야? 고블린쯤이야 보통 혼자서도 어떻게든 되잖아?

……? 어째 굉장히 높아 보이는 사람이 있네.

수도의 현자님? 이렇게 조그만데?

아, 미안미안. 화내지 마. 굉장하다고 생각한 것뿐이야.

보고? ……그러니까, 응. 그러면 처음부터 얘기할게.

나는 15살이라 자랐던 신전을 나와서 모험가가 되기로 했는데…….

마을 근처의 오래된 동굴에 고블린이 나오니까 퇴치해달라는 의뢰를 받았어.

고블린 퇴치는 역시 정석이잖아?

그건 동굴이라기보다 오래된 유적이었어. 이야기에 나오던 느낌 그대로.

안에 들어가니까 점점 뭐가 이렇게, 그래. 도시의 신전 같았어.

어? 고블린? 있었지. 있었어. 응. 수가 좀 많았지만.

그쪽에서 차례차례 공격하길래 나도 그걸 적당히 에잇 하고 베었지.

피 같은 걸로 지저분해지고, 그 녀석들 냄새가 독해서 정말 못살

겠더라.

독? 안티도트(해독제) 사야지. 투구? 머리가 떡지잖아. 난 머리 기니까.

그래서, 어디까지 얘기했더라? 아 맞아. 들어가 봤더니 신전 같았다고 했었지.

거기다 가장 깊은 곳에 무슨 받침대 같은 게 있고, 거기에 이상하게 잘난 척하는 보스가 있었어.

「내가 바로 명부에서 나온 16장의 한 사람」……이라던데? 고블린 주제에. 고블린이잖아?

하지만 강한 고블린도 있더라. 술법을 펑펑 쓰길래 깜짝 놀랐어.

나도 막 배워 둔 《파이어 볼트》를 썼지.

그러니까, **대여섯 번** 정도? 정확히는 기억 안 나.

그랬더니 지쳐서 이제 그만 마무리! 하려고 베었더니 검이 부러져 버린 거야.

그랬더니 「네 내장을 먹어 치워주마!」 하면서 덤비더라. 그래서 조금, 응. 속옷이…….

어, 어쨌든! 검이 없어서 초조해진 내가 반사적으로 받침대에 손을 뻗었어.

왜냐면 거기에 검이 거꾸로 꽂혀 있었거든. 지고신님의 표식이랑 비슷했어.

낡은 검이든 뭐든 좋다는 생각에 잡았더니 그게 스르륵 손에 들어오더라.

덤으로 검이 완전히 반짝반짝, 엄청나게 빛나기에 이거라면 되겠어! 싶어서 휘둘러봤지.

그랬더니 그냥 뎅강. 두 동강 난 우두머리가 엄청난 비명을 지르면서 푹 쓰러졌어.

「나를 쓰러뜨려도, 나머지 15장군이 네놈을 노릴 것이다. 이 세상이 끝날 때까지 안식은 없을 줄 알아라」라더라.

고블린이 아무리 노려 봤자 별것도 아닌데 말이야.

찾아오면 내가 남김없이 해치워줄 생각……?

……어? 고대의 마신이 부활? 내가 쓰러뜨린 게 마신장? 이게 빛의 성검?

에에이. 내가 전설의 용사라니 그럴 리 없잖아.

그야. 난, 여자애잖아?

제 10 장 『얕은 졸음 속에서』

상당히 어렸을 때, 누나에게 엄하게 혼난 것을 그는 아직도 기억한다.

소꿉친구를 울려 버렸다.

이유는 알고 있었다.

마을에서 도시로 놀러 간다는 것. 목장에 묵는 것.

그녀가 그것을 즐겁게 얘기하는 것이 부러워서 어쩔 줄을 몰랐다.

그는 마을 바깥에 대해서 몰랐다.

멀리 보이는 산의 이름도, 그 너머에 뭐가 있는지도 몰랐다.

길을 따라서 가면 도시가 있다는 건 알고 있었지만 어떤 도시인지는 몰랐다.

더 어렸을 때, 그는 어른이 되면 모험가가 될 거라고 생각했다.

마을을 나가서 용 한 마리 정도 퇴치한 뒤 돌아온다.

용사— 백금 등급의 모험가가 된다.

물론 몇 살 정도 생일이 지나자 그것이 무리라는 것을 금세 깨달았다.

아니, 될 수 있기는 했다.

누나를 두고 가기만 한다면.

죽은 아빠와 엄마 대신 그를 키워준 누나를 두고 갈 수만 있다면 말이다.

그는, 적어도 모험가는 될 수 있었다.

그러나 그는 그 길을 고르지 않는 것을 선택했다.

그래서 그는 그녀에게 화를 내고 말았다.

누나의 손에 이끌려 집으로 돌아가는 도중에 누나가 이렇게 말하며 그를 혼냈다.

『다른 사람이 부럽다고 심술을 부리면 고블린이 될 거야.』

그리고「여자애는 꼭 지켜 줘야 한다」라고 했다.

누나는 현명했다.

지식이 있었던 것이 아니라 머리가 좋았다. 마을에서 제일이 아닐까 싶었다.

실제로 누나가 마을에서 양식을 얻는 것은 아이들에게 읽기 쓰기를 가르치기 때문이었다.

아이들도 농가에서는 귀중한 일손이지만, 그래도 문자를 읽을 수 있는 점은 크게 작용한다.

그 자신도 누나에게 걸핏하면 머리를 쓰는 것이 중요하다고 배웠다.

어쨌든 계속 생각하면 반드시 좋은 생각이 떠오른다고 했다.

누나는 분명 도시에 가서 공부를 하고 싶었을 것이다.

그러나 마을에 남았다. 그를 돌보기 위해서 말이다.

그래서 그도 마을에 남았다. 누나를 위해서 말이다.

그것은 그에게 아주 자연스러운 생각이었다.

집으로 돌아가자, 누나는 그를 위해 우유와 닭고기로 스튜를 만들어주었다.

그는 누나가 만들어준 스튜를 아주 좋아했다.

몇 번이고 더 달라고 졸랐는데, 이제는 맛이 기억나지 않았다.

분명, 그때 먹은 게 마지막이었기 때문이겠지…….

§

—그는 천천히 눈을 떴다.

지푸라기 침대에서 몸을 일으켰다. 익숙한 천장이었다.

아직도 삐걱거리는 몸을 천천히 풀면서 사지를 뻗고, 거침없는 동작으로 옷을 집었다.

장식이 없는 마 셔츠. 거칠게 빨아서 많이 해졌지만 희미하게 비누 냄새가 났다.

그것을 입는 햇살에 그을리지 않은 온몸 구석구석에 흉터가 남아 있었다.

마로 만든 평범한 옷을 입고서 솜이 들어간 갑옷용 속옷을 걸친다.

그리고 철 투구와 갑옷을 입으려다가 그제야 수리를 맡겼다는 사실을 떠올렸다.

방패도 없다. 그 오우거의 일격은 모든 면에서 치명타였다.

"……흠."

어쩔 수 없으니 최소한의 장비로 허리에 검을 찼다.

시야가 묘하게 넓고 밝아서 어쩐지 진정이 안 됐다.

"안녕! 오늘은 푹 잤네?"

갑자기 쾌활한 목소리가 들렸다.

돌아보니 그녀가 열어 둔 창문에 가슴을 올리고 실내에 몸을 들이밀고 있었다.

열린 창에서 바람이 들이닥쳤다. 초여름의 아침 공기가 오랜만에 그의 맨 얼굴을 쓰다듬었다.

작업복을 입은 그녀의 이마에는 희미하게 땀이 맺혀 있었다. 내리쬐는 햇살의 각도가 꽤 높아 보인다.

"미안하다."

그는 담담하게 늦잠 잔 것을 사과했다.

그녀는 이미 가축을 돌보기 시작했다. 그는 완전히 늦고 말았다.

"괜찮아, 괜찮아. 오랜만에 쉬는 건데."

그러나 그녀는 가벼운 태도로 신경 쓰는 기색 없이 손을 흔들었다.

"일과인 순찰을 못할 정도로 피곤했잖아. 잘 잤어?"

"그래."

"하지만 오늘은 햇살이 꽤 강할 텐데 그렇게 입으면 덥지 않아?"

"……그렇겠군."

그는 천천히 고개를 끄덕였다. 그녀 말이 맞았다.

그리고 생각해 보니 솜으로 부풀어 오른 옷은 작업하는 데 방해만 된다.

지금 막 입은 갑옷용 속옷을 난잡하게 벗어 침대 위에 던졌다.

"에이 참, 거칠다니까. 그러면 주름 질 텐데?"

"상관없다."

"여전하네……."

어쩔 수 없다니까. 그녀는 연하의 남자애를 지켜보듯 눈으로 웃었다.

“뭐 됐어. 사실 완전 배고파. 삼촌도 깼으니까…… 얼른 아침 먹자.”

“알았다.”

그는 그녀에게 담담하게 대답하고 방을 나섰다. 복도를 성큼성큼 거침없이 걸었다.

먼저 식당에 도착한 목장 주인이 그의 모습을 보고 눈을 부릅떴다.

“안녕하십니까.”

“어, 그래…….”

그는 신경 쓰지 않고 가볍게 고개를 숙인 뒤 맞은편에 앉았다. 목장 주인이 자리가 거북한 듯 몸을 비틀었다.

“오, 오늘은…… 꽤, 늦었, 군.”

“네.”

그가 고개를 끄덕였다.

“늦잠을 자 버렸습니다. 나중에 순찰을 돌겠습니다.”

“그런가…….”

목장 주인이 희미하게 신음을 흘린 것 같았다. 입을 벌렸다가, 닫았다가, 미간을 문질러 풀었다.

“……조금은, 쉬어. 몸이 밑천, 일 테니.”

“…….”

그는 조용히 고개를 끄덕였다.

“네.”

더 이상 대화다운 대화는 없었다.

그는 목장 주인이 선한 사람인 걸 알고 있었다. 조카인 그녀를 딸처럼 키운 것도 말이다.

그러나 자신이 미움받고 있거나, 적어도 거북하게 여겨지고 있다는 것도 알고 있었다.

사람이 싫고 좋고는 사람마다 다른 법이다. 그가 뭐라고 말할 필요는 없다고 생각했다.

"아~, 미안 미안. 늦어 버렸어! 지금 음식 내올게. 얼른 얼른 먹자 먹자!"

잠시 뒤 그녀가 식당으로 뛰어 들어오자 식탁 위에 요리가 나왔다.

치즈와 빵, 우유를 사용한 수프. 모두 목장에서 만든 것이었다.

그는 그것을 평소처럼 우걱우걱 먹었다.

식사를 끝낸 뒤 빈 식기를 쌓아 의자 소리를 내며 일어섰다.

"가자."

"아, 그렇지. 깜빡했다. 벌써 배달 시간이네……!"

그녀도 황급히 식사를 정리했다.

버릇없이 빵을 입에 문 채 일어난 그녀를 보고 목장 주인이 망설이면서 끼어들었다.

"……짐마차, 필요 없어?"

"삼촌은 걱정이 너무 많아. 늘 말하지만 이래 봬도 나 힘이 넘쳐나거든……."

"내가 나르지."

그가 짧게 말하자 그녀와 목장 주인의 시선이 꽂혔다. 의도가 전해지지 않은 것일까?

"내가, 나르지."

거듭해서 한 번 더.

어? 그녀가 당황하여 시선을 방황하더니 고개를 옆으로 저었다.

“어, 괜찮아. 그건…… 미안하니까. 모처럼 쉬는 날인데…….”

“몸이 둔해진다. 나도 길드에 용건이 있어.”

그는 담담하게 설명을 거듭했다.

그는 자신이 과묵하다는 것을 자각하고 있었다. 옛날부터 그랬었는지는 알 수 없었다.

다만 그녀가 말수 적은 자신을 돌봐주고 있다는 건 이해하고 있었다.

그렇기 때문에 제대로 전하고 싶은 것은 확실히 말해야 한다고 생각했다.

“문제는 없다.”

그는 담담하게 대답하고 식당을 나섰다.

그녀가 황급히 뒤쫓아 오는 것을 발소리로 알 수 있었다.

밖으로 나가자 현관 앞에 짐수레가 있었다.

모험가 길드에 배달하는 식품은 전날 밤에 짐을 다 꾸려 놓았다.

그물을 당겨서 짐이 잘 고정됐는지 확인한 뒤, 손잡이를 잡고 끌기 시작했다.

덜컹덜컹 바퀴가 돌아가며 자갈길에서 가볍게 튕긴다. 양팔에 묵직한 무게가 느껴졌다.

“……괜찮아?”

목장의 울타리를 빠져나갈 무렵, 그제야 가쁜 숨을 쉬며 쫓아온 그녀가 그의 얼굴을 들여다보았다.

"그래."

짤막하게 대답하며 고개를 끄덕이고 힘을 주어 짐수레를 끌었다.

도시까지 이어지는 가로수 길. 흙을 밟으며 한 걸음 한 걸음 천천히 걸어갔다.

그녀가 말한 것처럼 오늘은 더워질 것이다. 낮을 향해 오르기 시작한 햇살이 강렬했다.

얼마 안 가서 그의 이마에 땀이 맺혔다. 그러고 보니 손수건을 가져오지 않았다.

눈에만 안 들어오면 신경 쓸 것 없겠지, 하고 생각하고 있는데 문득 부드러운 것이 이마를 쓰다듬었다.

"에이. 이러면 쉬는 게 아니잖아."

그녀가 장난스럽게 볼을 부풀리면서 손수건을 꺼내 땀을 닦아 주었다.

"돌아오자마자 푹 쓰러져서 며칠이나 잠들어 있기에 엄청 걱정했더니."

그는 조금 생각하는 기색을 보이더니 고개를 좌우로 흔들었다. 대단한 일은 아니었다.

"벌써 사흘 전 일이다만."

"아직 사흘, 이야."

그녀가 대답했다.

"그러니까 무리나 무모한 짓은 안 된다는 거야."

그녀가 손을 뻗어 그의 이마를 닦으며 말했다.

"쓰러져 있던 것도 사실이니까, 제대로 쉬어야지!"

그는 짐수레를 끌면서 한숨을 쉬었다.

"……네 성격은."

"왜?"

"삼촌을 닮았군."

우음. 그녀가 기뻐해야 되는 건지 화내야 하는 건지 모르겠다는 표정을 지었다.

"……그냥 과로다. 걱정 없다."

그러나 그래도 납득하지 못하는 그녀에게 귀찮다는 듯 설명했다.

아니, 실제로는 귀찮지 않았다.

그러나 자신이 몸 상태를 제대로 관리하지 못한다는 현실을 다시 인식하니 너무나 한심스러웠다.

—그러나, 다시 인식해야 한다.

두 번 다시 같은 실수를 하지 않도록.

"……그 과로라는 거, 여신관의 진단이야?"

그녀의 목소리가 약간 뾰족해졌다. 곁눈질로 슬쩍 살피자 삐친 것처럼 작게 볼을 부풀리고 있었다.

"아니."

그는 다시 앞을 노려보고 힘을 주어 수레를 끌면서 말했다.

"다른 모험가다."

그렇구나. 그녀가 한결 부드러운 목소리로 맞장구를 쳤다.

"……같이 모험가는 사람, 늘었네."

"아직, 한 번뿐이다."

"마치 더 갈 생각이 있는 것처럼 들리는데?"

"……."

그는 대답하지 않았다. 무슨 말을 해야 좋을지 몰랐으니까.

그럴 생각이 없다고 말하면 거짓말이다. 그 여행길은 그리 나쁘지 않았다.

그러나 그가 먼저 그들에게 말할 생각이 있는가 하면…….

그때 바람이 지나갔다.

나뭇잎과 가지가 흔들리는 소리. 나무 틈으로 내리쬐는 햇살이 눈부셔, 그는 눈을 가늘게 떴다.

대화가 끊어졌다.

바람이 부는 소리. 두 사람의 발소리. 숨결. 덜컹덜컹 짐수레가 움직였다.

어디선가 새가 울었다. 어린애가 신이 난 소리도 들린다. 도시의 소음은 아직 멀었다.

"편하다."

문득 그가 조용히 말했다.

"어……?"

"고블린을 사냥하는 것보다, 마음이 편하다."

"그건 비교할 대상이 못 되는 것 같은데……."

"……그런가."

아무래도 그는 하고 싶은 말을 제대로 전하는 것이 서툴렀다.

역시 선불리 말을 안 하는 편이 좋지 않을까?

그녀의 난처한 표정을 곁눈질로 보면서, 그는 묵묵히 짐수레를 끌었다.

"……후훗."

그녀가 참지 못하겠다는 것처럼 웃었다.

"뭐지."

"아~무것도 아냐."

"그런가?"

"그럼그럼."

그녀는 잘 모르는 선율의 콧노래를 부르며 걸었다.

잘은 모르겠지만…… 기분이 좋다면, 좋은 일이다.

뒤쪽에 짐수레를 세우고 로비에 들어서자 길드 안은 한산했다.

역시 점심시간 전쯤 되면 태반의 모험가들이 출발해버린 다음이었다.

아니면 요즘 수도 쪽이 시끄럽다고 하니, 그 일 때문일까? 그는 알 수 없었다.

의뢰인으로 보이는 사람을 빼면 낯익은 모험가 몇 명이 있는 정도였다.

대기용 의자에 앉아 있는 사람도 드문드문하고 접수처의 줄도 짧았다.

"아, 잘됐다. 이러면 접수 절차는 금세 끝나겠어."

그녀가 기뻐하며 손뼉을 쳤다.

"잠깐 끝내고 올 건데…… 용건 있다고 했지?"

"그래."

"그럼 끝나고 만나서 같이 가자……. 결정!"

"알았다."

그는 웃으며 달려간 그녀를 배웅하고 로비를 빙 둘러보았다.

찾던 인물은 아직 보이지 않았다. 조금 일렀다.

그렇다면. 그는 성큼성큼 거침없는 발걸음으로 자기 위치인 벽의 의자로 향했는데…….

"……엉?"

그곳에 있던 선객과 딱 마주쳤다.

창잡이 모험가가 미심쩍은 눈으로 그를 보고 있었다.

창과 팔다리를 늘어뜨리고 방만하게 앉아 있던 창잡이가 거리낌 없이 그를 빤히 노려보았다.

"체격은 좋은데 허여멀겋게 생긴 놈이군. ……못 보던 얼굴인데, 신입인가?"

"아니."

그는 그 말에 고개를 저었다. 못 보던 얼굴도 아니고, 신입도 아니다.

그러나 창잡이는 평소의 갑옷 차림과 같은 사람인 줄 모르는 모양이었다.

창잡이의 목소리는 낯선 동업자에게 말을 거는 어조였다.

"그렇겠지. 요즘 모험가가 되어서 돈벌이를 하려는 녀석은 다들 수도에 갔으니까."

그렇다면 휴가라도 즐기러 왔나? 라는 물음에 그런 셈이라고 대답하자 창잡이가 웃었다.

"수도는 소란스럽단 말이지. 도망치고 싶은 기분을 이해 못할 것도 없어."

창잡이는 가벼운 움직임으로 고쳐 앉더니 창을 끌어당겨 품에 안았다.

"그쪽에서는 마신이 나왔다 뭐다 하면서 난리도 아니야. 세상을 위한 싸움이다, 입신출세도 꿈이 아니다, 라더군."

"너는 안 가는 건가?"

"나? 재미있는 농담이군. 나는 나를 위해 싸우거든. 돈이나 평화 같은 것에는 흥미 없어."

그리고 그는 의미심장하게 접수처를 보았다.

그도 거기에 이끌려 시선을 돌리자, 소꿉친구와 접수원 아가씨가 바쁘게 움직이고 있었다.

모험가가 적어져도 길드는 눈에 띄게 한가해지지 않는다.

"개인적인 이유야. 결국은 깔끔한 명분 따윈 필요 없지."

"그런 건가."

"그런 거야."

창잡이가 대답하고 훌쩍 가볍게 의자에서 내려왔다.

마녀가 육감적인 허리를 흔들며 다가오는 것은 그도 눈치채고 있었다.

"그럼 안녕. 이제부터 유적에 모험(데이트)을 가거든. 무운이라도 빌어줘."

"그러지."

그가 조용히 고개를 끄덕이자, 창잡이가 붙임성 없는 놈이라며 웃었다. 그리고 그런 녀석은 싫어하지 않는다고도 했다.

둘이 함께 물러갈 때, 마녀가 그를 돌아보더니 의미심장하게 한쪽 눈을 감으며 웃었다.

"느긋하게 쉬, 어."

"그래."

그리고 그는 빈 의자에 앉았다.

멍하니 모험가 길드의 높은 천장을 올려다보았다.

그는 새삼스레 창잡이와 마녀가 파티를 이룬 것을 알게 됐다.

각각 자주 보이는 사람— 이라고 생각했는데.

"저기이, 고블린 슬레이어 씨! 고블린 슬레이어 씨 안 계신가요?!"

이번에는 얌전한 목소리. 그는 투구를 쓰고 있을 때의 버릇 때문에 시선만 그쪽으로 돌렸다.

기름때로 지저분한 것이 눈에 띄는 가죽 앞치마를 걸친 공방의 점원 소년이었다.

"나다."

"아, 다행이다. 얼굴을 봐도 모르잖아요. 어르신이 불러요. 다 됐대요."

"알았다. 금방 가지."

모험가 길드에는 수많은 상점도 조합돼 있었다.

관공서며, 여관이며, 주점이며, 잡화점이며, 무구점까지 있었다.

물론 딱히 길드 바깥에 가게가 없는 건 아니었다.

그러나 나라에서는 무뢰한들이 돌아다니도록 방치하고 싶지 않았다.

가능하다면 한군데 모아 두고 싶다는 심정을 이해할 수는 있었다.

그가 간 곳도 길드 안에 설치된 공방 중 하나였다.

시설 안쪽에 있는 곳이다. 타오르는 노(爐) 앞에서 하염없이 망치를 휘두르는 노인이 한 사람 있었다.

거푸집에 흘려 넣기만 하는 조잡한 검부터, 제대로 단조된 검까지.

물론 잔뜩 찍어 내는 양산품이니까 천하무쌍의 명검 따위와는 비교도 안 된다.

그러나 같은 성능의 검을 몇 개나 변함없이 만드는 것 또한 천부적인 재능이랄 수 있었다.

"……왔나."

언뜻 보아 드워프가 아닌가 싶은 주름투성이에 수염 난 노인이 그를 노려보았다.

오래도록 노를 보고 있던 탓인지 한쪽 눈을 감고 한쪽 눈을 기이하게 부릅뜬 모습이 상당히 흉악했다.

"네놈은 주문이 많은 주제에 싸구려밖에 안 사는구나. 참 내. 수고만 느는군."

"미안하군."

"그렇게 생각한다면 좀 더 조심해서 다뤄라."

"그러고 있다고 생각한다."

"……정말이지 비아냥이 안 통하는군."

오냐, 이리와라. 손짓으로 불러 그가 다가가자 가죽 갑옷과 철 투구를 떠넘긴다.

"문제없을 거라 생각한다만, 잠깐 입고 와라. 조정해주마. 수고비 없이."

"고맙군."

그렇게 지저분하고, 움푹 패고, 찌그러져 있던 갑옷과 투구가 그

럭저럭 볼만하게 수복돼 있었다.

완전히 본래대로라 하기엔 어렵지만, 그래도 상당히 나아졌다.

적어도 목숨을 맡기기에는 충분할 정도로.

"……그렇지. 스크롤은 조달할 수 있었나?"

"돈은 받았으니 해주긴 하겠다만, 그건 애당초 상품이 드물어. 그리고 비싸."

노인은 재미없다는 듯 코웃음을 치더니 노 방향으로 빙글 돌았다.

자신이 만든 투박하고 볼품없는 철검을 들어 상태를 점검하고 혀를 차더니 다시 가열한다.

"어느 모험가가 발견해서 팔러 오면 보관해 두겠다만, 그 이상은 못한다."

"알고 있다. 그거면 된다."

그는 금화가 든 주머니를 점원에게 건네더니 방해되지 않도록 공방 구석으로 갔다.

꼼꼼하게 새로운 솜이 들어간 갑옷용 속옷까지 있었다. 고마운 일이었다.

장갑, 다리, 갑옷, 가슴 보호대, 그리고 투구.

기계적이고 익숙한 손놀림으로 장비를 갖추자 점원의 신기하단 목소리가 귀에 들어왔다.

"저기, 어르신. ……저 사람, 은 등급 모험가 맞죠?"

"오냐. 그렇다더라."

"왜 저런 갑옷을 입어요? 소리를 내기 싫으면 미스릴(진은(眞銀)) 사슬 갑옷 같은 걸……."

"모르겠냐?"

"네. 그렇잖아요? 그런 스크롤보다 마검 한 자루가 훨씬……."

"고블린 상대로 전설의 마검을 히히덕거리며 휘두르는 녀석은 그냥 얼빠진(먼치킨) 놈이다."

노인이 혼신의 힘을 실어 철을 두드리는 맑은 소리가 울렸다.

"놈은 자기가 뭘 하고 있는지 아주 잘 아는 게야."

§

—오늘은 아는 사람을 자주 만나는 날이군.

공방에서 로비로 돌아왔더니 그를 발견하고 달려오는 사람을 보며 생각했다.

타타타. 가벼운 발소리였다. 가녀린 가슴이 오르내리고, 얼굴에 미소가 한가득 퍼졌다.

"고블린 슬레이어 씨!"

손을 커다랗게 흔들면서 당장이라도 뛰어들 기세의 소녀, 여신관이었다.

"뭐지."

"이거, 보세요. 이거……!"

여신관은 대답하는 시간도 아깝다는 듯 신관복 안으로 손을 넣어 인식표를 끄집어냈다.

빠져나온 판은 백자가 아니라 광택이 감도는 흑요석이었다.

—아아, 그렇군.

생글생글 웃으며 기뻐하는 여신관을 보고 고개를 끄덕였다.

"……10위에서, 9위가 된 건가."

"네! 무사히 승급했어요!"

모험가의 등급 기준은 공헌도…… 경험점이라고 부르는 사람도 있지만, 다시 말해서 획득 보수다.

일정한 보수를 획득한 사람은 인격을 가미하여 심사를 받고, 문제가 없으면 승급된다.

그녀는 인격에 전혀 문제가 없었다. 그렇다면 실력을 인정받은 것이다.

"조금 불안했지만, 오우거랑 싸운 게 큰 영향을 줬나 봐요……."

여신관이 쑥스러운 듯 빨갛게 물든 볼을 긁적이면서 말했다.

"그런가."

—오우거가 뭐였더라?

그러고 보니 요전 지하 유적에 있던 녀석이었던가. 그도 수긍했다.

그렇다면 그 탐색에도 충분히 의미가 있었다는 거겠지.

잠시 생각한 뒤, 그는 담백하게 덧붙였다.

"……잘됐군."

"이게 전부 다 고블린 슬레이어 씨 덕분이에요!"

여신관의 올곧은 시선, 밝은 눈동자가 그에게 꽂혔다.

숨이 막혔다. 대체 뭐라고 대답해야 할지 알 수 없었다.

"……아니."

잠시 지나서 간신히 말했지만, 목소리는 쥐어 짜낸 듯 갈라져 있었다.

"나는 아무것도 안 했다."

"아뇨, 그렇지 않아요."

여신관이 생긋 웃으며 대답했다.

"처음 만났을 때 구해주셨잖아요."

"……하지만, 네 동료들은 전멸했다."

"그건, 그게……."

여신관의 표정이 희미하게 굳어지면서 살짝 말을 머뭇거렸다.

무리도 아니라고 생각했다.

그의 기억에도 생생하게 남아 있는 무참한 광경이었다.

검사도, 여마술사도, 여무투가도, 모든 것을 빼앗기고 짓밟혔다.

여신관이 꿀꺽 마른침을 삼키더니…… 결심을 굳히고 말했다.

"그래도 저는 구해주셨잖아요. 감사 인사 정도는 해야 한다고 생각했어요."

여신관이 웃었다. 마치 꽃이 피는 것 같았다.

"정말, 고맙습니다……!"

머리를 깊숙이 숙이자— 그는 역시 아무 말도 할 수 없었다.

여신관은 이제부터 신전에 가서 신관장에게 승급을 보고한다고 했다.

두 손에 석장을 단단히 쥐고서 달려가는 여신관을 배웅한 뒤, 자리에서 일어섰다.

"……."

접수처를 보자, 그녀는 아직 절차에 시간이 걸리고 있었다.

"짐을 내려 두마."

그가 말을 걸자 그녀가 손을 크게 흔들어 답했다.

홀을 지나 길드 입구로 갔다.

짐수레에 실린 채소와 식자재를 하나씩 내려 주방 입구 부근으로 옮겼다.

온화한 태양과 햇살 속에서 움직이기 시작하자 순식간에 투구 안쪽 이마에 땀이 맺혔다.

그러나 머리를 보호하는 건 중요하다. 방심은 금물. 그렇게 자신을 타이르는데—.

"저기, 잠깐 괜찮아?"

문득 등 뒤에서 청량한 목소리가 들렸다. 그는 짐을 내려놓고 천천히 돌아섰다.

"오르크볼그. ……뭐하고 있어?"

엘프 궁수였다. 긴 귀가 힘 있게 올라가 있었다.

"뭣이, 카미키리마루란 말이냐? 어허, 벌써 움직여도 되는고?"

"사흘 정도 누워 있었다고 들었네만……. 이제 몸은 괜찮은 모양이군."

"응? 발소리 같은 걸로 알 수 있잖아?"

엘프 궁수가 등 뒤에 나란히 선 드워프 도사, 리자드맨 승려에게 대답했다.

세 이종족들은 고블린을 퇴치한 다음 이 도시에 자리를 잡은 모양이다.

본래 모험가는 떠돌이나 마찬가지인 무뢰한들이기에 종종 거점을 바꾸기도 한다.

"여기는 좋은 도시네. 기분도 좋고. ……그래서, 한 번 더 묻겠는데, 뭐하는 거야?"

엘프 궁수가 흥미진진한 기색으로 들여다보고 있었다.

그는 짐수레에 실린 나무 상자를 두드리며 담담하게 대답했다.

"짐을 내리고 있다."

"흐응……. 저기. 혹시 돈이 궁해서 겸업을 시작한 거야?"

"아니다."

그가 귀찮은 듯 말했다.

"무슨 용건이지?"

"아아, 그렇지 참. 이 사람이, 좀……."

엘프 궁수는 의미심장하게 말을 흐리면서 리자드맨 승려를 엄지로 가리켰다.

리자드맨 승려는 혀를 날름거려 코끝을 더듬으면서 끊임없이 두 손을 움직이고 있었다.

"소귀 살해자 선생. 그…… 그것이 말이지……."

"뭐지."

"소승은, 그, 그것을 소망하고 있네."

"그러니까, 무엇을."

극히 담담하게 묻자, 드워프 도사가 싱글거리며 말했다.

"비늘 친구는 말이다. 치즈가 먹고 싶은 게다."

"순순히 그렇게 말하면 되는데 말이야아?"

엘프 궁수도 고양이처럼 눈을 가늘게 뜨고 말했다.

쉬익. 리자드맨 승려는 입에서 숨을 내뱉었지만 두 사람 모두 개의치 않았다.

언제나 일행을 타이르는 입장인 고지식한 인물이 뜻밖의 면모를 보였기 때문일 것이다.

놓치기는 아깝다, 라는 것인가? 어울린 시간은 아직 짧다. 그로서는 모르는 일들이 너무 많았다.

"이거면 되나?"

그는 짐을 열어서 치즈 덩어리 하나를 꺼내 던졌다.

"오오!"

리자드맨 승려가 커다란 눈을 빙글 돌리더니 두 손으로 그것을 받았다. 그의 꼬리가 땅을 때린다.

"대금은 길드에 내라."

"그러지, 그러지. 고맙네, 소귀 살해자 선생! 오오, 맛좋다! 이것은 금화 한 주머니에 필적하는군!"

리자드맨 승려는 완전히 신바람이 났다. 턱을 벌리고 치즈 덩어리를 깨물었다.

어쩔 수가 없다니까. 엘프 궁수가 웃었다.

"고지식한 녀석이지만, 가끔은 한숨 돌려야 숨통이 트이는 법이잖아."

"그런가."

그는 조용히 고개를 끄덕였다. 나쁜 기분은 안 들었다. 다음 짐을 내렸다.

나무 상자를 잡고 들어서 내린다. 그것을 반복한다. 단순 작업은 싫어하지 않는다.

그러나 몇 번 반복한 다음 고개를 들자, 엘프 궁수가 아직 그 자리에 서 있었다.

하릴없이 자리를 바꿔 가면서 그를 가만히 보고 있었다.

"……뭔가. 아직 있었나."

"이, 있으면, 안 돼?"

"아니."

그는 천천히 고개를 좌우로 저었다.

"하지만, 오늘은 더워질 거다."

"……. 저, 저기 있잖아!"

목소리가 높았다. 긴 귀가 끊임없이 위아래로 움직였다.

그는 한숨을 내쉬고 물었다.

"……이번에는, 뭐지."

"어, 저기, 우리 말이야. 지금 유적을 조사, 하고 있어."

"유적 말인가."

"저기. 요전처럼, 마신이 뭔가 꾸미고 있을지도, 모르니까."

"그런가."

"하지만, 우리 파티는, 그게, 전위가 없잖아?"

나는 탐색자고, 저 사람은 승려고, 드워프 녀석은 주문술사잖아.

엘프 궁수는 머리칼을 손가락 끝으로 빙글빙글 만지작거리면서, 눈길을 피한 채 말했다.

지극히 당연한 내용이었다.

"그렇군."

"그래서, 저기……."

엘프 궁수가 머뭇거리더니 고개를 숙였다. 그는 말이 이어지기를 기다렸다.

"같이, 가자고 할지도 몰라. 당신한테."

"……."

그런 거였나. 그는 말없이 나무 상자를 잡고 들었다.

엘프 궁수의 긴 귀가 축 늘어졌다. 그는 상자를 내렸다.

"……생각해 보지."

"……!"

긴 귀가 팟, 하고 솟은 것을 안 봐도 알 수 있었다.

"그래, 그렇지! 생각해봐!"

엘프 궁수는 손을 활발하게 흔들더니 가벼운 발걸음으로 길드 입구를 향해 걸어갔다.

드워프 도사가 치즈에 푹 빠진 리자드맨 승려의 소매를 잡아끌며 뒤를 따랐다. 그는 수염을 꼬며 말했다.

"……길쭉귀도 참 귀찮은 녀석이로구나. 순순히 같이 가자고 하면 될 것을. 안 그러냐? 카미키리마루."

"입 다물어, 드워프. 쏴 버린다?"

"오오, 무섭구먼, 무서워……."

엘프 궁수에게도 들린 모양이다. 고블린 슬레이어는 사이좋게 티격태격하는 그들을 묵묵히 배웅했다.

깨닫고 보니, 짐 내리기가 대강 끝나가고 있었다.

후우. 숨을 내쉬며 투구를 흔들었다.

햇살이 상당히 높았다. 이제 여름이 머지않았다.

그때—.

"에이익!!"

"타아앗!!"

문득 기합과 함께 금속과 금속이 격돌하는 맑은 소리가 들렸다.

—검격음이다.

아니, 그가 의식하지 않았을 뿐이었다. 그것은 계속 들리고 있었을 것이다.

그는 고개를 돌려 소리가 나는 곳을 찾았다. 길드 뒤쪽— 바로 눈앞의 광장이었다.

"으라, 차차. 뭐하는 거야! 그래서는 고블린도 못 죽이겠다!"

"크윽! 젠장, 저 녀석 덩치가 크니까 빈틈을 찌른다! 오른쪽으로 돌아가."

"알았어!"

갑옷을 입은 중장 전사가 대검을 가볍게 휘두르며 두 소년을 상대하고 있었다.

중장 전사 파티의 척후와…… 요전에 하수도에 갔던 신입 전사였다.

백자답게 움직임이 엉망이었지만, 그래도 연계를 시도하는 걸 보니 재능은 있어 보였다.

"작전은 좋지만…… 입으로 말해 버리면 다 들키지!"

"으아아악?!"

"와아아아?!"

물론 경험과 역량이 너무 달라서 전혀 못 따라가고 있었다.

가만히 훈련을 보고 있는 모습이 생각보다 눈에 띄었던 걸까?

"……뭐야, 고블린 슬레이어잖아?"

누군가가 의문스런— 아니, 수상한 자에게 말을 걸듯 낮은 목소리로 말을 걸었다.

기사 갑주를 입은 여성. 분명 중장 전사와 파티를 짠 인물이었다.

"2, 3일 안 보이더라니. 오우거한테 당했다고 들었다. 살아 있었군."

"그래."

"……너, 언제나 그 차림인가?"

"그래."

"……그렇군."

여기사가 두통을 느끼는 듯 미간을 짓누르더니 어쩔 수 없다는 듯 고개를 좌우로 저었다.

그리 이상한 말은 안 한 것 같은데, 그는 그것을 굳이 물어보지는 않았다.

"그런데, 저 전사는 너희들의 파티가 아니었던 걸로 기억한다만."

"응? 아아, 우리 꼬맹이를 단련시키고 있었더니 말이지."

구석에서 검술 연습을 하는 게 보이기에 말을 걸어서 끌어들였다고 한다.

시골에서 출세의 뜻을 품고 상경한 모험가 소년의 검술은 태반이 독학이었다.

저렇게 한 번이라도 제대로 훈련을 하면, 신입 전사인 그도 조금이나마 살아남을 가능성이 생긴다.

"자 그럼, 저기 여자애들한테도 자기가 어떻게 행동하면 좋을지

가르쳐 줘야겠군…….”

척후와 전사, 신입 소년 두 사람이 과감하게 중장 전사와 맞서고 있는 반대편.

성녀와 무술사(巫術師) 소녀가 울타리에 매달리듯 기대어 조마조마한 시선으로 지켜보고 있었다.

“그리고, 이제 슬슬 저 체력 바보도 숨이 차오를 무렵이야. 어디, 나도 참가해볼까.”

여기사가 씨익 사납게 웃더니 그녀가 자랑하는 대형 방패와 검을 장비하고 울타리를 뛰어넘었다.

“자, 승부다! 평소부터 일기당천이라고 자부하고 있으니 설마 비겁하다고 하지는 않겠지!”

“뜨아?! 너어, 이게, 그러고도 성기사 지망자냐!”

“말은 필요 없다!!”

훈련이 못 되잖아! 중장 전사가 외쳤지만, 정면으로 받아주는 걸 보면 참 사람이 좋다.

대검이 바람을 가르며 부르짖고, 대형 방패가 막아 내고, 날카로운 반격 찌르기를 훌륭한 발놀림으로 빠져나가 틈을 찌른다.

소년들이 이때가 기회라는 듯 숨을 내쉬고 소녀들이 그곳으로 달려가는 것을 보고 있는데…….

“말은 뭐라고 하든, 기사님도 사람이 좋네요.”

방울처럼 맑은 웃음소리. 어느샌가 옆에 접수원 아가씨가 와 있었다.

“아, 고블린 슬레이어 씨. 괜찮으면 어떠세요? 날도 더우니…….”

주방 쪽에서 나온 접수원은 손에 든 잔을 그에게 내밀었다.

"미안하군."

고블린 슬레이어는 사양하지 않고 받아 투구 틈새로 벌컥벌컥 들이켰다.

차갑고 달다.

"레몬이랑 벌꿀을 살짝 넣었어요."

피로 회복에 좋다고 해요. 그 말에 그도 고개를 끄덕이며 수긍했다.

휴대 식량의 일종으로 고려해야겠다. 뇌리에 똑똑하게 새겨 두었다.

"요즘 말이죠. 저렇게 훈련을 전문으로 시켜주는, 훈련소를 세우자는 움직임이 있어요."

"그렇군."

그는 입가의 물방울을 닦아 냈다.

"은퇴한 모험가를 고용해서 가르치자고……. 신입들은, 아무것도 모르는 사람이 많으니까요."

뭔가 한 가지, 사소한 것이라도 안다면 살아서 돌아와주지 않을까?

그녀는 어딘가 먼 곳을 바라보듯 웃으며 말했다.

서류상이지만, 그녀는 수많은 모험가의 죽음을 봤을 것이다.

그런 식으로 생각하는 마음도 이해는 되었다.

"그리고 말이죠."

접수원이 말을 이었다.

"은퇴해서도, 죽을 때까지 살아가잖아요. 결국 모두에게 필요한 일 같아서요."

"그런가."

그는 빈 잔을 접수원에게 돌려주었다.
"네, 그래요."
접수원은 평소처럼 활기차게 고개를 끄덕였다. 땋은 머리가 크게 흔들렸다.
"그러니까 고블린 슬레이어 씨도 꼭 몸조심하셔야 돼요?"
"……아무래도 요즘 그 말을 많이 듣는군."
"몸이 확실히 휴식을 취할 때까지, 한 달 정도는 의뢰 알선 안 해 드릴 거예요."
"음……."
그가 작게 신음했다.
"다음에 쓰러지면, 반년은 모험 금지예요."
"……그건, 곤란하군."
"그렇죠? 그러니까 똑바로 반성하세요."
접수원이 키득키득 웃었다. 그리고 짐 수취 절차가 끝났음을 가르쳐 주었다.
신입 모험가들이 선배에게 도전한다. 그는 그 소리를 뒤로하고 길드 입구로 돌아갔다.
짐수레 옆에 소꿉친구인 그녀가 한가로이 서 있었다.
고블린 슬레이어를 발견하더니 그녀의 표정이 확 밝아졌다.
그는 조용히 말했다.
"돌아갈까."
"응, 돌아가자."
돌아가는 수레는, 굉장히 가볍게 느껴졌다.

목장으로 돌아온 그는 햇살에 그을린 돌을 집어 돌담을 쌓기 시작했다.

이미 울타리가 있지만 고블린을 상대로 조심해서 부족할 것은 없다.

목장 주인도 「짐승들도 막을 수 있겠지」라면서 인정해 주었다.

묵묵히 작업을 하면서 태양이 머리 위를 지나자 그녀가 바구니를 들고 찾아왔다.

그는 그녀와 둘이 나란히 잔디에 앉아서 샌드위치와 차가운 포도주를 점심 식사로 먹었다.

시간이 참 천천히 흐르는 느낌이었다.

돌담을 얼추 다 쌓고 나서 내일 발송할 식료품을 짐수레에 실을 무렵에 해가 졌다.

그는 식사 준비를 한다는 그녀와 헤어져 멍하니 풀밭을 걸어 다녔다.

풀이 초여름 바람에 흔들렸다.

머리 위에 별이 한가득, 2월의 달이 떠 있었다.

별의 배치는 이미 여름 별자리가 되어 있겠지만, 그는 알 수 없었다.

그에게 별은 그저 방향을 잡기 위한 것에 불과했다.

어린 시절에는 영웅의 전승에 가슴이 벅차 별자리 이야기를 암기하려고 했었다.

이제 와서는…….

"……왜 그러지?"

"응~?"

등 뒤에서 희미하게 풀을 밟는 소리가 났다. 그는 돌아보지 않았다.

"밥 다 됐어. 그리고 무슨 생각을 하고 있나 싶어서."

그녀는 별을 올려다보는 그의 옆에 자연스런 동작으로 풀썩 앉았다.

그는 잠시 생각하고는, 그녀의 옆에 앉았다. 사슬 갑옷이 작게 소리를 냈다.

"……나중 일이다."

"나중?"

"그래."

"그렇구나……."

대화가 끊어지고, 두 사람은 조용히 하늘을 보았다.

그러나— 침묵이 싫지 않았다. 두 사람이 바란 침묵이며, 정적이었다.

소리는 바람이 부는 소리, 먼 도시의 소란, 벌레 소리. 두 사람의 호흡 소리.

서로, 상대가 무슨 말을 하고 싶은지 알 것 같았다.

그는 인간(흄)이다.

나이도 먹는다. 다치기도 한다. 지치면 쓰러진다. 언젠가 한계가 온다.

죽지 않더라도, 고블린을 죽이지 못하는 날이 반드시 찾아온다.

그때는 어떻게 하면 좋을까?

그는 알 수 없겠지.

—생각보다 마음이 약해졌나봐. 그녀는 그의 옆모습을 들여다보았다.

"……미안해."

문득 자연스럽게 그녀의 입에서 그 말이 나왔다.

"뭐가 말이지?"

그가 의문스레 고개를 갸웃거렸다.

철 투구를 쓰고 있는 탓인지 묘하게 동작이 커다랗고 어린애 같았다.

"아니, 아무것도 아냐. 아~무것도."

"이상한 녀석이군."

그녀가 키득키득 웃자, 그는 무뚝뚝하게 말했다.

―삐쳤나?

그런 사소한 구석도 어렸을 때와 변함이 없는 것 같아서, 그녀는 그의 팔을 잡아끌었다.

"음……."

그의 시선이 흘러가더니 무언가가 뒤통수를 부드럽게 받쳤다.

올려다보니 밤하늘에 별이 가득했다. 2개의 달. 그리고 그녀와 눈이 마주쳤다.

"……기름 묻는다."

"괜찮아. 어차피 빨래도 할 거고, 몸도 씻을 거야."

"그런가."

"그럼."

그녀는 무릎에 그의 머리를 올리고 있었다. 투구를 쓰다듬으며 입술을 가까이 가져와 속삭였다.

"천천히, 생각해 보자."

"천천히, 라."

"그래. 조바심 안 내도 되니까."

신기하게 마음이 편했다.

팽팽하게 당겨진 현이 느슨해지는 감각이었다.

눈을 감고 있어도, 그는 그녀의 표정을 알 수 있었다. 그녀도 그의 표정을 알 것이다.

그날 저녁은 스튜였다.

§

그리고 느긋한 나날이 한 달쯤 이어졌다.

물론 그동안 모험가와 마신의 싸움은 더더욱 격렬하게 이어졌지만…….

그러나 싸움은 갑작스레 끝났다.

마침내 신입 모험가 한 사람이 성검에 이끌려, 모험 끝에 드디어 마신왕 토벌을 이룩했다고 한다.

그 모험가 — 젊은 소녀였다 — 는 역사상 10명째 백금 등급 모험가로 인정됐다.

수도에서는 성대한 축전이 열렸고, 변경인 이 도시에서도 소소하게나마 축제가 열렸다.

그렇지만, 모두 그하고는 상관없는 일이었다.

그는 그저, 날씨와, 가축과, 작물과, 주변 사람들만 신경 쓰며 지냈다.

시간은, 느긋하게 흘렀다.

얕은 졸음 같은 나날이었다.

그러나 무슨 일이든 끝은 갑자기 찾아온다.

그것은 아침 안개에 젖은 목장의 풀밭 안에, 시커멓고 역겹게 떠올라 있었다.

진흙과 똥이 뒤섞인, 몇 개의, 작은— 발자국이었다.

제 11 장 『모험가의 향연』

"도망쳐?"

아침 식사 준비를 하려고 부엌에 서 있던 그녀— 소치기 소녀는 갑작스런 그의 말에 고개를 갸웃거렸다.

"……왜?"

"발자국이, 있었다."

그것이 무슨 뜻인지, 소치기 소녀는 어렴풋이 이해했다.

아무것도 모르는 사람이라면 어린애나 페어리(요정)의 장난이라고 생각할 것이다.

진흙과 똥이 뒤섞인, 작은 맨발 발자국. 풀을 밟아 죽이는 것을 아무렇지도 않게 생각하는 오만함.

그러나 그녀는 알고 있었다. 그는 그것이 무엇인지 이해하고 있었다.

올 것이 온 것이다. 그렇다. 그와 그녀는 생각했다. 오지 말라고, 그렇게 바라고 있었건만…….

"……고블린."

그가, 고블린 슬레이어가, 고블린에 대해 말하는 건 늘 있는 일이다.

갑옷과 투구를 입고서 식탁 옆에 서 있는 모습. 기이하지만 평소와 같은 모습.

그러나 일과인 순찰을 내던지고 그녀에게 「도망쳐라」 하고 말한 것은 처음이었다.

요리하던 손을 멈추고, 눈길을 내렸다. 뭐라고 해야 할까? 말을 고르고 골랐다.

"……하지만, 쓰러뜨릴 수 있지 않아? 너라면."

그녀가 바란 것은 평소와 같은 말이었다.

그라면 분명히 「그렇다」나 「그래」라거나 「그럴 생각이다」라고 담담하게 말할 것이다.

말해줘야, 하는데…….

"……무리, 다."

그렇게 말하는 목소리가, 너무나 작고, 쥐어 짜낸 것처럼 흔들리고 있었다.

응……? 소치기 소녀의 입술에서 소리가 흘러나왔다.

퍼뜩 돌아보니 그는 한순간 동요한 것처럼 몸을 떨었다.

"설령 100마리가 있어도, 동굴 안이라면, 내가 이긴다. 무슨 수를 쓰든, 이긴다."

겁먹고 있어?

그가?

소치기 소녀가 놀라서 눈을 동그랗게 떴다.

목장 주위에는 울타리가, 돌담이, 그의 독자적으로 계산에 의해 견고하게 둘러져 있었다.

짐승을 쫓는다는 명목으로 만든 함정도 두세 개 있었다.

완벽함과는 거리가 멀었다.

그러나 그가 할 수 있는 만큼 생각하여 방비를 굳힌 것을, 소치기 소녀는 알고 있었다.

가만히 바라보자 그는 한순간 주저하듯 고개를 숙였지만, 이내 똑바로 시선을 받아 냈다.

아니, 받아 내려고 노력했다.

"적은, 왕(로드)이다."

고블린 슬레이어가 잘라 말했다.

발자국은 10종류 정도.

견고한 시설을 공격하기로 결정하고 정찰에 10마리를 보내는 무리. 명백하게 두목이 있다.

홉일까? 샤먼일까? 아니, 이 규모로 짐작하건대 아마도…….

고블린(소귀왕) 로드.

아무것도 모르는 자가 들으면 분명히 웃을 것이다.

그러나 그는 알고 있었다. 그는 그것이 어떤 놈인지 확실히 이해하고 있었다.

아마도 고블린들의 무리는 100마리가 넘는다.

정찰을 한 이상, 습격은 오늘이나 내일. 제후나 나라에 도움을 청할 시간이 없었다.

아니, 시간이 있어도— 고블린 정도에 왕후 귀족이 수고를 들일 리 없었다.

고블린 슬레이어는 알고 있었다.

소치기 소녀도 알고 있었다.

10년 전에도, 그랬으니까.

"……고블린의, 무리."

100마리가 넘는 악랄하고 사악한 괴물들과 정면으로 평야에서 맞서 싸운다?

"나는 백금 등급이 아니다. ……용사가, 아니다."

손이 부족하다.

힘이 없다.

다시 말해서—.

"……나에게는, 무리다."

그래서, 그는 말했다.

도망쳐.

지금이라면 늦지 않았다.

소치기 소녀는 가만히 그의 정면으로 걸어갔다. 철 투구 너머의 그를 가만히 보았다.

그리고 그가 더 이상 아무 말도 하지 않는 것을 알고는 작게 고개를 끄덕였다.

"……좋아."

"정했나?"

"응."

숨을 들이쉬고, 내뱉었다. 가슴에 필요한 것은 고작해야 몇 마디를 말하기 위한 용기였다.

"—미안해."

첫마디가 나오면, 그 뒤는 편하다.

"나는, 도망 안 가."

약간 굳어진 볼을 억지로 움직여서 웃어주는 것마저 가능했다.
왜지? 라고 묻게 만들지 않는다. 다 알고 있으니까.
"왜냐면, 너는 남을 거잖아?"
"……."
그는 아무 말도 없었다.
"거봐, 역시. 난처하면 입을 다물잖아. 옛날부터 그랬어."
"……죽는 걸로 끝나지 않는다."
"응, 그렇겠지."
그녀는 열심히 평정을 가장하고 고개를 끄덕였다.
그 또한, 냉정하려고 괜히 평탄한 목소리로 말했다.
"나는, 보고 있었다."
"……응."
그의 말을 이해 못하는 건 아니었다.
그가 무엇을 위해 싸우고, 무엇을 위해 이런 일을 계속했는지.
이해 못하는 건 아니었다.
"언젠가, 무리는 토벌될 거다."
그는 어린애를 타이르듯 말했다.
"……그러나, 누군가 구해줄 거라고 생각하지 마라. 살더라도, 마음이 죽는다."
—나는, 구할 수 있다고 생각지 않는다.
그 뜻을 품은 그의 말은, 무심코 웃어버릴 정도로 명백한 위협이었다.
그러나 그것은 물론 사실이었다.

아아, 하지만…….

“그러니까, 도망쳐.”

“글쎄, 싫다니까.”

누군가가 신경써준다는 것은, 어째서 이런 상황에서도 기쁜 걸까?

그래서 그것을, 그녀는 그에게 돌려주어야 한다. 전해야만 한다.

“그렇지만, 두 번째는, 싫단 말이야.”

자연스레 말이 흘러나왔다.

“돌아올 곳이, 없어져 버리잖아. ……네가.”

그리고 마음속으로 조용히 덧붙였다.

—딱히, 너만 그런 건 아니야.

그녀에게도 이제 더는 남지 않았다.

여기 말고, 고향이라고 부를 수 있는 장소가…….

10년이 지난 지금도 그렇게 불러도 될지는 알 수 없지만 말이다.

“…….”

그는 멍하니— 그녀를 보고 있었다.

철 투구 안에서, 어둠 속에서, 찌를 듯이.

그 시선을 받은 그녀의 안에서 갑자기 타오르듯 부끄러움이 드러났다.

무심코 허둥거리며 눈길을 피하고, 새빨개져서 고개를 숙였다.

한심하다고 생각하면서도 변명 같은 말을 잇달아 흘려보냈다.

“그, 그리고, 저기, 피난해도, 가축, 소나, 양이나, 없어져 버리면, 저기…….”

“…….”

“그다음에, 저기, 그러니까, 그게…….”

“…….”

그런가. 조용히 말했다. 응. 그녀도 다시 가는 목소리로 대답했다.

“정말로, 미안해. 내가 억지를 부린다는 건, 나도, 알아.”

“……그런 표정 짓지 마라. 안심해라.”

소치기 소녀는 무심코 웃어 버렸다. 눈가에 눈물을 담고서 힘없이 웃었다.

그가 그런 말을 하다니, 지금 자신이 어지간히도 한심한 표정을 하고 있나 보다.

“할 수 있는 일은, 해보겠다.”

그 말을 남기고 그는— 고블린 슬레이어는 그녀에게 등을 돌렸다.

문을 닫고서, 복도를 걸어 밖으로 나섰다.

목장 전체를 빙 둘러보며 눈에 새기고, 도시로 가려고 길을 걸었다.

바보 같은 이야기라고 생각한다.

도시로 도망쳐 버리면 된다.

아니면, 기절시킨 뒤 묶어서 다른 곳에 보내면 된다.

하지만 그러지 않았다. 할 수 없었던 이유는…….

그저 그 자신이 하고 싶지 않았기 때문이다.

두 번 다시, 저 아이를 울리고 싶지, 않았기 때문이다.

“여자애를, 꼭 지켜줘야 한다……라.”

“……어이.”

혼잣말에 대답이 들렸다.

고블린 슬레이어의 앞길에 팔짱을 낀 목장 주인이 입을 앙다물고서 있었다.

듣고 있었다— 아니, 다 들려 버렸을지도 모른다.

"……인사 정도는, 하고 가라."

찌릿 노려보면서 내뱉듯이 말했다. 당연한 말이라고 생각했다.

그는 계속 폐를 끼치면서 어리광을 부리고만 있었다.

"죄송합니다, 저기……."

"그 애는, 착한 아이야."

목장 주인이 사죄의 말을 하려는 그를 막으며 무뚝뚝하게 말했다.

씁쓸하게 일그러뜨린 얼굴로, 쥐어 짜내듯 말을 내뱉고 있었다.

"착한 아이로, 자라줬지."

"……네."

"그러니까, 울리지 마라."

고블린 슬레이어는 뭐라고 대답해야 할지 생각하느라 입을 다물었다.

말이야 뭐든지 할 수 있다. 그저 혀를 움직여 목을 떨기만 하면 된다.

그러나 그는 몇 번이고 망설인 끝에 거짓말을 피했다.

"……노력, 하겠습니다."

그런 점이 맘에 안 든다는 거야. 등 뒤에서 조용히 중얼거리는 말을 들으며, 그는 걷기 시작했다.

§

모험가 길드에는 다시 활기가 돌아와 있었다.

웅성거리는 소음. 무구가 울리는 소리. 웃음소리.

혼돈과 싸우기 위해 나섰던 자들이 돌아왔다.

물론 다시는 돌아오지 않는 사람도 있다.

그러나 그것이 화제가 되는 일은 없었다.

보이지 않는 녀석은 유적이나 동굴, 광야나 야산 어딘가에서 괴물에게 패해, 죽었다.

혹은 어딘가 다른 땅으로 옮겼거나, 한탕 크게 뭔가 해서 은퇴했다.

그것을 캐묻는 사람은 없었다. 언젠가부터 사라진 사람들의 존재를 잊게 된다.

모험가의 최후는 종종 그런 법이었다.

그래서 벨이 울리고 그 남자가 들어왔을 때도, 그렇게까지 주목하는 사람은 없었다.

싸구려 가죽 갑옷과 철 투구. 작은 방패를 팔에 고정하고, 허리에 어중간한 길이의 검을 찬 남자.

"고블린 슬레이어……. 뭐야, 살아 있었냐?"

슬쩍 시선을 준 창잡이가 말했다.

다른 모험가들의 반응도 엇비슷했다.

요즘 들어 안 보였지만, 장기 의뢰를 받았거나 휴가라도 떠났을 거라고 생각했다.

매일같이 나타나 소귀를 사냥하는 남자는 이 길드에선 일종의 늘 보던 풍경 같은 것이었다.

고블린 슬레이어는 성큼성큼 평소와 같은 걸음으로 들어왔으나,

자신의 지정석으로 향하지 않았다.

그는 접수처에도 가지 않고 대합실 중심으로 거침없이 들어섰다.

가까운 곳에 앉아 있던 모험가가 그를 의문스레 올려다보았다.

철 투구에 가려져서 표정은 살필 수 없었다.

"미안하다. 이야기 좀 들어다오."

낮고, 조용한 목소리. 그러나 소란 속에서도 그의 목소리는 이상하게 길드 안에 잘 울려 퍼졌다.

처음으로, 많은 모험가가 고블린 슬레이어의 모습을 주목했다.

"부탁이 있다."

술렁거림이 일어났다.

"고블린 슬레이어가 부탁을?"

"나, 저 녀석 목소리 처음 들었어."

"그리고 솔로 전문 아니었나?"

"아니, 요즘에는 여자애랑 파티 맺고 있다던데."

"아아, 그 가냘픈 애 말이지……. 그러고 보니 몇 사람 더 구성한 적 있지 않아?"

"리자드맨이랑 드워프 말이지? 난 저 녀석은 소귀밖에 흥미가 없는 줄 알았는데."

"여신관 말고도 엘프인 귀여운 애도 데리고 다닌다던데?"

"젠장. 나도 차라리 고블린 사냥이나 할까……."

고블린 슬레이어는 얼굴을 마주 보며 속삭이는 모험가들을 순서대로 둘러보았다.

이름을 아는 자도 있다. 모르는 자도 있다. 그러나 그는 모두의 얼굴을 알고 있었다.

"고블린 무리가 온다. 도시 외곽의 목장이다. 시기는 아마도 오늘 밤. 수는 모른다."

그는 담담하게 설명했다. 모험가들의 웅성거림이 커졌다.

"그러나 척후의 발자국이 많은 걸 보면, 로드가 있을 거다. …… 다시 말해서 100마리는 가뿐히 넘는다는 말이다."

고블린 100마리! 로드가 지휘한다고?!

농담이 아니었다. 모험가들 태반은 첫 일로 고블린 퇴치를 받는다.

실패해서 죽는 자도 많은 가운데, 운이든 실력이든 어쨌든지 살아남은 자가 지금 여기에 있는 것이다.

그들은 고블린의 두려움— 아니, 성가심을 뼈아프게 잘 알고 있었다.

누가 좋다고 그런 괴물의 대군과 싸운단 말인가?

하물며, 로드……. 전투력도 아니고, 마력도 아니고, 통솔력에 특화된 변이종이다.

그냥 괴물 무리가 아니다. 그것은 이미 고블린의 군대라고 봐도 된다.

아무것도 모르는 신입조차 거부할 것이다.

그나마 좋다고 덤비는 것은 고블린 슬레이어뿐일 것이다.

그러나 그 고블린 슬레이어조차 단독으로 도전하길 꺼린다. 그렇다면…….

"시간이 없다. 동굴 안이라면 모를까, 야전은 나 혼자서는 손이 부족하다."

고블린 슬레이어가 주위의 모험가들을 빙 둘러보았다.
"도와줬으면 한다. 부탁한다."
그리고 그는 고개를 숙였다.
한순간, 모험가 길드 안에 미약한 속삭임이 가득 찼다.
"어쩔래?"
"어쩔 거냐고 물어도 말이지."
"고블린이잖아……."
"자기가 하면 될 거 아냐?"
"나는 사양할래."
"나도. 저 녀석 지저분하잖아."
아무도 고블린 슬레이어에게 직접 말하지 않았다.
그 또한, 고개를 숙인 채 꼼짝도 하지 않았다.
"……어이."
그래서 그 낮은 목소리가 들렸을 때, 모험가들이 다시 술렁거렸다.
"너, 뭔가 착각하는 거 아냐?"
창잡이 모험가였다. 그는 날카로운 눈으로 고블린 슬레이어를 노려보았다.
고블린 슬레이어는 조용히 고개를 들었다.
"여기는 모험가 길드고, 우리는 모험가잖아?"
"……."
"부탁을 들어줄 의리는 없거든. 의뢰를 하라고. 다시 말해서, 보수를 내란 말이야. 안 그래?"
창잡이가 주위의 모험가들에게 동의를 바라듯 물었다.

"그래, 그렇지."

"그래. 우리는 모험가다!"

"목숨을 걸고 공짜로 일을 할 수 있겠냐!"

고블린 슬레이어에게 야유가 날아왔다.

그는 우두커니 선 채 주위를 둘러보았다. 딱히 도움을 바란 것은 아니었다.

안쪽 탁자에서 엘프 궁수가 얼굴이 새빨개져서 일어서려는 것을 드워프 도사가 붙잡아 말리고 있었다.

마녀는 구석의 벤치에 앉아서 종잡을 수 없는 미소를 짓고 있었다.

접수처를 보니 접수원 아가씨가 황급히 안쪽으로 들어가고 있었다.

그는 자신이 여신관의 모습을 찾고 있음을 깨닫고— 철 투구 안에서, 눈을 감았다.

"그래. 당연한 의견이다."

"오냐. 그러면 말해봐. 우리가 고블린 100마리를 상대하면 무슨 보수를 줄 건데?"

더는 망설이지 않는다. 그런 건 10년도 더 전에 버렸다.

고블린 슬레이어는 확실히 말했다.

"전부."

길드 안이 조용해졌다.

고블린 슬레이어가 하는 말의 뜻을, 아무도 파악하지 못하고 있었다.

"내가 가진 것, 그 전부가 보수다."

그는 담담하게 말을 이었다.

고블린 100마리와 싸워준다면, 그 모험가에게 모든 것을 내어 주겠다.

창잡이 모험가가 어깨를 으쓱거리며 말했다.

"그러면 접수원 아가씨 내놓으라고 하면 줄 거냐?"

"그녀는 내 물건이 아니다."

코웃음 치면서 말했지만, 고블린 슬레이어는 그저 진지하게 대답했다.

누군가 농담이 안 통하는 녀석이라고 했지만 신경 쓰지 않았다.

"내가 가진 것, 내 재량으로 자유롭게 할 수 있는 것이다. 내 장비, 재산, 능력, 시간, 그리고—."

"목숨이냐?"

그래. 고블린 슬레이어가 수긍했다.

"그래. 목숨도."

"그럼 내가 죽으라고 하면 어떡할 건데?"

창잡이가 질색하면서, 믿기지 않는다는 눈으로 말했다.

고블린 슬레이어의 대답은 뻔하잖아. —라고 생각했다. 하지만—.

"……아니, 그건 무리다."

아아, 역시나. 긴장됐던 공기가 아주 약간 느슨해졌다.

이 남자는 제정신이 아니지만, 그래도 역시 죽는 건 두려운 거구나.

"내가 죽으면 울 사람이 있다. 울리지 말라더군."

마른침을 삼키며 듣고 있던 모험가들이 얼굴을 마주 보았다.

"그러니 내 목숨은, 내 재량으로 어떻게 할 수가 없다."

창잡이 모험가가 침을 삼켰다.

그는 고블린 슬레이어의 얼굴을 노려보았다. 철 투구에 가려서 표정은 알 수 없었다.

그래도 투구 안쪽의 눈동자에, 그는 똑바로 시선을 맞추었다.

"……네가 뭔 생각인지, 난 도무지 모르겠다만."

"……."

"네가, 진심이란 건, 알겠다."

"그래."

고블린 슬레이어가 조용히 고개를 끄덕였다.

"나는 진심이다."

"……망할 놈."

창잡이가 으르렁거리며 자기 머리칼을 헤집었다.

그는 고블린 슬레이어 앞에서 왔다 갔다 걸어 다니다가, 창의 자루 끝으로 바닥을 두드렸다.

그리고 고민을 하더니, 한숨을 내쉬고 포기한 듯 입을 열었다.

"네 목숨 따위 필요 없어. ……이 자식, 나중에 한 잔 사라."

그는 고블린 슬레이어의 가죽 갑옷을 주먹으로 퉁 쳤다.

고블린 슬레이어가 비틀거렸다. 그리고 철 투구가 멍하니 창잡이의 얼굴을 보았다.

왜지? 라는 물음에 창잡이가 고블린 슬레이어를 마주 보았다.

"시세가 그 정도잖아. 은 등급 모험가가 고블린을 퇴치해주마, 라고 한 거다. 기뻐하시지, 의뢰인."

"……그래."

고블린 슬레이어가 어색하게 고개를 끄덕였다.

"……미안. 고맙다."

"관둬라, 관둬. 그런 말은 퇴치가 끝난 다음에나 해."

창잡이가 눈을 피하며 괜히 볼을 긁적였다.

설마 이 남자가 「고맙다」라고 하는 날이 올 줄은 생각도 못했다.

"나, 나도!"

시원스럽고 청량한 목소리가 길드 안에 울렸다.

모험가들의 시선이 단숨에 그쪽으로 향했다.

자리를 박차고 일어선 엘프 궁수가, 으, 소리를 내면서 당황했다. 긴 귀가 흔들렸다.

"……나도, 고블린 퇴치, 할래."

그래도, 그녀는 갈라진 목소리로 확실하게 말했다.

그러자 용기가 생겼는지, 엘프 궁수는 고블린 슬레이어에게 똑바로 걸어가서 손가락으로 가리켰다.

"그 대신! ……다음에 같이 모험 가기다! 유적, 발견했으니까!"

"알았다."

고블린 슬레이어가 순순히 고개를 끄덕였다. 엘프 궁수의 긴 귀가 팟 일어섰다.

"내가 살아 있다면, 받아들이지."

"그런 말은 안 해도 돼……."

엘프 궁수가 철 투구를 노려보면서 코웃음을 쳤다. 빙글 뒤돌아섰다.

"너희들도 올 거지?"

드워프 도사는 어이쿠야 하면서 수염을 꼬더니 한숨을 내쉬었다.

“하는 수 없구먼. ……나는 한 잔으로 안 된다, 카미키리마루. 술통인 게야. 술통을 내놓거라.”

“알았다. 준비하지.”

고블린 슬레이어가 고개를 끄덕였다.

“좋구먼.”

드워프 도사가 만족스레 배를 두드렸다.

“그리고, 나도 모험에 따라가도 되겠느냐? 길쭉귀야.”

“당연하지! 파티잖아.”

엘프 궁수가 웃었다. 드워프 도사도 껄껄 웃었다.

“그러면, 소승도 가지 않을 수 없겠군.”

이어서 리자드맨 승려가 천천히 일어섰다. 그는 코끝을 혀로 날름 핥았다.

“벗의 부탁이라면 그냥 가도 상관없네만. 그러나 보수를 준다고 하면…….”

“치즈인가.”

“음. 그것은 참으로 진미란 말이지.”

“내 것은 아니다. 그러나 표적이 된 목장에서 그 치즈를 만들고 있지.”

“참말인가? 그렇다면 땅속에서 기어 나온 악귀들을 용납할 도리는 없겠군.”

그가 고개를 끄덕이고 커다란 눈을 빙글 돌리더니 기괴한 손동작으로 합장했다.

그것이 리자드맨 나름의 유머란 것을 고블린 슬레이어는 알고 있었다.

그리하여 4명의 모험가들이 고블린 슬레이어 주위에 모였다.

창잡이, 엘프 궁수, 드워프 도사, 리자드맨 승려, 그리고 고블린 슬레이어.

여신관의 모습은 보이지 않았다.

"이걸로 5명이군……."

"아니, 6명."

소리도 없이, 마녀가 일어서 있었다.

몸을 유연하게 흔들면서 유유히 걸어오더니 창잡이 옆에 섰다.

"어쩌면 7명째일지도, 모르지……만."

마녀가 의미심장하게 말하더니 가슴에서 곰방대를 뽑았다.

"……《인프라마라에(점화)》."

빙글 돌려서 연초를 채운 뒤 손가락 끝으로 불을 붙여 입에 문다.

달착지근한 연기가 길드 안을 채웠다.

나머지 모험가들이 안절부절못하는 모습으로 각자 속삭였다.

물론 딱히 목장을 내치고 싶은 건 아니었다.

그러나 돈도 안 받고 목숨을 걸 기분이 드는 사람도 없었다.

무리도 아니다. 누구나 목숨은 아깝다.

뭔가, 한 가지가 더 필요한—.

"기, 길드에서도! 길드에서도, 의뢰를, 할게요!"

활기찬 목소리였다.

접수원 아가씨가 종이 다발을 안고서 뛰어들었다.

그녀는 땋은 머리칼을 크게 흔들면서 가쁜 숨을 쉬었다. 얼굴이

빨갰다.

모험가들의 주목을 받는 가운데, 접수원은 안고 있던 종이 다발을 높이 들어 올렸다.

“고블린 1마리에 금화 1닢의 현상금을 낼게요! 찬스랍니다, 모험가 여러분!”

오오……! 모험가들이 들떴다.

접수원이 손에 든 것은 모험가 길드의 지부장이 승인한 의뢰서였다.

물론 현상금을 내는 건 길드였다. 통도 크셔라.

그녀가 상사를 설득하느라 얼마나 노력했는지는 말할 것도 없었다.

“……칫. 하는 수 없지.”

그것을 보고, 마침내 모험가 한 사람이— 중장 전사가 자리를 박차고 일어섰다.

그의 옆에 앉아 있던 여기사가 놀라서 그 모습을 올려다보았다.

“갈 건가?”

“나는 고블린 슬레이어는 마음에 안 들지만…… 보수가 나온다면 가야지.”

“정말이지 솔직하지 못한 녀석이야.”

여기사의 아리따운 얼굴이 느슨해지며 장난스러운 미소를 지었다.

“네 고향에 나온 고블린을 퇴치해준 게 저 녀석이니까 가겠다고 하면 될 것을.”

“아~, 시끄러! 됐잖아. 소귀 죽이고 금화 1닢 받는 게 목적이니까!”

나도 그래. 그럼, 나도 그렇지. 저 녀석한테는 빚이 있어. 몇 명이 고개를 끄덕이고 몸을 일으켰다.

"애당초 넌 어떤데? 아주 싫다고 노래를 불렀잖아."

"나는 성기사 지망자잖아? 도움을 청한다면 거절할 순 없지."

여기사가 씨익 웃자 중장 전사가 포기한 듯 웃었다.

"하는 수 없지. 형이랑 누나가 간다면 우리도 가자."

"그러게. 하는 수, 없지만……."

"너희들, 그런 말은 하면 안 돼요."

각자 한마디씩 하면서 중장 전사의 파티가 모두 일어섰다.

그 모습을 보고, 신입 전사가 수습 성녀에게 말했다.

"……야."

"왜?"

"나, 아직 고블린 퇴치 해본 적 없어."

"……그러게. 위험하다고 들었으니까."

"하지만, 이제 슬슬 해볼까 생각했거든."

"……정말이지, 참."

어쩔 수가 없네. 소녀가 삐친 듯 말하자 소년이 손을 들었다.

그렇게 참가하는 그들을 보고 누군가 문득 맥 빠진 숨을 내쉬었다.

"……난, 저 녀석이랑 같은 날에 모험가가 됐거든. 이것도 인연이란 거겠지."

"매일 반드시 나타나서 『고블린이다』라는 말이 안 들리면 기분이 묘하잖아."

"그렇지. 길드의 명물? 풍물? 특산물? 그런 거지."

"있으면 짜증 나긴 하는데, 그래도…… 없으면 또 없는 대로, 그렇잖아?”

“마침 돈이 궁했거든……. 고블린 1마리, 금화 1닢. 나쁘지 않아.”

“정말이지. 이렇게 괴팍한 의뢰인은 처음이야.”

누군가 중얼거렸다. 수긍하는 자가 있었다. 모험가들이 차례차례 일어섰다.

그렇다. 그들은, 모험가다.

가슴에 꿈을 품었다. 뜻이 있었다. 야심이 있었다. 남을 위해서 싸우고 싶었다.

내디딜 용기가 없었다. 그러나 뒤에서 등을 떠밀어 주었다. 이제 주저할 이유가 없었다.

고블린 퇴치? 좋다 이거야. 그것이 그들의 일이다. 의뢰가 있으면 받아들인다.

“우리는 동료도 친구도 아니지만, 모험가니까.”

한 모험가가 검을 들고 외쳤다. 다른 모험가도 그를 따랐다.

검이 없는 자는 지팡이를, 창을, 도끼를, 활을, 주먹을 치켜들고 외쳤다.

신입이 있었다. 베테랑이 있었다.

전사가 있었다. 마술사가 있었다. 성직자가 있었다. 도적이 있었다.

휴이 있었다. 엘프가 있었다. 드워프가 있었다. 리자드맨이 있었다. 레아가 있었다.

길드에 모인 모험가들은 저마다 외치면서 발을 굴렀다.

고블린 슬레이어는 그 노호에 휩싸인 채, 천천히 주위를 둘러보았다.

접수원 아가씨와 눈이 마주쳤다. 그녀는 땀이 맺힌 얼굴로 장난스럽게 한쪽 눈을 감았다.

고블린 슬레이어는 접수원에게 고개를 숙였다. 그래야만 한다고 생각했다.

"……잘됐네요."

키득 웃는 목소리.

돌아보니, 마치 그림자처럼, 여신관이 고블린 슬레이어 옆에 와 있었다.

말할 것도 없었다. 그녀는 처음부터 따라갈 생각이었다.

"……그래."

고블린 슬레이어가 수긍했다.

이날 처음으로, 고블린 퇴치란 흔해 빠진 의뢰에 수많은 모험가들이 쇄도했다.

제12장 『고블린들의 언덕을 넘어서』

Goblin Slayer
He does not let anyone roll the dice.

긴 밤이 시작되고 있었다.

"GRARARARARARA!! GRARARARARA!!"

고블린 로드는 달이 뜨고 『한낮』이 오기를 기다렸다가 호령을 했다.

쥐어 짜내는 괴성이 순식간에 전달되더니, 고블린군이 전진하기 시작했다.

들풀의 키가 큰 초원에 몸을 감춘 그들은 일어서는 동시에 방패를 들었다.

고블린들이 고기 방패라고 부르는— 붙잡은 여자나 어린애를 나무 판에 묶어 놓은 방패다.

옷이 벗겨진 포로들이 모두 10명 정도.

때때로 신음을 흘리고 경련하거나, 개중에는 꼼짝도 않는 자도 있었다.

그러나 온갖 고문을 당한 포로들의 생사 따윈 고블린들에게 상관없었다.

중요한 것은 이걸 들면 모험가들이 활이나 마법을 쓰지 못한다는 점이다.

만약 모험가들이 고블린을 붙잡아 똑같이 방패로 삼아도 고블린은 주저하지 않는다.

동료와 함께 찔러 죽이고, 끓어오르는 분노로 모험가들을 찢어발긴다.

모험가란 것들은 참으로 얼빠진 것들이다. 고블린 로드가 깔깔거리며 웃었다.

시야 앞에 목장의 불빛이 보였다. 그 너머 더 멀리에 도시의 불빛이 반짝였다.

저 도시에는 모험가가 있다. —모험가! 이 얼마나 꺼림칙한 말이던가.

고블린 로드는 결심했다.

놈들을 하나씩, 산 채로 말뚝을 박아 죽이자.

놈들이 고블린에게 한 일을 똑똑히 알도록 해준 뒤에 죽이는 거다.

그의 고향을 공격하고, 아직 어리다며 광야에 내던진 놈들과 마찬가지로.

일단 목장을 공격하여 양과 소를 빼앗아 배를 채우고, 여자를 잡아다 범하고, 임신시켜서 수를 늘린다.

그리고 목장을 발판으로 삼아 도시를 공격하여 모험가들을 몰살시키고 더욱 수를 늘린다.

마지막에는 인간족들의 수도로 가서 멸망시키고 거기에 고블린들의 왕국을 세우는 것이다.

그것은 꿈 같은 생각이었지만, 고블린 로드에게는 틀림없이 현실적인 계획이었다.

상위종인 고블린 로드의 사고를 하위종인 고블린들은 이해할 수 없다.

그러나, 그래도 그들의 가슴속에는 분노와 증오, 욕망이 휘몰아치고 있었다.

지난번 정찰로 저 목장에 소와 양 같은 고기 말고도 젊은 여자가 있다는 건 알고 있었다.

부스럭거리며 초원을 헤치고 나아가는 발걸음도 혈기가 넘쳐서 빨라졌다.

마침내 목장의 불빛이 가까워졌다. 이제 단숨에 공격하면 된다.

그때였다.

"GRUUUU?"

문득 초원을 달콤한 안개가 뒤덮더니, 앞서가던 방패를 든 고블린이 안개 속으로 들어갔다.

고기 방패를 든 고블린의 몸이 휘청 기울어지더니 앞으로 고꾸라졌다.

그리고 한 마리, 또 한 마리. 잇달아 방패를 든 고블린이 풀썩풀썩 쓰러졌다.

놀란 고블린 로드가 눈을 깜빡인 순간, 검은 그림자가 목장 울타리 뒤에서 뛰쳐나왔다.

—모험가! 마술이다!

"GAAAU!!"

고블린 로드가 새된 소리로 소리쳤다.

"GAUGARRR!"

고블린 샤먼이 지팡이를 들어 뭐라고 외치자, 번개가 뿜어져 나가 모험가의 가슴을 때렸다.

그러나 모험가 한 사람이 쓰러지는 동안 나머지 모험가들이 순식간에 거리를 좁혀 고기 방패를 짊어졌다.

그들은 고블린들을 돌아보지도 않고 곧장 후퇴했다.

샤먼이 다시 지팡이를 휘둘러 도망치는 모험가를 쏘려고 주문을 외기 시작했다.

“GAAA?!”

그의 가슴에 날카로운 나뭇가지 화살이 꽂혔다.

샤먼은 입을 뻐끔거리면서 뒤로 쓰러져 죽었다.

밤눈이 밝은 고블린들은 금세 사수(射手)의 모습을 발견했다.

목장에 있는 나무 위— 저것은, 엘프다. 엘프 사수다.

고블린 궁병들이 황급히 단궁으로 쏘았지만 그녀는 코웃음을 치며 수풀로 뛰어내렸다.

고기 방패를 짊어진 모험가들이 울타리 너머로 퇴각하자 교대하듯 무장한 모험가들이 나타났다.

철컹철컹 무구 소리를 내면서, 몸을 낮추고 똑바로 고블린군에 돌진했다.

“GORRRRR!!”

고블린 로드가 황급히 병사들을 질타하여 요격을 명했지만 그들의 의식은 몽롱했다.

간헐적으로 《슬립(수면 구름)》이 날아와 몽롱해진 틈에 화살을 맞는다.

“정말이지, 저게 『방패』라니. 악취미야…….”

엘프 궁수는 혐오감을 드러낸 표정으로 들판을 달리며 바람처럼 화살을 쏘았다.

엘프에게 활을 쏘는 것은 숨 쉬는 것과 마찬가지다. 눈감고도 맞출 수 있다.

풀썩풀썩. 고블린 병사들이 화살을 맞고서 허수아비처럼 쓰러졌다.

전체적으로 보면 별것 아닌 숫자였다. 그러나 그래도 확실하게 전력이 깎여 나간다.

"주문술사는 줄여 놨어!"

"좋았어! 돈벌이 기회다, 날려 버려!"

"이야하! 금화가 제 발로 걸어온다아!!"

혼란에 빠진 고블린군이 태세를 바로잡는 것보다 빠르게, 모험가들이 접근했다.

이렇게 되면 아군이 말려들 수 있는 주문은 양쪽 모두 사용할 수 없다.

모험가 쪽은 본래 그렇지만, 고블린들 역시 그랬다.

동료를 방패로 삼는 거야 신경 쓰지 않지만, 자신을 지키는 방패가 줄어들면 곤란하기 때문이다.

주문을 쓸 수 있어도 고블린은 고블린. 그 성질은 겁쟁이고 비열하다.

그리하여 난전이 시작됐다.

검격음이 울려 퍼지고, 피 냄새가 밤의 초원에 퍼졌다. 비명, 절규, 함성.

무구를 울리는 소리가 뒤섞이고, 한 마리, 또 한 사람, 또 하나가 쓰러지며 그림자가 줄어들었다.

"정말이지, 이렇게 많으면 질려버리겠구만!"

창잡이가 당당하게 웃으면서 고블린 몇 마리의 다리를 쓸어버렸다.

넘어진 고블린들에게 리자드맨 승려가 춤추듯 뛰어들어 찔러 죽였다.

“소귀 살해자 선생도 두 손을 들었으니 당연한 일이지.”

리자드맨 승려가 합장을 하고 송곳니 칼을 휘둘렀다. 고블린들은 아직도 많았다.

투사체 회피
“아무래도, 좋지만…… 《디플렉트 미사일》에서, 나가지, 마.”

지팡이를 든 마녀가 육감적인 가슴을 가쁜 숨결로 흔들면서 잇달아 주문을 행사했다.

그 옆에는 일찌부터 《드렁크》를 모두 사용한 드워프 도사가 슬링을 휘두르고 있었다.

“어이쿠야. 카미키리마루 말대로 이거 혼자서는 손도 주문도 못 쓰겠구나.”

휘두른 끈에서 발사된 돌이 멋진 포물선을 그리며 고블린의 두개골을 부쉈다.

“호오, 이거 조준을 할 필요도 없…… 흠!”

드워프 도사의 눈이 날카롭게 가늘어졌다. 그걸 맨 처음 깨달은 엘프 궁수가 외쳤다.

“왜 그래, 드워프!”

“길쭉귀야. 라이더가 온다! 고블린의 기수 놈들이니라!!”

2개의 달 아래, 초원에 짐승의 울부짖음이 메아리쳤다.

거대한 회색 늑대를 탄 고블린들이 검을 휘두르며 돌진했다.

“활로 죽여! 접근시키지 마!”

“오냐, 창 내밀어라! 통과시키지 마!”

창잡이가 호령하자, 가까운 곳에 있던 모험가들이 대오를 짜더니 각자의 무기를 들었다.

늑대가 화살 비에도 아랑곳하지 않고 뛰어들었다. 그 배를 향해서 모험가들이 기세 좋게 칼날을 내밀었다.

소란스런 비명. 소음.

“으크아아악?!”

모험가 한 사람이 돌진에 져서 쓰러진다.

늑대의 이빨이 그 목을 파고든다.

그러나 많은 늑대가 무기에 찔려 죽고 등 뒤의 고블린들이 떨어졌다.

“각자 공격어억!”

리자드맨 승려가 외치며 칼을 휘두르자, 늑대에서 떨어진 기수의 목이 날아갔다.

전투 민족의 승려인 그는 때때로 리자드맨의 기도문 같은 것을 새된 소리로 외쳤다.

—결론부터 말하자면, 모험가들의 싸움은 극히 유리하게 진행되었다.

본래 모험가와 소귀가 정면으로 싸우면 운이 나쁘지 않는 한 질 요소가 없다. 게다가…….

『잠복해라. 놈들은 기습하는 데 익숙하지만, 기습당하는 건 익숙지 않다.』

『자세를 낮춰라. 발치를 노려라. 놈들은 덩치가 작지만, 하늘은 못 난다.』

『놈들은 분명히 고기 방패를 쓸 거다. 수면 주문을 걸어서 그 틈에 구출해라.』

『그때 죽일 수 있을 것 같아도 건드리지 마라. 눈을 뜨면 귀찮아진다.』

『공격 주문은 쓰지 마라. 주문 횟수는 다른 것에 써라.』

『놈들은 검과 창, 활, 도끼. 무기로 죽일 수 있다. 무기로는 할 수 없는 일에 주문을 써라.』

『맨 먼저 주문술사를 노려서 죽여라.』

『등 뒤를 내주지 마라. 언제나 움직여라. 무기를 잘게 휘둘러라. 체력을 유지해라.』

등등…….

고블린 슬레이어의 전술은 모험가들이 혀를 내두를 정도로 효과가 좋았다.

병사가 아닌 모험가도 전술에는 소양이 있다.

그러나 그것을 「소귀를 상대하면서 철저하게 지키는」 것은 쉽지 않다.

반복하게 되지만 숙련자들은 물론이고 신입 모험가들에게도 소귀는 약한 적이기 때문이다.

"이것 참! 돈도 되는 데다가 그 아가씨한테 멋진 모습도 보여줄 수 있으니 좋구만!"

따라서 이렇게 대책을 짜고 1대 1 상황으로 만들면 고블린 따윈 별것 아니다.

© 2016 Noboru Kannatuki

창잡이가, 그리고 다른 전사들이 종횡무진으로 무기를 휘두를 때마다 소귀의 목이 차례차례 날아간다.

그러나 저 안쪽에 달을 등지고 선 그림자가 불쑥 나타나 우뚝 선 것이 보였다.

"나왔다! 홉— 아니, 아니잖아?!"

"GURAURAURAURAURAU!!!!"

으르렁거리며 울부짖는 소리가, 피바람이 몰아치는 전장에 메아리쳤다.

오우거인가 싶을 정도의 거구.

피와 뇌수에 젖은 곤봉을 든 챔피언(소귀 영웅).

고블린이면서도 전장의 수세를 좌우할 수도 있는 강대한 적이 출현했다.

그러나 거물을 노리지 않아서야 모험가란 이름이 울 것이다.

"아자—! 거물이다! 이제 그만 잔챙이 상대도 질리던 참이었지!"

용맹하게 웃으며 무기를 짊어지고 뛰쳐나가는 중장 전사.

여기사가 방패를 들고 귀찮다는 듯 그 뒤를 따랐다.

"정말이지. 난 지금 해치운 고블린 목을 세느라 바쁘건만……."

"됐으니까 같이 가자!"

"알았다, 알았어. 어쩔 수 없는 녀석 같으니라고."

그들은 가볍게 말다툼을 하면서도 희희낙락 고블린 챔피언과 싸우러 달려갔다.

무구가 울리고, 피분수를 일으키며, 평원 여기저기서 비슷한 광경이 펼쳐지는 가운데…….

"그런데, 애당초 말을 꺼낸 그 녀석은 어디 간 거야?"

창잡이가 잠시 쉬려는 듯 털가죽으로 피투성이 창을 닦으며 숨을 돌렸다.

초원 너머에서 또 새로운 검은 그림자가 떠오르고 있었다.

고블린의 증원군이다. 호흡을 가다듬지 않으면 위험하다.

그는 창을 빙글 돌려서 바로잡았다.

"어머. 그가, 누구인지, 알잖……아?"

요염한 목소리로 속삭인 마녀가 긴 곰방대에서 연기를 들이마시고, 살며시 내뿜었다.

달착지근한 분홍색 기체가 바람을 타고 떠돌자, 그것을 들이쉰 고블린들의 오감이 현혹된다.

멀리서 보기에도 새로 나타난 고블린들의 움직임이 둔해지는 게 보였다.

"그래, 뻔하잖아."

인사불성이 된 고블린들에게 활을 쏘면서, 엘프 궁수가 웃었다.

"―고블린을, 죽이러(Slay) 갔지."

§

―어째서 이렇게 됐지?!

고블린 로드는 넘어질 듯 달리고 있었다.

승산이 없는 것을 안 그는 뒤도 안 돌아보고 전장에서 도망쳤다.

등 뒤에서 검격, 비명, 마법 소리가 울렸다.

모험가의 비명도 있을 것이다.

그러나 대부분은 고블린의 비명이었다.

애당초 이번 싸움은 확실하게 침략의 발판을 얻기 위한 기습이었다. 그런데…….

—우리는 빼앗는 쪽이었다. 그런데, 어째서 이렇게 됐나?

저 무리는 이제 틀렸다. 저 부대가 막힌 이상 오래 있을 필요가 없었다.

그 혼자 살아남으면 된다.

일단 소굴로 돌아가서, 포로 여자들을 써서 수를 늘리고 다시 한 번 도전한다.

처음과 마찬가지로.

고블린 로드라 불리는 그 고블린은『뜨내기』였다.

모험가들이 멸망시킨 소굴에서 홀로 살아남았다.

그의 모든 것은 모험가를 죽이기 위해서 있었다고 해도 된다.

—그렇게, 어려운 일이, 아니야.

어리다고 방심하여 등을 돌린 여자 모험가가 맨 먼저 먹잇감이 되었다.

그는 돌멩이로 온 힘을 다해 머리를 치면 놈들이 곧장 얌전해진다는 사실을 배웠다.

곤봉이 더 좋다는 것을 알고 곤봉을 썼다. 무기 사용법을 배우고, 갑옷을 입는 법도 배웠다.

모험가들이 집단을 이룬 것을 알고, 무리를 잘 다루는 방법을 생각했다.

오랜 방황의 나날은 그의 육체와 지혜를 흄의 전사보다 뛰어나게 단련시켰다.

그리고 어느샌가, 그는 왕(로드)이라고 불리게 됐다.

이번 일도 마찬가지다.

2개의 달 아래 전장을 등지고, 고블린 로드는 열심히 달렸다.

초원의 풀을 헤치고 땅을 박차며 숲으로. 숲 속으로. 동굴이 있다. 그의 소굴이다.

실패했다. 그러나 그만 살아남으면 다음 기회가 있다.

학습하여, 여자를 써서 동료를 늘리고, 다음에는 더 잘할 거다. 다음에야말로…….

"—그래. 네가 생각하는 것쯤은 알고 있었다."

차갑고, 무기질적이고, 담담한 목소리가 앞길을 막았다.

고블린 로드는 무심코 멈춰 섰다. 그는 손에 쥔 전투 도끼를 천천히 들었다.

눈앞의 어둠 속에 그것이 서 있었다.

싸구려 가죽 갑옷과 철 투구. 왼팔에 작은 방패를 고정하고, 오른손에 어중간한 길이의 검을 쥔 모험가.

검붉은 피를 뒤집어써서 온몸이 물든 채 구역질이 나올 정도의 피웅덩이 위에 서 있었다.

"얼빠진 놈. 대군은 미끼로 써야 하는 법이다."

로드는 서투르지만 공통어를 이해할 수 있었다.

그 모험가의 정체가 뭔지는 알 수 없었다.

그러나, 그 남자가 무엇을 했는지는 확실히 알았다.

"네 고향은, 이제 없다."

"ORGRRRRRRRRRR!!!!"

로드는 분노로 울부짖으며 고블린 슬레이어에게 덤벼들었다.

두개골을 깨부수려고 휘두른 전투 도끼 일격을 고블린 슬레이어가 방패로 받아 냈다.

금속이 격돌하는 격렬한 소리.

고블린 슬레이어가 방패를 크게 휘둘러 도끼를 튕겨 내고는 날카롭게 검을 찔렀다.

"음……!"

미약한 목소리.

칼끝이 로드의 가슴에 파고들었지만, 딱딱한 감촉이 돌아왔다. 흉갑이었다.

그것에 동요한 것은 아니었다. 그러나 한순간 경직된 그의 옆에서 전투 도끼가 덮쳐왔다.

반사적인 판단. 옆으로 뛰어 풀 위를 굴러 피하고는 한쪽 무릎을 짚고 앉아 커다랗게 숨을 내쉬었다.

"……."

고블린 슬레이어가 일어서서 손에 든 검을 빙글 돌리고 방패를 내밀어 자세를 잡았다.

"GRRRRR……."

로드가 징그럽게 웃으며 양손으로 전투 도끼를 움켜쥐었다.

힘과 무기의 차이는 압도적이었다.

지난번의 부상. 1개월의 휴가. 필요한 일이었다. 그렇지만…….

고블린 슬레이어는 자신이 둔해진 것을 충분하고 남을 정도로 이해하고 있었다.

그러나 그것은 문제가 안 되지. ―문제가 되어선 안돼.

눈앞에 고블린이 있다. 그것만으로 그에게는 충분하고도 남았다.

"……!"

고블린 슬레이어는 로드를 향해 쏜살같이 달렸다.

낮은 자세로 달리면서 왼손으로 풀을 한 움큼 뜯어내 쥐었다. 그리고는 앞으로 뿌린다.

시야 한가득 퍼진 풀잎을 로드가 떨쳐낸 순간, 그는 검을 내질렀다.

흩날리는 피, 절규.

"GARUARARARA?!"

로드는 미간에서 피를 흘리며 외쳤고, 전투 도끼를 마구잡이로 휘둘렀다.

얕다. 혀를 찰 틈도 없이 고블린 슬레이어의 몸을 충격이 덮쳤다.

하늘을 나는 부유감. 그리고 충격과 격통.

"크, 하……악."

땅에 등을 세차게 부딪쳐 폐에서 공기가 흘러나왔다. 방패가 반쯤 부서져 있었다.

아무리 감이 무뎌졌어도, 이미 익힌 움직임을 몸은 잊지 않는다.

반사적으로 내민 방패가 또 그의 목숨을 구했다.

"……정면으로는, 쉽지 않군."

내뱉듯이 중얼거리고, 고블린 슬레이어는 검을 지팡이 삼아 몸을 일으켰다.

"GAROOO!!"

고블린 로드가 그 틈을 놓치지 않고 전투 도끼를 들더니 풀을 짓밟으며 돌진했다.

고블린 슬레이어는 작게 고개를 끄덕였다.

드높이 검을 올리고, 부서져 가는 방패를 내밀어 끝으로 로드를 가리켰다.

그 순간 고블린 슬레이어가 땅을 박차고 달렸다.

로드의 전투 도끼가 다가온다. 거기에 부딪히도록 방패를 들었다. 검을 내밀었다.

격돌.

고블린 슬레이어의 방패가 완전히 부서졌다.

로드의 전투 도끼는 그대로 그의 가슴에 반쯤 파고들어 고블린 슬레이어를 다시 날려버렸다.

한편 고블린 슬레이어의 검은 스치면서 로드의 배를 가르고 있었다.

피가 넘치고, 밤의 초원에 흩뿌려졌다.

"GAU……."

그러나 치명상은 아니다. 로드는 불쾌한 듯 얼굴을 찌푸렸다.

"으, 크……윽?!"

땅에 부딪힌 고블린 슬레이어는 몸부림치듯 일어서고자 했다.

그러나 그는 일어서지 못했다. 지팡이로 쓰려고 해도 이미 검이 반으로 부러져 있었다.

"GURRR."

로드가 재미없다는 듯 코를 울렸다.

그러나 어쨌든 동포의 원수다. 팔다리를 잘라 내고 기둥에 매달아 죽을 때까지 방치해주마.

고블린 로드는 어두운 미래를 그리며 깔깔 웃더니, 괜히 천천히 다가왔다.

꼼짝도 안 하는 고블린 슬레이어의 투구를, 로드가 짓밟았다.

"……."

마음에 안 든다면, 마음에 안 든다. 먹잇감이란 본래 죽을 때 겁을 먹어야 하는 법이다.

그러나, 뭐 좋다.

죽으면 끝이다. 모든 것이. 오늘은 그 죽음을 무자비하게 선사하는 것으로 넘어가도록 해야겠다.

로드는 천천히 전투 도끼를 들어 올려—.

—덜컥.

그 순간, 전투 도끼가 뭔가에 걸렸다.

"GAU……?"

나무줄기라도 찍었나? 로드가 의문스레 등 뒤를 확인했다.

그러나, 아무것도 없다. 아무것도. 나무들은 조금 떨어진 곳에 우거져 있었다.

"GA, RRRR……?!"

그렇다면, 이번에는 내리려고 했는데 도끼가 전혀 움직이지 않는 걸 깨달았다.

아니, 애당초 로드의 몸 자체가 꼼짝도 하지 않았다.

온몸이 뭔가에 짓눌리고 있었다.

마치 보이지 않는 벽에 끼인 것 같았다.

"GA, GAO……?!"

몸을 제대로 비트는 정도도 할 수 없었다. 로드는 혼란 속에서 시선을 허우적거렸다.

뭐냐, 무슨 일이, 일어난……?!

"《자비 깊은 지모신이여, 부디 나약한 우리들을 대지의 힘으로 지켜주소서》……!"

그 대답은 기적처럼 낭랑하게 울리는 시원스런 기도였다.

가녀린 소녀가 수풀 속에서 걸어 나왔다.

이마에는 땀이 맺혔고, 떨리는 손에는 석장을 쥐고 있었다.

열심히 지모신에 대한 기도를 바치는 여신관…….

―이 계집이 한 짓인가!

"GAAAAUAUAUAUAUAUAUA!!!!"

고블린 로드는 있는 힘껏 욕지거리를 외치며 여신관에게 짖어댔다.

사지를 뽑아내 길러주마. 아니, 엉덩이에 말뚝을 박아 입까지 꿰뚫어주마.

손가락을 하나씩 꺾어줄까? 아니면 얼굴을 태워주마.

언뜻 보기에도 나약해 보이는 계집이군. 조금만 겁을 주면 곧장 굴복해버리겠지…….

"……윽!"

그러나 그렇지 않았다.

여신관은 얼굴이 창백했지만 입술을 깨물면서 떨리는 석장을 필사적으로 내밀었다.

로드는 초조해졌다.

"GA, RO……?"

—이 계집은, 어쩌면 겉보기와 다를지도 몰라.

그렇다면 태도를 바꾸어 가엾어 보이는 목소리로 용서를 구했다.

이제 두 번 다시 이런 일은 안 하겠다. 우리가 잘못했다.

숲 속으로 돌아가서 평화롭게 살게요. 사람들 사는 곳에는 두 번 다시 안 오겠습니다.

부디 용서해 주세요. 부탁입니다.

서투른 공통어로 말하며…… 만약 가능했다면 로드는 그 자리에서 엎드려 빌었을 것이다.

그는 과거에 이런 식으로 모험가들에게 매달려서 목숨을 건진 적이 있었다.

로드— 당시에는 그저 고블린이었던 그를 살려준 것도, 생각해 보니 여자 모험가였다.

아직 어렸던 로드를, 그녀는 「다시는 이런 짓 하면 안 된다」라면서 놓아주었다.

물론 그녀가 등을 돌린 순간에 덤벼들어서 참혹하게 죽여버렸다.

자신이 강자라고 생각했던 계집이 울부짖으며 도움을 청하는 모습을 생각하며, 로드의 마음이 어둡게 끓어올랐다.

살아남기만 한다면, 언젠가 복수의 기회도 온다.

—그때 맨 먼저 이 계집을 능욕해주마……!

"내버려 둘 것 같나."

차가운 목소리가 칼처럼 울렸다.

"GA, RR……?!"

그것은 땅속에 부는 바람처럼 로드의 심신을 얼려 버렸다.

고블린 슬레이어가 천천히 일어섰다.

피를 뚝뚝 흘리는 왼손에 부서진 방패를. 오른손에는 부러진 검을 쥐고서.

그 남자는 성큼성큼 거침없는 발걸음으로 다가왔다.

그리고 꼼짝도 못하는 로드의 바로 곁에서 목을 검으로 짓눌렀다.

"GA……GO……?!"

부러진 검으로는 쉽사리 벨 수 없다. 찌를 수도 없었다.

그러나— 기도를 짓누르자, 로드는 의미 없는 소리를 내며 울부짖었다.

"로드? 바보 같군."

로드는 도망치려고 필사적으로 발버둥 쳤다.

"너는, 고블린이다."

로드는 숨을 들이쉬려고 필사적으로 입을 벌렸다.

"그저, 지저분한."

그러나 그조차 소용없었다.

"고블린에, 지나지 않아……!"

얼굴이 거무죽죽하게 물든 로드가 혀를 내밀고, 입에서 거품을 뿜어내고, 눈이 튀어나왔다.

"그리고, 나는……."

어둠 속에 가라앉는 의식 속에서 로드가 물었다.

—이 녀석은, 뭐지?

"고블린 슬레이어(소귀를 죽이는 자)다……!"

로드의 눈이 빙글 뒤집혔다.

소귀의 왕이 된 괴물은, 두세 번 경련하더니, 이윽고 숨이 끊어졌다.

"……고블린의 목, 하나, 다."

그 말과 함께, 고블린 슬레이어의 손에서 검이 떨어졌다.

그리고 실이 끊어진 것처럼 앞으로 쓰러지는 그의 몸을—.

"고블린 슬레이어 씨!"

석장을 내던지고 달려온 여신관이 안아서 받쳤다.

피와 진흙투성이, 온몸에 무구를 입은 그 남자의 몸은 가녀린 팔에는 너무 무거웠다.

뒤늦게 《프로텍션》이 사라지고 로드의 시체가 고블린 슬레이어 옆에 쓰러졌다.

그녀는 그것을 보지도 않고 고블린 슬레이어의 몸을 살폈다.

왼팔의 상처가 깊었다. 까딱하면 뼈까지 다쳤을지도 모른다.

"무모한 짓, 하지 마세요……!"

"……크, 으……윽."

양손이 피로 더러워지고 그가 신음하는 것조차 개의치 않으며, 여신관은 상처에 손바닥을 대었다.

"《자비 깊은 지모신이여, 부디 이자의 상처를 그 손으로 어루만지소서》!!"

혼을 깎는, 한결같은, 진심을 담은, 절실한 기도.

—과거, 첫 모험 때 같은 일은 두 번 다시 겪고 싶지 않았다.

지모신은 그 바람을 자상하게 받아들여 고블린 슬레이어의 팔에 빛나는 손가락을 뻗었다.

그녀가 남겨두었던 마지막 기적이 이루어졌다.

여신관은 처음부터, 그가 미끼가 된 틈에 《프로텍션》으로 로드를 붙들라는 지시를 받았다.

본래 방어의 기적인 《프로텍션》을 2중으로 탄원하여 우리로 만드는 작전에는— 이제 놀라지도 않는다.

그러나 《프로텍션》을 3장 거듭하라는 그의 지시를 그녀는 지키지 않았다.

기적을 다 써서는 안 돼. —그것은 그야말로 계시였을지도 모른다.

안 그랬으면, 이 기묘하고, 괴팍하고, 고지식한 남자의 목숨은, 틀림없이 여기서 끝났으리라.

"……그것참. 전에도, 말했을 텐데."

"고블린 슬레이어, 씨……!"

갈라진 목소리로 대답했다. 여신관이 뚝뚝 눈물을 흘렸다.

"무모한 짓을 해서, 이길 수 있다고는, 생각지 않는다."

고블린 슬레이어가 천천히 상반신을 일으키고자 했다.

여신관은 그것을 막고서 그의 팔 아래로 몸을 넣었다.

안아서 눕히는 것도 어려웠던 무게를 여신관이 필사적으로 지탱했다.

가늘고 가녀린 체격으로 고생하면서, 어깨에 짊어지듯 열심히 일어섰다.

"……무모한 짓, 하지 말고. 고블린, 슬레이어, 씨는……."

"……."

"조금 더, 여러모로……! 조심, 해, 주세요……!"

"그런가."

"……."

"……미안하다."

눈물을 흘리면서, 딸꾹질을 하면서, 여신관은 고개를 좌우로 흔들었다.

눈물을 뚝뚝 흘리면서, 소녀는 한 걸음씩 단단히 발을 디디며 걸었다.

고블린 슬레이어는 되도록 그녀에게 부담이 되지 않도록 노력하면서 담담하게 말했다.

"신뢰, 하기 때문이다."

여신관이 울면서 엉망이 된 얼굴로 웃었다.

"……정말, 못 말리는 사람이네요."

그녀는 첫 모험에서 죽은 동료들을 떠올렸다.

지금 상처 입고 죽어가는 모험가들을 생각했다.

살해된 고블린들을 생각했다. 눈앞에서 살해된 고블린 로드를 생각했다.

그런 갖가지 일이 뇌리에 떠오르는 가운데, 여신관은 지탱한 남자의 무게를 의식했다.

지친 몸에 그의 무게는 상당한 부담이었다.

그녀의 걸음은 느렸고, 전장의 소음은 멀고, 도시의 불빛은 더욱 멀리 있었다.

—그러나 그것은, 마음이 편안한 길이었다.

제13장 『어느 모험가의 결말』

“우리들의 승리와, 목장과, 도시와, 모험가와…….”

모험가 길드에 모인 상처투성이 모험가를, 엘프 궁수가 빙 둘러보았다.

“그리고, 언제나 고블린 얘기만 하는 저 이상한 녀석에게 건배애!!”

엘프 궁수가 선창하자 모험가들이 환성을 지르며 차례차례 잔을 들어 들이켰다.

이걸로 다섯 번째인지 여섯 번째인지 모를 건배였지만, 모험가들은 신경 쓰지 않았다.

전투로 뒤집어쓴 피도 마르지 않은 채 모험가 길드에 모인 그들은 성대하게 승리의 함성을 질렀다.

대승리였다.

100마리의 소귀는 전멸. 갖가지 상위종이 있었다지만, 수를 갖춘 모험가들에게 비할 바는 아니었다.

물론 모험가들도 사상자가 전혀 없지는 않았다. 불운한 자는 언제든지 있다.

그렇기 때문에 몇 명의 전사자를 진혼하는 것도 겸하여 성대하게 소란을 피우는 것이다.

다들 자기 뜻으로 「모험」에 몸을 던진 이상, 내일은 자기가 죽을

지도 모른다.

싸움이 끝난 것을 알린 소치기 소녀, 목장 주인도 끌어들여서 성대한 연회가 벌어지고 있었다.

그리고 그는— 늘 그렇듯, 홀 구석의 벽에 놓인 의자에 앉아 있었다.

그의 왼팔은 어깨에 끈을 걸어 매달아 뒀지만 통증은 거의 없었다.

그는 빛나는 금화 1닢 너머로 주연의 소란을 보고 있었다.

드워프 도사가 비장의 화주를 꺼내 나누자, 신입 모험가가 한입 마시더니 시선이 마구 흔들렸다.

그 옆에서는 용아병이 기괴한 춤을 추어 연회의 흥을 돋우고 있다. 리자드맨 승려가 조종하고 있었다.

접수원 아가씨는 바쁘게 뛰어다녔고, 손을 뻗으려던 창잡이가 마녀의 곰방대에 얻어맞고 있었다.

“이얏호! 오늘 밤 나는 금화 5닢의 여자야! 계속 가져와!”

“고기! 고기다! 최상급 고기!”

“나, 나한테 사귀자고 했잖아! 잊었냐! 고향의 부모님한테 인사를……!”

“으아~! 차암! 너 완전 취했지?!”

“모험가 여러부운! 술 더 가져왔어요오~!”

“좋았어어! 같이 마시자! 오늘이야말로……!”

“아, 숙취 대책으로 안티도트도 어떠세요?”

“……하나, 주세요.”

그는 살짝 눈으로 웃었다.

그는 고블린의 소굴을 없앴지만, 이번 싸움에서 올린 전과는 로드뿐이었다.
따라서 보수는 고작 금화 1닢.
고블린 슬레이어는 그 금화를 옆에 앉은 여신관에게 살며시 쥐여주었다.
처음에는 생글생글 웃던 여신관도, 지금은 그의 어깨에 머리를 기댄 채 희미한 숨소리를 내고 있었다.
"어지간히 힘들었나 보네."
여신관을 사이에 둔 옆자리. 그녀― 소치기 소녀가 여신관의 머리칼을 살짝 쓰다듬었다.
볼에 묻은 것을 닦아주는 동작이 동생을 대하는 언니 같았다.
"여자애니까, 너무 무리 시키면 안 돼."
"그래."
그는 담담하게 고개를 끄덕였다. 으음. 그녀가 입술을 삐죽거렸다.
"자상하네. ……무슨 일 있었어?"
"아니."
그는 조용히 고개를 옆으로 저었다.
"평소랑 같았다."
"……그렇구나."
두 사람은 묵묵히 모험가들을 보았다.
모험가들은 마시고, 먹고, 소란을 피우고, 웃고 있었다.
상처 입은 자도, 그렇지 않은 자도. 무훈을 올린 자도, 아무것도 못한 자도.
살아남은 모든 모험가가 자신이 이룬 모험의 성과에 기뻐하고 있었다.

"……고마워."

그녀가 살며시 그에게 속삭였다.

"뭐가 말이지?"

"구해줘서."

"……나는 아무것도 안 했다."

그는 참으로 무뚝뚝하게 말했다.

두 사람 사이에 침묵이 감돌았다. 하지만 나쁜 느낌은 아니었다.

서로, 상대의 마음은 알고 있었다.

"……아직."

"응~?"

조용히 중얼거린다. 그녀가 자연스럽게 고개를 갸웃거렸다.

"아직, 결론은 나오지 않았지만……."

"응."

"조금, 정리가 됐다."

그녀는 가만히 그의 말을 기다렸다.

그는 생각하고 생각하여, 띄엄띄엄 말했다.

"나는 아마도. 모험가가, 되고 싶은 것, 같다."

"그렇구나."

그녀에겐 그가 마치 10살 소년처럼 보였다.

그러나 8살 때와 달리 그녀는 웃으며 고개를 끄덕일 수 있었다.

"될 수 있을 거야, 꼭."

"그런가."

"응, 그래."

그건 언젠가, 고블린이 사라진 다음이겠지만…….

"……음, 냐……아……? ……?!"

문득, 여신관이 꼼지락거리더니 눈꺼풀이 떨렸다. 그리고 눈을 깜빡이더니—.

"어, 앗?! 자, 잠들어, 버렸네요……?!"

얼굴이 새빨개져서 당황했다. 그 동작에 그녀— 소치기 소녀가 키득키득 웃었다.

"아하하. 다들 열심히 싸웠으니까 지칠 만도 하지. 그럼, 그럼."

"에, 아, 으. ……죄, 죄송합니다."

"나는, 상관없다."

"……그럼, 나는 잠깐 인사하러 가볼게."

소치기 소녀는 마지막으로 여신관의 머리를 살짝 쓰다듬고 의자에서 일어섰다.

물러갈 때 「**오늘은** 느긋하게 지내」라고 하자, 그가 고개를 끄덕이고 여신관은 얼굴이 빨개져서 고개를 숙였다.

"……너는 괜찮나. 다들 모인 곳에 안 가도."

"괜찮아요. ……즐기고, 있으니까요."

고블린 슬레이어가 물었지만, 그녀는 고개를 좌우로 흔들기만 했다.

—이대로는, 좋지 않아. 뭐가 좋은 않은 건지는 모르겠지만, 좋지 않아……!

여신관이 반사적으로 손뼉을 쳤다. 이것도 전에 그에게 배운 것이었다.

어떤 때든 나중에 좋은 작전을 생각하는 것보다 즉시 행동할 것.

"그, 그보다도 고블린 슬레이어 씨야말로, 괜찮으세요?"

"뭐가 말이지?"

"도, 돈……이라든가?"

"문제는 없다."

너무나 노골적인 화제 전환. 고블린 슬레이어는 그것을 아는지 모르는지 고개를 끄덕였다.

"처음에 교섭한 대로, 이미 지불했다."

"……?"

"한 잔은, 샀다."

"아."

여신관이 무심코 입가를 가렸다.

그녀의 시선 끝에는 마침 창잡이가 추가로 주문한 이름난 술 뚜껑을 따는 참이었다.

그 옆에서 마녀가 홀짝거리며 **첫** 한 잔을 핥듯이 즐기고 있었다.

—……저 사람은, 알고 있네요. 분명히. 아마도.

"……빈틈, 없네요."

"고블린 퇴치의 보수는 당연히 싼 법이다."

"그래도 되는 걸까요?"

"되고말고."

어차피 고블린 퇴치 보수 자체는 길드가 내니까 손해는 없다. 그가 그렇게 말했다.

눈을 게슴츠레 뜨고서 노려보아도 그는 신경 쓰는 기색이 없었다.

물론 여신관도 진심은 아니었다.

꽤나 기분이 흐트러지고, 붕 들떠서 가슴이 뛰었다. 두근두근, 맥박이 빠르다.

"……저기, 고블린 슬레이어 씨."

"……뭐지?"

"왜, 곧장, 그…… 다른 분들께, 의뢰하지 않은 건가요?"

길드에서 그렇게 거창한 방식으로 일을 벌이지 않았어도 괜찮지 않았을까?

평범하게 벽보를 붙여 의뢰하면, 그래도 되지 않았을까?

그렇게 생각하여 물어보자, 고블린 슬레이어가 입을 다물어 버렸다.

"아, 물론 대답하기 싫다면 괜찮아요……."

"……대단한, 이유는 아니다."

황급히 덧붙인 여신관에게 그는 천천히 고개를 좌우로 저으며 말했다.

"나 때는, 아무도 안 왔다."

그는 신이 나서 술을 마시는 모험가들에게 시선을 돌렸다.

달려온 사람들. 고블린 퇴치를 위해 무기를 집고 목숨을 건 사람들.

혹은, 여기에 돌아오지 못하고 죽어 버린 사람들.

"이번에도 그럴지도 몰랐다. 확실한 요소는 아무것도 없었다. 운에 맡긴 거다."

이유는 그것뿐이다, 라고. 그가 말했다.

"나는『이상한 녀석』이라고 하더군."

그리고 입을 다물어 버린 철 투구. 여신관이 한숨을 쉬었다.

정말로, 이 사람은 못 말린다.

"—그건, 아닐 거예요."

그래서 여신관이 말했다.

"저는 당신이 도와 달라고 하면, 도울 테니까요."

무슨 바보 같은 소리세요.

"저뿐만 아니라, 이 도시에 있는 모험가들, 모두가— 전부."

정말로 못 말리는 사람이다. 진심으로 기가 막혔다.

"다음에도. 그 다음에도. 이제부터 계속. 도와 달라고 하면 도와줄 거예요."

하지만, 진심을 담아서—.

"—그러니까, 운이 아니었을 거예요. 분명히."

꽃봉오리가 피어나듯 수줍게 웃었다.

그런가. 그가 중얼거렸다. 그래요. 여신관이 작게 가슴을 폈다.

—지금이라면, 말할 수, 있을까?

두근두근 빠르게 울리는 가슴. 손을 꼭 마주 잡고서 숨을 내쉬었다.

"……저기, 고블린 슬레이어 씨."

아마도, 취기 때문일 것이다.

취했으니까, 어쩔 수 없다.

응, 그러니까, 괜찮을 거야.

"기왕이면, 저도 보수, 받을 수 있을까요?"

"뭐지?"

아아, 부디, 지모신이시여, 용기를 내려주소서.

바라는 것은, 단 한마디를 하기 위한 용기뿐입니다.

숨을 들이쉬고, 내쉬고. 그녀는 그의 얼굴을 똑바로 보면서 말했다.

"투구를, 벗어서 보여주세요."

"……."

그는 아무 말도 하지 않았다.

그러나 포기한 듯 숨을 내쉬더니, 천천히 투구에 손을 올렸다.

고정 장치를 풀고 투구를 벗어, 싸움을 끝낸 얼굴을 주점의 불빛 아래에 드러냈다.

"……후훗."

여신관이 빨간 얼굴을 숨기지도 않고 고개를 끄덕였다.

"그러는 편이, 더 멋있는 것 같은데요?"

"……그런가."

그도 고개를 끄덕였다. 그때였다.

"아아~~~~앗!!"

길드 홀 안에 찢어질 듯한 절규가 울려 퍼졌다.

"오르크볼그가 투구를 벗었잖아아?! 치사해! 나도 아직 맨 얼굴 못 봤는데!"

돌아보니 얼굴이 새빨개진 엘프 궁수가 있었다. 그녀가 긴 귀를 마구 흔들면서 손가락으로 가리키고 있었다.

"뭐야?!"

"뭐라고?!"

그리고 그 호기를 놓친다면 모험가로 일할 자격이 없다.

눈썰미가 안 좋으면 살아남기 어렵다.

술을 마시던 그들이 손마다 그릇과 식사를 들고서 우르르 몰려오

는 것도 필연적이었다.

"와, 와, 와?! 엄청, 귀중한 거예요!"

"어, 그런가? ……그럴지도. 스스로 벗는 건 투구가 망가졌을 때나 잘 때뿐이니까."

"호오. 이거 참, 전사의 상이로군."

"어허. 과연 카미키리마루. 생김새가 좋구나."

"……? 어디서 본 것 같은데……? 에에이, 젠장! 어쩐지 마음에 안 들어!"

"후후. 역시……. 의외로, 미남……이란, 말이지."

"어이, 고블린 슬레이어 얼굴이라니까?!"

"전에 했던 내기 표 가져와라!"

"……내일 또 마신이라도 부활하는 거 아냐?"

"난 의외성을 노려서 여자란 쪽에 걸었는데……!"

"나는, 분명 고블린일 줄 알았어……."

"어~이, 맞춘 녀석 있냐? 술 사라, 술 사!"

가족, 친구, 동료, 익숙한 얼굴, 낯선 얼굴이 몰려들어서 그를 둘러쌌다.

옆에서 말려들어 버린 여신관이 눈 둘 곳을 모른 채 난처한 표정으로, 도움을 청하듯 그를 보았다.

소란스럽고, 떠들썩하고, 사양하지 않는다.

내일이 되면 또 평소와 같은 나날이 시작될 것이다.

아무것도 변하지 않는다. 무엇 하나도…….

그러나…….

—다음에도. 그 다음에도. 이제부터 계속. 도와 달라고 하면 도와 줄 거예요.

"……그런가."

—그러니까, 운이 아니었을 거예요. 분명히.

"그렇다면, 좋겠군."

그는 그렇게 말하고— 희미하게 웃었다.

§

옛날, 옛적에, 지금보다 별빛이 훨씬 적었을 무렵.

빛과 질서와 숙명의 신들과, 어둠과 혼돈과 우연의 신들. 그들 중 어느 쪽이 세상을 지배할 것인가?

싸움이 아니라, 주사위로 승부를 내기로 했습니다.

신들은 몇 번이고, 몇 번이고, 몇 번이고, 정신이 아득해질 정도로 주사위를 굴렸습니다.

하지만, 이기고 지기를 반복하며, 아무리 시간이 지나도 결판이 나지 않았습니다.

마침내, 신들은 주사위만 가지고는 질리고 말았습니다.

그래서 말과 말을 둘 판을 만들었습니다. 갖가지 생명과 그들이 사는 세계를 만들었습니다.

휴과 엘프와 드워프와 레아와 리자드맨, 고블린과 오우거와 데몬들.

그들은 모험을 하고, 때로는 이기고, 때로는 지고, 보물을 발견하고, 행복해지고, 죽어 갔습니다.

그것을 바라보는 신들 또한 기뻐하고, 슬퍼하고, 웃고, 울었습니다.

어느샌가 신들은 말들의 활약을 즐기고, 세상과 그들을 크게 사랑하게 되었습니다.

신들은 진심으로 열중한 덕분에, 비로소 자신들에게 『마음』이 있음을 알았습니다.

때로는 주사위 눈이 안 좋아서 실패할 때도 있었지만, 그건 어쩔 수 없습니다.

그러던 어느 날, 모험가 한 사람이 나타났습니다.

그 모험가는 평범한 젊은이였습니다.

재능도, 소질도, 출생도, 장비도, 모든 것이 이렇다 할 특징이 없었습니다.

어디에나 있을 법한, 흔해 빠진 흄, 전사, 남자입니다.

신들은 모두 그를 좋아했지만, 그렇다고 특별한 기대는 하지 않았습니다.

그는 세계를 구하지 않을 겁니다.

그는 무언가를 바꾸지 않을 겁니다.

그는 어디에나 있는, 하나의 말에 지나지 않으니까요.

다만 그 모험가는 다른 자들과는 조금 달랐습니다.

그는 언제나 책략을 짜고, 생각하고, 행동하고, 단련하고, 재치를 부리고, 철저했습니다.

그는 결코, 신들이 주사위를 굴리도록 하지 않았습니다.
그는 출생이나 능력이나 치트와는 무관했습니다.
그런 건 지나가는 개나 주라죠.

이걸 어쩌면 좋담. 신들조차 기겁했습니다.
그러던 어느 날, 신들은 깨달았습니다.

그가 세계를 구하는 일은 없을 겁니다.
그가 무언가 바꾸는 일은 없을 겁니다.
그는 어디에나 있는, 말 중 하나에 지나지 않으니까요.
하지만 그는 결코 신들이 주사위를 굴리도록 하지 않습니다.
그렇기 때문에— 그 모험가의 결말은 신들도 모릅니다.

그의 싸움은 이어집니다. 오늘도, 어디선가.

■작가 후기

안녕하세요. 카규 쿠모라고 합니다.

서투르지만 정성 들여 쓴 작품입니다. 재미있으시다면 좋겠습니다.

그리고 처음에 한마디.

이 모험가는 특수한 훈련을 받았습니다. 착한 아이는 게임 마스터(GM)의 허가 없이 흉내 내지 말아주세요.

고블린 슬레이어라는「뭔가 이상한」모험가는 잡담을 하다 태어났습니다.

판타지 세계에서 고블린만 퇴치하는 모험가는 어떤 모험가일까요?

잡담으로 시작하여 토막글을 쓰고, 토막글이 이어져 작품이 되고, 작품을 소설로 투고했더니…….

그것이 2년이 지나 출판이 되었으니, 인생은 숙명과 우연으로 가득 차 있습니다.

처음에 잡담에서 만들어진 토막글이 재미있다고 말씀해 주신 분들이 있었습니다.

소설로 만들어 보면 어떻겠느냐고 응원해주신 분들이 있었습니다.

그 소설을 호평해주신 분들이 있었습니다.

여러분의 응원이 없었다면, 여기까지 올 수 없었을 겁니다.

다시금, 정말로 고맙습니다. 진심으로 감사합니다.

설마 출판하기 전부터 코미컬라이즈가 결정되는 사태가 될 줄은 생각도 못했지만요.

살다 보면 굉장한 일이 일어나는 법이군요. 깜짝 놀랐습니다.

생각지도 못한 일은 한 가지 더 있었습니다.

TRPG라는 놀이가 있습니다. 종이와 펜, 주사위를 사용해서 노는 게임입니다.

제가 10년 이상 가지고 놀았고, 앞으로도 가지고 놀 놀이를 소재로 소설을 썼습니다.

하물며 그것이 데뷔작이 된다니, 과거의 제가 들으면 믿지 못할 겁니다.

살아남거나, 죽거나, 성공하거나, 은퇴한 수많은 플레이어 캐릭터들.

그들의 존재도, 여기까지 오는 데 꼭 필요했습니다. 진심으로 감사해야 합니다.

감사 인사란 것을 지금까지 써본 적이 없었고, 감사할 상대도 셀 수가 없습니다만…….

일단 웹에서부터 읽어주신 여러분. 여러분이 없었다면 여기까지 올 수 없었습니다.

창작 관련 친구들. 응원해주고 비평해줘서 고마워요. 여러분 덕분입니다.

10년 넘는 게임 친구들. 고마워요. 또 좀비를 퇴치하러 갑시다.

근사한 일러스트를 그려주신 칸나츠키 노보루 선생님. 다들 귀엽습니다. 야호!

코미컬라이즈를 담당해주신 쿠로세 코우스케 선생님. 부디 잘 부탁드립니다.

여러모로 지도해주신 담당 편집자님, GA문고 편집부 여러분.

제가 모르는 곳에서 출판, 선전에 힘써주신 여러분. 정말 고맙습니다.

스티브 잭슨 씨와 이안 리빙스턴 씨.

개리 가이각스 씨와 데이브 안손 씨.

코다치 우쿄 씨와 미와 키요무네 씨.

『소서리』, 『D&D』, 『이계전기 카오스플레어』는 제 인생을 바꾼 작품이었습니다.

그리고 지금 이렇게 책을 집어주신 여러분. 정말로 고맙습니다.

앞으로도 또 뵐 수 있도록 노력하고자 합니다. 잘 부탁드립니다.

그러면, 다음에 또.

카규 쿠모

■역자 후기

GM: 고블린 슬레이어가 『이 라이트 노벨이 굉장하다!』 2016년 신작 부문 1위를 차지했습니다. 2d8을 굴려 10 이상 나와야 부담감 저항에 성공합니다.

역자: 으랏차차! 4, 5!

GM: 저항에 실패했습니다. 상태 이상 부담감(가벼움)에 걸렸습니다.

역자: 크헉!

GM: L노벨 게시판에서 고블린 슬레이어와 헤븐즈 필 기대된다는 글을 발견했습니다. 2d6을 굴려서 9 이상 나와야 부담감 저항에 성공합니다.

역자: 으리얍! 4, 2!

GM: 저항에 실패했습니다. 상태 이상 부담감(보통)에 걸렸습니다.

역자: 크아아악!

GM: 라이트 노벨 카페에서 L노벨 2017년 발매 예정작 소개 글이 게시되었습니다. 고블린 슬레이어와 헤븐즈 필 기대된다는 댓글이 대량으로 달렸습니다. 2d4를 굴려서 8이 나와야 부담감 저항에 성공합니다.

역자: 으라라라! 2, 2!

GM: 부담감 저항에 실패했습니다. 상태 이상 부담감(무거움)에 걸렸습니다. 저항에 실패했습니다. 상태 이상 부담감(무거움)에 걸렸습니다. 황신의 가호를 받아 2번 말했습니다.

역자: 나한테 이러지마!!!!

처음 뵙는 분들과 다시 뵙는 분들 모두 안녕하십니까! 불초 역자입니다! Yeah!

번역을 끝내고 나니 참으로 뿌듯합니다. 특히 좋아하는 작품의 번역을 끝냈을 때는 이런 느낌이 드는 법이지만 이번에는 특히 각별하군요. 아마 출판이 결정되기 전부터 눈여겨봤기 때문이 아닌가 싶습니다.

1권이니까 고블린 슬레이어란 작품에 대해서 간략하게 소개하도록 하죠.

작가 후기에서도 언급이 되고 있습니다만, 이 작품의 원작은 이른바 토막글입니다. 구체적으로 2ch AA 게시판의 연재글이죠. AA란 것은 ASCII Art의 약자입니다. ^_^처럼, 컴퓨터로 입력할 수 있는 문자를 배치해서 그림을 그리는 거죠. 여기에 만화풍으로 대사를 넣은 게시글이 인기를 얻자, 두 편째, 세 편째 이야기를 이어가서 고블린 슬레이어란 작품이 되었습니다. 이번에 출간된 본작은 이때 연재된 내용을 원작자가 소설로 다시 구성한 것입니다.

원작에서 쓰인 각 캐릭터의 아스키 아트는 소설판 일러스트에도 반영이 돼 있습니다. 작가님이 웹에 떠도는 다른 서브 컬처 작품의 캐릭터 AA를 가져다 썼거든요. 주인공인 고블린 슬레이어는 일본

RPG의 양대 산맥 중 하나에 등장하는 갑옷 몬스터, 여신관은 같은 시리즈의 승려였습니다. 다른 캐릭터들도 다종다양한 작품에서 캐릭터를 썼죠. 연재하는 기간보다 연중 기간이 더 긴 만화의 캐릭터라든가, 모 헤비 노벨의 캐릭터라든가, 모 유명 VR 게임 소설의 캐릭터 등입니다. 각 등장인물의 모티프가 된 캐릭터를 알게 되면 일러스트레이터가 참 일을 멋들어지게 하셨다는 걸 알게 됩니다. 개인적으로는 엘프 궁수의 디자인이 참 잘 됐다고 생각합니다. 두 가지 모습을 절묘하게 섞어놓은 것이 신의 한 수였죠.

또 한 가지 고블린 슬레이어의 축이 되는 TRPG는 역자도 고교 시절에 좀 해본 적이 있습니다. 아직도 그때 쓰던 주사위들이 서랍 속에 있어요. 처음 봤을 때는 6면체 말고도 주사위가 다양하다는 사실에 놀라기도 했었습니다. 아마 독자 여러분들도 4면체나 8면체, 16면체, 20면체 주사위를 직접 만져보신 분은 많지 않을 겁니다. 처음 보면 참 신기해요.

그리고 『D&D』, 정식으로는 던전즈 앤 드래곤즈라고 하면, 아마 대부분의 사람들이 캡콤의 아케이드 게임을 떠올릴 것 같습니다. 특히 현재 20대 후반부터 30대 후반 사이면서 어렸을 때 오락실 죽돌이를 해보신 분은 100퍼센트죠! 역자도 그렇거든요. 하하하하. 애당초 그 아케이드 게임 자체가 TRPG인 D&D의 판권을 얻어서 만든 게임이라서 세계관은 똑같습니다. 그리고 주문 사용 횟수에 제한이 있거나 아이템을 사용해서 진행되는 방식이 본작과 이어져 있어요. 당시 그 게임을 해보신 분들이라면 그때의 기분을 다시 떠올리실 수 있을 겁니다.

뭔가 전혀 간략하지 않군요. 어느샌가 후기 분량을 꽉 채워가고 있습니다.

아무튼 역자는 부담감을 이겨내고 무사히 1권 번역을 끝냈습니다. 독자들이 재미를 느낄 수 있도록 앞으로도 노력하겠습니다.

그럼, 또 만나요!

불초 역자

고블린 슬레이어 1

1판 1쇄 발행 2017년 3월 10일
1판 10쇄 발행 2022년 7월 15일

지은이_ Kumo Kagyu
일러스트_ Noboru Kannatuki
옮긴이_ 박경용

발행인_ 신현호
편집장_ 김승신
편집진행_ 권세라 · 최혁수 · 김경민 · 최정민
편집디자인_ 양우연
관리 · 영업_ 김민원

펴낸곳_ (주)디앤씨미디어
등록_ 2002년 4월 25일 제20-260호
주소_ 서울시 구로구 디지털로 26길 111 JnK디지털타워 503호
전화_ 02-333-2513(대표)
팩시밀리_ 02-333-2514
이메일_ lnovellove@naver.com
L노벨 공식 카페_ http://cafe.naver.com/lnovel11

ISBN 979-11-278-4051-8 04830
ISBN 979-11-278-4050-1 (세트)

값 9,800원